# A Jornada e a Clausura

Estudos Literários 14

Título indicado pelo Programa de Pós-Graduação em Teoria Literária e Literatura Comparada da FFLCH-USP

RAQUEL DE ALMEIDA PRADO

# A Jornada e a Clausura
## Figuras do Indivíduo no Romance Filosófico

Ateliê Editorial

Copyright © 2003 Raquel de Almeida Prado

Direitos reservados e protegidos pela Lei 9.610
de 19 de fevereiro de 1998.
É proibida a reprodução total ou parcial
sem autorização, por escrito, da editora.

ISBN 85-7480-110-0

Direitos reservados à
ATELIÊ EDITORIAL
Rua Manoel Pereira Leite, 15
06709-280 – Granja Viana – Cotia – SP
Telefax: (11) 4612-9666
www.atelie.com.br / atelie_editorial@uol.com.br
2003

Printed in Brazil
Foi feito depósito legal

*À memória de meus avós
Maria Amélia e Gabriel.*

# Sumário

AGRADECIMENTOS *11*

INTRODUÇÃO *13*

I. JEAN-JACQUES *17*
1. A Nova Heloísa *19*
2. As Confissões *65*

II. DENIS *119*
3. A Religiosa *121*
4. *Jacques, o Fatalista* *175*

*FORTUNA IMPERATRIX MUNDI* *231*

REFERÊNCIAS BIBLIOGRÁFICAS *239*

# Agradecimentos

———◆———

Gostaria de registrar minha gratidão àqueles que, de maneiras diversas, me auxiliaram ao longo do meu trabalho. Em primeiro lugar, à professora Iná Camargo Costa, cuja orientação firme e simpática atenção tanto facilitaram minha tarefa. Aos professores Luís Fernando Franklin de Matos e Franklin Leopoldo e Silva, que me fizeram pensar a relação entre filosofia e literatura. Ao professor Luis Roberto Monzani que, generosamente, pôs à minha disposição seu conhecimento minucioso dos séculos XVII e XVIII e que me franqueou o acesso a sua riquíssima biblioteca. Aos professores Carlos Arthur do Nascimento, José Carlos Estevão e Célia Quirino dos Santos, que tiveram paciência de me ouvir e críticas a sugerir. A meu pai e minha mãe, Bento e Lúcia, que, desde o início, têm me ajudado com seu apoio e atenção, além de contribuírem na revisão final do trabalho. À Capes, que concedeu auxílio financeiro a esse projeto. E ao Richard.

# Agradecimento

# Introdução

——————◆——————

Entre o imaginário utópico e a aventura picaresca nada parece haver em comum. No entanto, a partir dos modelos de Thomas Morus e do *Lazarillo de Tormes*, florescem duas novas formas literárias, simultaneamente, na primeira metade do século XVI. Conhecem um sucesso fulgurante e vão aos poucos sendo absorvidas pela vasta corrente do romance em formação: rompendo as frágeis barreiras de um gênero pouco codificado, fundem-se, na passagem do século XVII para o XVIII, no romance barroco de aventuras, cuja tradição remonta a Heliodoro, e vêm enriquecer o experimentalismo formal que tenta superar o desprestígio ditado pela estética clássica. A esse respeito falou-se de um "dilema" do romance francês, que se encontraria dividido entre as exigências de moralidade – impostas pela rígida regra do decoro do teatro de corte – e a cobrança de um maior realismo – contra os excessos fantasiosos da aventura barroca[1]. O problema dessa interpretação é que ela tende a projetar retrospectivamente a ruptura entre valores éticos e estéticos num universo literário onde o *bom* e o *belo* ainda convivem numa íntima associação.

Por outro lado, é preciso lembrar que todo o movimento de renovação literária, que deve levar ao triunfo do gênero romanesco,

---

1. G. May, *Le Dilemme du roman au XVIII<sup>e</sup> siècle*, Connecticut/Paris, Yale University Press/Presses Universitaires de France, 1963.

acompanha de perto, e não pode deixar de refletir, o movimento mais amplo de transformação da sociedade, que também leva ao triunfo a burguesia em sua expressão mais pura, o indivíduo, liberto dos valores comunitários do mundo antigo e medieval. Enquanto na Inglaterra a Igreja Reformada acompanha de perto as necessidades de uma classe em franca expansão econômica, transformando os tradicionais valores cristãos na moral puritana dos comerciantes enriquecidos, na França o indivíduo burguês ainda se encontra constrangido no seu ímpeto conquistador – dividido, na sua submissão, entre os valores de uma Aristocracia arrogante e libertina e os de uma Igreja severa e corrompida.

Assim, a aventura romanesca não pode deixar de diferir de um lado e de outro da Mancha, e os valores literários que norteiam a produção inglesa, já muito mais próxima da modernidade, não podem ser avaliados da mesma maneira que aqueles que determinam o romance francês.

A ascensão do romance moderno como expressão literária privilegiada do indivíduo burguês já fora analisada por Ian Watt, em obra bem conhecida do público brasileiro. Mas tivemos a oportunidade de conhecer outra obra do mesmo autor, em que ele se debruça sobre a questão do indivíduo de um outro ponto de vista. Buscando em personagens da literatura renascentista as raízes dos *mitos* do individualismo moderno, ou seja, em Fausto, Dom Juan e Dom Quixote, ele propõe uma progressão contínua na constituição mitológica que encontra em *Robinson Crusoe*, e na obra de Jean-Jacques Rousseau, etapas intermediárias na direção da apoteo-se romântica[2]. Apesar do fascínio que a leitura de Watt exerce sobre o leitor, pareceu-nos que, no caso de Rousseau pelo menos, seu papel nessa história foi um pouco superestimado. De fato, nem a *Nova Heloísa*, história da submissão de uma paixão a valores familiares, nem as *Confissões*, que se abrem com uma espécie de manifesto

---

2. I. Watt, *Mitos do Individualismo Moderno*, trad. Mário Pontes, Rio de Janeiro, Jorge Zahar Editor, 1997.

individualista, mas se encerram com a retaliação punitiva, apontam para a apoteose romântica.

Por outro lado, pareceu-nos que, nos *Mitos do Individualismo Moderno*, toda a interpretação dos fatos históricos e literários aponta para a conclusão de que os *mitos* são criação exclusivamente romântica. Nada parece indicar, de fato, que anteriormente, nos séculos em que os personagens de Fausto, Dom Juan e Dom Quixote transitaram pelas literaturas européias, algum estatuto mítico os elevasse acima de tantos outros personagens que povoavam a imaginação popular.

Foi a partir das obras de Watt, portanto, que começamos a pensar a especificidade do romance francês do século XVIII. Havia basicamente duas questões, colocadas pelo crítico inglês, que precisávamos investigar: em primeiro lugar, a permanência, no romance francês, de uma reflexão moral nos moldes clássicos, que se contrapunha à maior agilidade do romance inglês da mesma época – o que costuma incomodar os maiores estudiosos da tradição romanesca, desde Ian Watt até Mikhail Bakhtin.

Em segundo lugar, e se existem *mitos* literários condicionando a representação do indivíduo no romance francês do século XVIII, e não sendo estes, certamente, os mitos arrolados por Watt, quais seriam? Uma rápida observação da vasta produção literária da época levou-nos a constatar a forte presença de dois mitos – por acaso, de origem também renascentista – literários, sobrevivendo tardiamente nos mais variados romances, ou seja, a utopia e a viagem picaresca. A comparação entre o estatuto do indivíduo nessas duas fórmulas romanescas nos levou a constatar uma absoluta simetria na distinção radical que os opõe.

Por outro lado, estudando, paralelamente, a história da expressão individualista na literatura ocidental desde suas origens, que os principais estudiosos costumam atribuir a Agostinho, bispo de Hipona, chamou-me a atenção a trilogia Agostinho, Abelardo e Petrarca, pela corrente que parece formar-se de um para o outro, como se cada um só pudesse afirmar-se enquanto indivíduo na medida em que fosse capaz de responder ao modelo anterior.

I 5

Finalmente, dos mitos agostinianos da Cidade de Deus, que é peregrina, e do indivíduo cristão, que é *homo viator*, pareceu-nos possível conceber a criação simultânea, no século XVI, da utopia e do indivíduo picaresco como cisão do mito agostiniano, em conseqüência da laicização progressiva da sociedade renascentista.

A partir daí, fomos descobrindo na obra de Rousseau que, de fato, a presença de Agostinho, Abelardo e Petrarca, pouco reconhecida pela crítica rousseauniana – a não ser no caso de Petrarca, e, mesmo assim, somente na sua expressão lírica trovadoresca – era maior do que se poderia imaginar à primeira vista. No caso de Diderot, o mito agostiniano atua de maneira mais indireta do que em Rousseau – cujo título, *As Confissões*, parece ter esperado, como a carta roubada de E. A. Poe, muito tempo, até que a filósofa americana Ann Hartle descobrisse o paralelo estrutural com a obra de Agostinho. Devo ao professor L. R. Monzani a descoberta do livro de Hartle, que veio confirmar minhas suspeitas, assim como a Étienne Gilson a confirmação de que era possível pensar numa *Cidade de Deus dos Filósofos do Século XVIII* [3].

---

3.  Segundo o título de obra de Carl L. Becker, *The Heavenly City of the Eighteen Century Philosophers*, citado por E. Gilson, *Les métamorphoses de la Cité de Dieu*, Louvain Paris, Publications Universitaires de Louvain Vrin, 1952.

# I

♦

# Jean-Jacques

*Ego,*

*non fatum,*

*non fortuna,*

*non diabolo...*

*AGOSTINHO.*

# 1

## A Nova Heloísa

### UTOPIA E NARRATIVA

Para entender o que está em questão, de fato, quando os comentadores de Rousseau se enfrentam numa polêmica interminável quanto à sua participação numa "tradição" utópica, é preciso considerar as variações semânticas que, mais do que leituras inconciliáveis do pensamento rousseauniano, tendem a embaralhar o debate – assim como o antagonismo das posições ideológicas, exacerbadas pela atualidade de um pensamento tão vivo como o de Rousseau.

Qualquer tentativa de definição torna-se árdua ao extremo, quando se transforma no terreno nebuloso em que marxistas e não-marxistas tentam se atingir, em função do estatuto paradigmático conferido à utopia a partir de Marx e Engels. De fato, o sentido original de "projeto irrealizável" ou de "narrativa fictícia que segue o modelo do romance de mesmo nome de Thomas Morus" desdobra-se a partir do século XIX, sobretudo dentro da tradição marxista, definindo-se sucessivamente em oposição à Ciência, ao Mito e à Ideologia[1].

---

1. B. Baczko, *Utopian Lights: The Evolution of the Idea of Social Progress*, trad. Judith L. Greemberg, New York, Paragon House, 1989, pp. 3–13.

Enquanto o próprio Marx refletiu com sutileza sobre o tema, respeitando sua especificidade histórica[2], a ortodoxia marxista-leninista, a partir de certo momento, passou a desvalorizar a utopia, pensada não mais como um mero e circunscrito gênero literário, mas como um conjunto de atitudes e movimentos sociais, a partir da oposição entre socialismo utópico e socialismo científico.

Dentro dessa linha, a forma encontrada por Engels para libertar a obra de Rousseau de qualquer limitação utópica consiste em ler o *Contrato Social* na seqüência dialética do segundo *Discurso*: a desigualdade aí descrita se transforma no final, e através da ação revolucionária, na igualdade do Contrato[3].

O mesmo ideal revolucionário que opõe socialismo científico à idéia utópica determina – através de uma equação que equipara História e Ciência – a oposição entre uma Utopia ingênua e ultrapassada e uma História heróica e progressista.

É assim que a preocupação de Engels parece persistir numa análise como a de Michèle Duchet, que protesta contra a inserção de Rousseau na tradição utópica, em nome justamente de um suposto embate rousseauniano com essa entidade superior que é a História: para ela, se o que caracteriza a ficção utópica é a recusa da dimensão histórica, o que particulariza a pequena sociedade ideal da *Nova Heloísa* (1760) é a inscrição da utopia na História, quase que uma redenção da Utopia[4].

A intenção polêmica que anima o artigo de Michèle Duchet visa possivelmente, e entre outros, o trabalho de Judith Shklar[5] sobre os dois modelos de Rousseau, Esparta e a Idade de Ouro, no qual esta o declara "o último dos utopistas clássicos". Shklar, por sua vez,

---

2. Cf. capítulos XXVII e XXVIII do vol. 1 de *O Capital*.
3. *Anti-Dühring*, Zürich, 1886, citado por Starobinski em *J.-J. Rousseau: La Transparence et l'obstacle*, Paris, N R F, Gallimard, 1971, p. 44.
4. M. Duchet, "Clarens, 'le lac-d'amour où l'on se noie'", *Littérature*, n. 21, fév. 1976 – *Lieux de l'utopie*.
5. J. N. Shklar, "Rousseau's Two Models: Sparta and the Age of Gold", *Political Science Quarterly*, Number 1, vol. LXXXI, March 1966, pp. 25–51.

marca posição no contraponto de um célebre artigo de Jean Fabre[6], referindo-se à sua distinção entre "realismo" e "utopismo" como irrelevantes do ponto de vista da utopia clássica, da qual tanto a preocupação com a história quanto aquela com o ativismo político estão ausentes. Esta disputa acirrada ilustra bem o que dissemos acima a respeito das indefinições semânticas que embaralham posições nem sempre irreconciliáveis. Jean Fabre, o grande mestre, explicita claramente, no início de seu artigo, que ele está tomando "utopia" no terceiro sentido atribuído por Lalande, no seu dicionário filosófico[7], que acentua pejorativamente o aspecto irrealizável de um ideal político e social sedutor. Shklar, por outro lado, formula sua definição de maneira mais fiel ao projeto de Thomas Morus, antes uma proposta de reflexão moral do que plano visionário de reforma social. Quando falam de "utopia", pois, Fabre e Shklar não falam certamente da mesma coisa e, se aprofundássemos a comparação, encontraríamos provavelmente, na intenção de acentuar ora o aspecto "platonizante" da reflexão política de Rousseau, ora sua tentativa de responder à realidade histórica contemporânea, uma divergência ideológica que antes separa os dois comentadores do que evidencia algum caráter contraditório na obra de Rousseau.

Várias interpretações podem partir dos mesmos pressupostos ideológicos e chegar a conclusões completamente opostas. Vemos um exemplo disso em outra análise de orientação marxista, em que as características propriamente "utópicas" do *rousseauísmo*[8], que nasce e se alimenta na leitura da *Nova Heloísa*, são consideradas como imediatamente recuperáveis pela ideologia aristocrática – utopia conservadora, pois, que se opõe ao pensamento, esse sim

---

6. J. Fabre, "Réalité et utopie dans la pensée politique de Rousseau", em *Annales Jean-Jacques Rousseau*, XXXV (1959–1962), pp. 181–216.
7. A. Lalande, *Vocabulaire technique et critique de la philosophie*, 7ème éd., 1956.
8. Basicamente a autarquia agrícola e o paternalismo de Clarens. J. Biou, "Le Rousseauisme, idéologie de substitution", *Roman et Lumières au XVIIIᵉ siècle*, Paris, Éditions Sociales, 1970, pp. 115–127.

coerente, e salvo *in extremis*, expresso no *Segundo Discurso* e no *Contrato Social*.

Se alguns marxistas pensam a utopia a partir do chamado "socialismo utópico", ultrapassado pela elaboração do "socialismo científico", reconhecendo-a eventualmente como prefiguração de seu ideal social, a crítica liberal associa com muita facilidade o dirigismo utópico à vocação autoritária das ideologias contemporâneas: assim, há quem considere a obra de Rousseau, particularmente o *Contrato*, a partir da experiência dos regimes totalitários, nos quais acredita-se reconhecer o modelo realizado da utopia, ou antiutopia rousseauniana[9].

Quaisquer que sejam as premissas ideológicas dessas críticas tão diversas, o que todas elas têm em comum é uma depreciação generalizada da idéia utópica: o pensamento de Rousseau é defendido contra a acusação de utopismo ou atacado sob a mesma acusação.

A definição proposta para a *mentalidade utópica* por Karl Mannheim, pensada como portadora de um forte potencial transformador da ordem vigente – em oposição à *ideologia*, definida como expressão dessa mesma ordem – marca, pois, uma posição distinta da tradição marxista, na medida em que recupera o valor revolucionário da Utopia. O trabalho de Nicolas Wagner, "L'Utopie de la Nouvelle Héloïse"[10], procura compreender o alcance utópico do romance de Rousseau, aplicando de maneira estrita a terminologia proposta por Mannheim: ele associa diversos episódios da história de Julie e St.-Preux às sucessivas manifestações históricas da mentalidade utópica, segundo Mannheim, ou seja, a utopia quiliasta, a utopia liberal-humanitária e a utopia pietista.

Bronislaw Baczko não se propõe dar conta do fenômeno utópico nas suas diversas manifestações históricas, como Mannheim, mas aborda a "utopia das luzes" dentro do espírito deste último,

9. Cf. L. G. Crocker, *Rousseau's Social Contract: An Interpretative Essay*, Cleveland, 1968.
10. In: *Roman et Lumières au XVIII<sup>e</sup> siècle, op. cit.*, p. 189.

valorizando o caráter até certo ponto progressista do ideal "liberal-humanitário" no movimento iluminista. É bastante significativa a sua opção por iniciar seu trabalho sobre a utopia das Luzes com as *Considerações sobre o Governo da Polônia*, justamente um texto de Rousseau que costuma ser invocado contra as acusações de "utopismo" de seu pensamento político, já que se trata de uma proposta que tenta manter-se nos limites de uma ação concreta e possível. Baczko não se contenta aqui em transcender, como muitos outros, as categorias literárias que definem a utopia a partir da obra de Morus, mas também redimensiona o fenômeno utópico como pensamento e movimento social, a partir de uma fusão efetiva com a política. Dentro da nossa perspectiva, é particularmente pertinente a análise desenvolvida por Baczko em obra anterior[11], em que ele aborda o pensamento de Rousseau a partir da oposição dos conceitos de solidão e comunidade, complementares, de certa forma, na "utopia" rousseauniana.

Enumeramos até aqui diferentes abordagens da utopia cujo ponto comum consiste em pensá-la antes como fenômeno sociológico que literário. Dentro da história da literatura, *Utopia* é o romance de Thomas Morus que nomeia, por extensão, toda obra análoga, ou seja, uma obra de ficção em que um narrador relata a descoberta, após longa viagem, de um país imaginário, isolado do resto do mundo, cuja louvável organização social é descrita nos seus pormenores.

Alexandre Cioranescu denuncia o caráter essencialmente descritivo da utopia como seu primeiro vício de constituição, do ponto de vista literário: a contradição de um romance avesso à narrativa. Segundo ele, nesse gênero para o qual a crítica subjacente das sociedades reais é quase sempre condição necessária, a "carga ideológica pesa mais que as estruturas literárias e os módulos estilísticos"[12]. Sob o pretexto de uma objeção meramente estrutu-

---

11. B. Baczko, *Rousseau, solitude et communauté*, Paris, Mouton, 1974.
12. A. Cioranescu, *L'Avenir du passé – Utopie et littérature*, Paris, Gallimard, 1972, p. 24.

ral, um julgamento de valor literário carrega toda uma série de associações, mais claramente assumidas numa obra como a de Cioran[13] – outra expressão de revolta individual contra os totalitarismos contemporâneos: aqui, toda utopia acaba convertendo-se em distopia. Veremos, no capítulo dedicado à *Religiosa*, como não é preciso ter passado pelas experiências traumáticas do século XX para fazer a crítica da Utopia. Veremos, mais especificamente, como a crítica de Diderot se constrói a partir de seu confronto pessoal com as "utopias" de Jean-Jacques Rousseau.

A tentativa de analisar os romances utópicos a partir de categorias estritamente literárias não parece levar muito além da constatação da uniformidade enfadonha do gênero, e da enumeração também enfadonha de seus procedimentos. Antes de tentarmos compreender de que maneira o romance em formação acaba por apropriar-se das formas de imaginação utópica, talvez valha a pena destacar a especificidade da utopia em relação a outros modos de sociedade ideal: a terra de Cocanha, Arcádia, a República Moral Perfeita e o Milenário, segundo a classificação de J. C. Davis[14].

Na terra de Cocanha, como em outras versões da Idade de Ouro, reina a abundância, a natureza é grande provedora, e os homens podem entregar-se à satisfação sem limites de seus desejos. Na Arcádia há um equilíbrio entre uma natureza benévola e a moderação dos desejos. Ao contrário da terra de Cocanha, onde os homens não precisam trabalhar, não adoecem nem morrem, na Arcádia eles trabalham, mas as tarefas são "leves e alegres", o envelhecimento e a morte são descritos como um "processo pacífico e quase agradável"[15]. Por outro lado, a harmonia espontânea que os integra à natureza exclui a preocupação institucional que caracteriza a Utopia.

13. E. M. Cioran, *Histoire et utopie*, Paris, Gallimard, Folio, 1987.
14. J. C. Davis, *Utopia y la Sociedad Ideal: Estudio de la Literatura Utópica Inglesa, 1516–1700*, trad. J. J. Utrilla, México, Fondo de Cultura Económica, 1985.
15. *Idem*, p. 32.

Segundo J. C. Davis, o tema dos homens moderados num mundo de abundância natural foi particularmente explorado no século XVII, tanto pelos empresários coloniais quanto pelos líderes milenaristas. Na obra de Rousseau, o primitivismo cultural arcádico aparece na *Nova Heloísa*, na descrição da vida camponesa do Valais: o jovem herói descobre aí uma sociabilidade pura, em que a desigualdade ainda não dividiu os homens, onde seu amor por Julie pode se expressar abertamente, livre das barreiras sociais que os separam.

Um terceiro modo de sociedade ideal é representado na forma da república moral perfeita, ainda segundo a útil classificação de Davis. Aqui, não há mais primitivismo; permanecem as disposições sociais e as instituições políticas em vigor no mundo contemporâneo, e a harmonia social é alcançada através da reforma moral de seus cidadãos. O papel do príncipe e do legislador é destacado, o exercício justo do poder sustenta uma hierarquia virtuosa. Na *Nova Heloísa*, a descrição da sociedade ideal de Clarens conserva, até certo ponto, a simplicidade primitivista da Arcádia, porém só se garante por meio do esforço de uma reforma moral, inspirada pela união de razão e sentimento no casal Julie-Wolmar.

Dentro da classificação proposta por Davis, gostaríamos de destacar a oposição, aparentemente mais profunda e significativa, entre Utopia e Milenarismo: de fato, se o mito de Cocanha não passa de um devaneio inocente da humanidade, enquanto Arcádia e República moral perfeita são sociedades nostálgicas ou conservadoras, de características facilmente assimiláveis pelo gênero utópico, o fervor milenarista que sacode a Europa desde o fim da Antigüidade até o Renascimento, em sucessivas e dolorosas convulsões místicas, parece constituir-se num movimento de natureza bem diversa.

A crença na iminente realização do reino de Deus sobre a terra, que inspira grupos desgarrados de camponeses e monges esfomeados a tentarem apressar o Juízo Final, nada tem em comum com a plácida perfeição da cidade utópica. Enquanto o Milenarismo encontra sua maior expressão no levante popular, a Utopia é obra de gabinete, cujos autores, inclusive, provêm de camadas sociais bem mais elevadas que as dos Messias quiliastas. Uma forma interessante de relacionar os dois fenômenos é aquela proposta por Jean Servier[16], segundo o qual a utopia torna-se um refúgio para aqueles que temem a violência milenarista.

A versão cristã do mito da Idade de Ouro, o Paraíso terrestre, tem o inconveniente de estar irremediavelmente perdido no passado, mas o Milênio aguarda a humanidade num futuro próximo. Enquanto isso, a Utopia situa-se fora da História e é alheia à Teologia: nem mesmo Christianopolis, a comunidade monástica idealizada por Andreae, depende da Providência divina para realizar-se.

A versão agostiniana da teologia da história interpreta alegoricamente as profecias apocalípticas do Antigo e do Novo Testamento, fonte de inspiração dos visionários quiliastas. Santo Agostinho sintetiza a ortodoxia da Igreja, substituindo o anseio de uma realização imediata das profecias na história pela idéia metafísica de uma peregrinação da Cidade de Deus através da Cidade dos Homens. A ênfase não recai sobre o juízo final, mas sobre a busca individual da salvação; rejeitam-se, assim, as sublevações coletivas e garante-se a unidade da Igreja.

O mito agostiniano da Cidade de Deus foi capaz de integrar a cristandade durante séculos, ligando cada crente através dos laços invisíveis da fé, permitindo a expressão da individualidade de cada um através de uma relação pessoal e privilegiada com o Criador, tranqüilizando quanto aos desígnios insondáveis da Providência Divina, que permite a coexistência das duas Cidades, a dos justos e a dos pecadores.

Em meados do século XVI, a mesma configuração histórica, intelectual e espiritual que permite a elaboração de um pensamento tão radicalmente adverso à herança de Santo Agostinho como o de Maquiavel parece forçar uma ruptura no mito agostiniano da Cidade de Deus, que consegue assim sobreviver, na imaginação literária do Renascimento, de forma cindida: a laicização crescente,

16. J. Servier, *Histoire de l'utopie*, Paris, Gallimard, 1967, p. 27.

o esvaziamento sobretudo da crença numa ação providencial força o homem renascentista a imaginar a Cidade ideal isolada e protegida dos reveses da fortuna, enquanto, por outro lado, o peregrino erra, só e desamparado, na Cidade dos homens. Assim nascem duas obras que inauguram cada uma um gênero novo: a *Utopia* de Thomas Morus é concluída em 1516 e o anônimo *Lazarillo de Tormes* começa a circular em 1554.

O romance de Morus fornece o modelo para o que podemos chamar de "utopia clássica", que floresce no Renascimento e ao longo do século XVII: a *Wolfaria*, de Eberlein, *I Mondi*, de Doni, *A Cidade do Sol*, de Campanella, *Christianapolis*, de Andreae, *Nova Atlantida*, de Bacon, entre outras. O esquema básico não costuma variar: a viagem, a descoberta pelo narrador de uma sociedade isolada, a descrição da mesma, pretexto para a crítica subjacente da sociedade conhecida pelo autor. A estrutura básica da sociedade descrita, por mais que varie no detalhe, costuma obedecer a um certo padrão cujas características são a simetria, a uniformidade, a fé na educação, o controle da natureza, o dirigismo político, o coletivismo, a autarquia e o isolamento, o ascetismo[17].

No século XVIII, a multiplicação dos gêneros romanescos, que intensifica o contato entre eles, permite a assimilação do rígido esquema formal da utopia pelo fluxo da narrativa. Essa assimilação se dá principalmente de duas formas. A primeira consiste na inserção de um "episódio utópico" isolado na narrativa, como a história dos Trogloditas, relatada nas *Cartas Persas*, ou a descoberta do Eldorado, em *Cândido*[18]: costuma ocorrer principalmente nos romances *à tiroir*, fórmula consagrada do romance barroco.

Uma segunda forma, posterior, se pensarmos em termos de um amadurecimento do romance ao longo da história da literatura –

17. Cf. R. Ruyer, *L'Utopie et les utopies*, Paris, PUF, 1950, pp. 41–52.
18. Na verdade, nem o Eldorado de Voltaire nem a sociedade troglodita de Montesquieu se organizam como uma "utopia clássica"; remetem antes ao ideal da Arcádia ou da Idade de Ouro. Uma versão mais precisa de "utopia clássica" *encapsulada* na narrativa aparece, por exemplo, em *Aline et Valcour*, de Sade.

amadurecimento no sentido de maior unidade e coesão da narrativa – consiste em centralizar o universo romanesco com a ajuda das categorias formais que mantêm a cidade utópica: é como se o indivíduo, novo herói de um novo gênero, fosse buscar, no velho arsenal das formas literárias, coordenadas seguras, capazes de ancorá-lo num mundo em transformação. Podemos conferir essa referência utópica, de maneiras diferentes, nesses três romances expressivos do século XVIII: *A Nova Heloísa*, *A Religiosa* e os *120 Dias de Sodoma*.

Voltamos, pois, à questão que divide os comentadores de Rousseau, assumindo o aparentemente inegável caráter "utópico" de sua obra romanesca. A maneira como é possível assimilar tanto as características formais quanto um determinado ideal de sociabilidade, próprios da "utopia clássica", sem alienar-se profundamente no mundo das "quimeras", talvez tenha alguma coisa a ver com a habilidade do romancista em integrar a descrição à narrativa, em restabelecer o foco sobre o herói por excelência do romance em formação, o indivíduo moderno às voltas com um mundo novo.

## O ROMANCE

As seis partes que compõem a *Nova Heloísa* podem ser divididas em dois grandes blocos. No primeiro, a história de amor dos dois jovens heróis nos é apresentada como um drama, no qual o idílio do sentimento puro – ecos da *Astréia* ou da poesia de Petrarca – acaba se carregando com a intensidade da tragédia raciniana. Apesar dos repentes líricos e das digressões didáticas de certas cartas, uma curva dramática ainda sustenta a narrativa, desde a primeira carta, em que St.-Preux se declara à sua amada, crescendo na paixão compartilhada até o momento da entrega, seguindo-se o arrependimento, a oposição paterna, o afastamento dos amantes, até as últimas cartas da terceira parte, em que o desenlace se precipita: a morte da mãe, o casamento de Júlia e a partida de St.-Preux para uma longa viagem ao redor do mundo.

Tudo poderia terminar aí. Mas, na segunda metade do romance, nossos jovens heróis vão ainda confrontar-se com o seu amor, mediados agora pelo ideal virtuoso da comunidade de Clarens, onde Júlia e seu marido Wolmar conduzem a vida laboriosa de seus agregados entre os rígidos preceitos e as alegrias inocentes das festas coletivas. Enquanto, na primeira metade, o amor-paixão de St.-Preux aparecia como alienante, angústia que dilacera Júlia, incapaz de conciliar seus sentimentos pelo amante com o dever para com sua família, a união dos dois esposos aparece na segunda como ordem reconciliada, razão e sensibilidade. Construída como uma demonstração, esta segunda metade não tem o vigor dramático da primeira e a narrativa ora se paralisa em tratados de economia doméstica, aburguesamento do vício descritivo da utopia clássica, ora se eleva em grandes cantos elegíacos – quando não se perde em episódios secundários, em Roma ou em Genebra, que prejudicam ainda mais a unidade do romance.

A *Nova Heloísa* já foi analisada exaustivamente pelos mais variados comentadores, entre outros por Daniel Mornet, na sua introdução ao romance, ou por Jean-Louis Lecercle, em seu *Rousseau et l'art du roman*. Mais do que meras interpretações pessoais, ambos nos fornecem formidáveis instrumentos de trabalho: nenhum aspecto, temático, técnico ou genético, do romance é desdenhado. Outros comentadores tratam de ler a história de Júlia e St.-Preux à luz dos escritos teóricos de Rousseau, seu pensamento político e ético, sua pedagogia ou sua psicologia, chegando mesmo a ver no romance uma síntese de sua filosofia.

Trataremos de destacar aqui apenas a função da representação da sociedade ideal na construção da narrativa, na sua relação com a individualidade dos personagens. Sabemos que, na utopia clássica, a descrição objetiva-se espacialmente, na superfície dos traçados geométricos da cidade ideal, e a subjetividade do narrador, "escamoteada"[19], não tem como progredir na sua temporalidade

---

19. Como diz G. Benrekassa, "Le statut du narrateur dans quelques textes dits utopiques", *Revue des Sciences Humaines*, n. 155, Tome XXXIX, 1974.

suspensa. Veremos como, nessa etapa de transição para o romance moderno, o tempo próprio da aventura amorosa dos jovens heróis, e da sua ação no mundo, tenta transformar a descrição em narrativa, e a contemplação do mundo ideal em experiência viva.

Apesar da diferença de tom entre as duas metades do romance – entre o movimento mais amplo da primeira, que acompanha a espontaneidade apaixonada dos amantes, e o controle que se impõe, na segunda, pela formulação das regras e princípios que devem guiar seus atos e pensamentos – é possível notar um certo para-lelismo entre elas. Jean-Louis Lecercle acha que Rousseau "limita-se, nas três últimas partes, a retomar os acontecimentos das três primeiras, conferindo-lhes outro sentido"[20]. Tentaremos ver aqui de que maneira o sentido utópico da sociabilidade se transforma, nas suas formulações sucessivas, nas duas metades do romance.

Assim, a representação da sociedade ideal aparece, na primeira metade, no episódio da viagem de St.-Preux ao Valais, relatado basicamente numa única carta, episódio curto mas que se eleva sobre o resto da narrativa: *topos* privilegiado de transparência e luz, opõe-se diametralmente, no seu conteúdo moral, à Paris descoberta por St.-Preux, ainda nessa primeira metade do romance, o que proporciona um poderoso efeito de contraste.

Entre a sociabilidade pura do Valais e a corrompida de Paris, St.-Preux evolui sozinho, individualidade estrita, desvinculado de qualquer laço familiar, corporativo, profissional: nada sabemos de seus parentes, de sua vida anterior, e mesmo sua função como preceptor de Júlia deve ser interrompida. É apenas através de seu amor que sua subjetividade se exterioriza, como se o amor o situasse no mundo e desvendasse o mundo para ele.

Na segunda metade do romance, a sociedade ideal instituída por Júlia e Wolmar exclui qualquer contraponto: Genebra e Roma contrastam, entre si, em episódios secundários, mas sua dimensão

---

20. J.-L. Lecercle, *Rousseau et l'art du roman*, Paris, Armand Colin, 1969, p. 88.

é relativa e contingente, enquanto a grandeza de Clarens ocupa todo o espaço paradigmático. Se nada há, fora de Clarens, que se lhe compare, dentro, como o coração ou a alma do lugar, há o Eliseu, concentração lírica de todas as qualidades utópicas de inacessibilidade e controle. O coração misterioso da comunidade é como um casulo para o qual Júlia sempre volta, mas é dela, pessoalmente, que irradia o poder de atração e de coesão social, capaz de multiplicar os laços, familiares, de amizade, ou de capturar, como numa vasta teia, os andarilhos que se aventuram pela região.

## ST.-PREUX E O AMOR

> *Domino specialiter, sua singulariter.*
>
> Heloísa, Epístola VI, a Abelardo.

O sucesso da correspondência de Abelardo e Heloísa parece não ter esmorecido desde a sua aparição, e sua influência, aliada àquela das heróides de Ovídio e dos manuais utilitários de modelos de cartas, está na base da constituição do romance epistolar, gênero escolhido por Rousseau para contar a história de Júlia e St.-Preux[21]. Além disso, nessa primeira metade do século XVIII, recrudesceu o interesse pelo infeliz casal medieval graças às novas traduções, francesas e inglesas[22], de suas cartas.

Se considerarmos, ademais, a semelhança, mesmo que distante, entre as duas histórias – o amor entre o professor de filosofia e sua pupila, a oposição da família, a separação imposta –, assim como

---

21. Na Inglaterra, Richardson sofre provavelmente as mesmas influências, além daquela, partilhada também com Rousseau, do padre Prévost, que posteriormente acabará traduzindo-o para o francês.
22. Na França, Nicolas Rémond des Cours, 1695, Bussy-Rabutin, 1697, Beauchamps, 1714; na Inglaterra, John Hugues, 1708, e Pope, 1717, que inspira as traduções de Feutry e Colardeau. Cf. L. Versini, *Le Roman épistolaire*, Paris, PUF, 1979, pp. 32–33.

a referência explícita em uma das cartas – "Sempre tive pena de Heloísa..."[23] – e o próprio título do romance – ainda que tenha sido acrescentado posteriormente – pode parecer difícil compreender por que os mais ilustres comentadores resistem em estabelecer a comparação.

Bernard Guyon só se refere ao casal medieval para rejeitar a possibilidade de terem servido de modelo: destaca antes as diferenças (o filho de Júlia não chega a nascer, ela não se torna abadessa, ela não se casa com o amante, mas com outro...) que as semelhanças[24]. Daniel Mornet, então, despreza completamente, no seu estudo das fontes, a possível lembrança de Abelardo e Heloísa, assim como minimiza as demais influências, apostando numa absoluta originalidade de Rousseau[25].

O fato é que, do ponto de vista da história da filosofia, essa comparação é provavelmente irrelevante: nada sugere que a filosofia de Rousseau, tão enraizada na atualidade política de seu tempo, deva grande coisa às preocupações escolásticas do clérigo medieval, muito menos às suas desventuras amorosas. A grande diferença entre os destinos dos dois casais, na verdade, muito mais do que os detalhes arrolados por Guyon, revela justamente o abismo que separa duas situações histórico-sociais tão distintas, que ganham na ficção rousseauniana um destaque crítico. Com efeito, se a união de Abelardo e Heloísa não foi possível, a culpa coube aos preconceitos clericais que o próprio Abelardo, reforçado pela amante, partilhava sem questionamentos mais profundos[26]. Por sua vez, a união de St.-Preux e Júlia não é possível por causa dos preconceitos de uma sociedade aristocrática que consagra os privilégios e a desi-

---

23. *La Nouvelle Héloïse*, Livro I, carta 24, p. 85. Todas as citações que não vêm acompanhadas de nome do tradutor são de tradução minha.
24. Cf. p. 1337 de *La Nouvelle Héloïse*, texte établi par Henri Coulet et annoté par Bernard Guyon, Paris, Éditions de la Pléiade, 1961.
25. Cf. *La Nouvelle Héloïse*, éd. Mornet, Paris, Hachette, 1925, p. 111.
26. Heloísa sempre esteve disposta a se tornar amante de Abelardo, é verdade, mas o casamento entre os dois não lhe parecia certo por afastá-lo dos grandes modelos da ortodoxia religiosa.

gualdade: Rousseau não só deixa isto bem claro, como aproveita para fazer uma crítica social completamente ausente na correspondência medieval.

Do ponto de vista da história da literatura, talvez valha notar como a incontestável influência da correspondência de Abelardo e Heloísa sobre o gênero que floresce entre os séculos XVII e XVIII não determina apenas uma fórmula narrativa, mas também lhe associa um tema, que se transforma de maneira bastante característica, ao longo dos séculos, enquanto a técnica do romance por cartas amadurece.

Na obra epistolar a obter maior sucesso literário no longo período que separa a correspondência medieval do romance de Rousseau, as *Cartas Portuguesas*, o tema da religiosa apaixonada, esquecida pelo amante, não pode deixar de evocar as queixas de Heloísa, retirada num convento apenas pelo amor de Abelardo. Enquanto este responde a sua antiga amante, assumindo a função de predicador moral, invocando o amor de Deus, no qual todo amor deve reabsorver-se, Mariana Alcoforado, a religiosa portuguesa, não recebe resposta alguma: para ela, assim como o amado, Deus também se esconde.

Na *Nova Heloísa*, é Júlia quem assume o papel desempenhado anteriormente por Abelardo. St.-Preux se revolta, não contra Deus, mas contra as convenções sociais que não lhe permitem casar-se com sua amada; esta, por sua vez, cria um elevado sistema de valores, cuja base está nos deveres do indivíduo para com a família e o resto da comunidade. Assim, o amor entre os dois deve espiritualizar-se completamente e participar do sentimento místico que liga entre si, e através de Júlia, os habitantes de Clarens; instaurando, como diz Starobinski, numa fórmula célebre, a transcendência na imanência.

Assim, se Júlia não se torna abadessa, como bem lembra Bernard Guyon, ela não deixa de se transformar numa autêntica superiora de uma ordem religiosa muito particular, sua criação própria, capaz de impor respeito ao representante das Igrejas oficiais, o Pastor que assiste aos seus últimos momentos.

Com a *Religiosa* de Diderot um ciclo se fecha: aqui é uma monja de fato que se expressa, comprometida por seus votos à vida do claustro. Ao contrário de Heloísa e de Mariana, não é o amor de um homem que a inspira, mas um puro desejo de liberdade. Ao contrário de Júlia, fada benfazeja do mundo fechado de Clarens, Suzana Simonin sufoca na clausura imposta dos conventos. Enquanto Heloísa questiona a ordem beneditina, sugere alterações nos conventos femininos (quando finalmente silencia sobre o seu amor), Suzana simplesmente rejeita, no seu caso particular, a possibilidade de viver enclausurada, quaisquer que sejam as regras. Seria este um sinal de individualismo mais pronunciado, no romance do século XVIII, em comparação com suas fontes medievais? É possível, mas, em todo caso, a Júlia de Rousseau está aí para nos lembrar quão imprudente pode ser pensar a constituição do individualismo moderno segundo uma evolução constante e ininterrupta, que partiria da "liberação dos dogmas" para desembocar na constituição do "indivíduo como árbitro final da verdade"[27]. Mesmo porque, é preciso lembrar que, enquanto Suzana não consegue sobreviver à fuga do convento, Heloísa não cede verdadeiramente naquilo que a individualiza, aos seus olhos, ainda mais do que sua fama de sabedoria, de que todo o prestígio conquistado por ela, antes mesmo de conhecer Abelardo, ou seja, o seu amor por ele. Este seria o sentido da fórmula citada acima, *Domino specialiter, sua singulariter*[28]: se ela pertence a Deus enquanto cristã e religiosa, enquanto *indivíduo* ela pertence a Abelardo. Não poderia ser mais orgulhosa e definitiva a resposta ao ex-amante que, após despertar seu amor, provocar sua desgraça, ainda exige sua rendição irrestrita ao consolo da Fé.

O fato é que, se Heloísa está, na vida monástica, alienada do mundo, nem por isso ela está mais integrada à ordem de Deus. Seu drama consiste justamente em vivenciar o sentimento de alienação

---

27. Cf. D. Shanahan, *Toward a Genealogy of Individualism*, The University of Massachussetts Press, 1992.
28. Cf. o comentário de Étienne Gilson, em *Héloïse et Abélard*, Paris, Vrin, 1948, pp. 110–111.

nos dois sentidos que lhe são atribuídos pelo pensamento medieval[29]: alienação de Deus, alienação do mundo. O autêntico cristão aliena-se do mundo no amor de Deus, o infiel aliena-se de Deus pelo amor do mundo, Heloísa aliena-se de Deus e do mundo pelo amor de Abelardo:

> Em todos os estados a que a vida me conduziu, Deus o sabe, foi a ti, mais do que a ele, que procurei agradar. Foi por tua ordem que tomei o hábito, não por vocação divina. Vê, então, que vida infeliz eu levo, miserável entre todas, arrastando um sacrifício sem valor e sem esperança de recompensa futura![30]

Em *A Nova Heloísa*, o amor também aparece como alienante: "Minha alma alienada está toda em ti", declara St.- Preux; "Seja todo o meu ser, agora que não sou mais nada", Júlia responde. No entanto, aqui, o amor aliena os amantes de sua natureza já alienada, não por um pecado contra Deus, mas por uma sociabilidade perversa, que atenta contra a humanidade. Enquanto, para Heloísa, o claustro falha como meio de reintegração, a descoberta da boa sociabilidade permitirá a reinserção dos jovens amantes dos Alpes na ordem da Natureza: no "dom absoluto de si" é possível reconstituir a unidade perdida[31].

O erotismo se expressa nas cartas de Heloísa de maneira mais crua e dolorosa do que nas de St.-Preux, cujo sentimento se sublima na assimilação da linguagem cortês. Segundo Paul Zumthor, o que caracteriza justamente a narrativa epistolar do casal medieval seria a tensão que se estabelece entre a retórica escolástica e a retórica da cortesia. No entanto, o caráter "platonizante" daquilo que chamamos de "amor cortês", o esquema sentimental em que ele-

---

29. A respeito dos conceitos de alienação e ordem no pensamento medieval, cf. G. B. Ladner, "Homo Viator: Medieval Ideas on Alienation and Order", *Speculum*, n. 2, vol. XLII, April 1967.
30. *Correspondência de Abelardo e Heloísa*, texto apresentado por Paul Zumthor, São Paulo, Martins Fontes, 1998, Epístola IV, p. 111.
31. O que constitui, segundo Burgelin, a "dialética do amor". Cf. P. Burgelin, *La Philosophie de l'existence de J.-J. Rousseau*, Paris, PUF, 1952, pp. 166–167.

mentos intelectuais e morais predominam sobre o erotismo, não é o que prevalece na expressão amorosa de Heloísa, muito mais carnal – mais próxima, talvez, dos modelos antigos. Já em St.-Preux, a herança cortês aparece profundamente incorporada através da mediação do romance pastoral e dos poetas italianos.

Porém, além do desejo irrealizado ou irrealizável, a mesma solidão busca no outro a possibilidade de integração. A mutilação de Abelardo, ato providencial, permite a sinceridade de sua conversão, e esta, aliada à sua ciência eminente, eleva-o à posição de autoridade religiosa. Assim, Heloísa volta-se para ele, invocando o exemplo dos Padres da Igreja, que "escreveram tratados para a instrução, a direção e o consolo das mulheres santas".

É bem verdade que, no seu desespero, Heloísa não parece ter muita clareza do que pode esperar de Abelardo, mas sabe que só nele pode encontrar algum apoio. A comparação entre as posições de Júlia e de Abelardo, nas suas respectivas comunidades, revela a superioridade da primeira no imaginário de Rousseau. Solidarizando-se com Heloísa, com quem obviamente se identifica[32] ("ela tinha um coração feito para amar" como Jean-Jacques), ele despreza Abelardo ("miserável digno da sua sorte") e talvez oponha Júlia, figura amada e integrada no seio de sua família e da cidade natal, à lembrança do detestado superior de St.-Gildas. Diante da possibilidade de Abelardo vir a ser assassinado pelos seus próprios subordinados, revoltosos contra sua tentativa de impor ordem na abadia, Heloísa lamenta-se: "de que adianta prosseguir essa jornada terrestre em que eras meu único apoio?"; St.-Preux, por sua vez, lembra a Júlia que ela está cercada "de gente que estimais e que vos adoram", enquanto ele, "infeliz! Errante, sem família, e quase sem pátria, só tenho a vós sobre a terra, e apenas o amor substitui todo o resto". A possibilidade de redenção parece perdida para Heloísa, desde que o amor profano esvazia o sentido de sua peregrinação, mas, para St.-Preux, a jornada está apenas começando, e o seu amor,

32. A identificação com Abelardo aparecerá, posteriormente, nas *Confissões*.

quando sublimado, ao invés de aliená-lo de Deus e dos homens, deve, ao contrário, restabelecer todos os laços capazes de integrá-lo na ordem restaurada de Clarens.

St.-Preux apresenta-se acima como um personagem a meio caminho do pícaro e do cavaleiro errante; sua condição social não lhe permitiria pertencer a alguma ordem cavaleiresca, mas sua nobreza espiritual o preserva dos descaminhos picarescos. Seu amor o guia e eleva.

Essa elevação é prefigurada metaforicamente na ascensão ao Valais, onde se condensam os vários movimentos, de concentração e expansão, que caracterizam a consciência de si para Rousseau. Recolhido, na lembrança de Júlia, "num certo estado de langor não desprovido de charme para um coração sensível", St.-Preux começa a subir a montanha, surpreendendo-se, desde o início, ao encontrar no seu guia mais um amigo do que um mercenário. Após constatar, na carta anterior, sua inexorável solidão ("errante... sem família, e quase sem pátria..."), o caminho percorrido aqui deve conduzi-lo, de surpresa em surpresa, a uma reintegração clara, pura, com a natureza e com os homens: esse episódio, tomado isoladamente, corresponde, na construção mítica da história da humanidade, ao período feliz que antecede a instauração da desigualdade. Integrado na trajetória individual de St.-Preux, cruza filogênese e ontogênese, laicizando a versão cristã dos ciclos da história: a possibilidade da redenção está sempre ao alcance, mas deve ser sempre recomeçada, individualmente, na solidão.

O mesmo episódio estabelece uma continuidade com a tradição literária, evocando a ascensão ao Monte Ventoux, em que Petrarca, de acordo com um relato de sua correspondência, ao chegar no topo da montanha, se depara com a seguinte passagem das *Confissões* de Santo Agostinho, folheadas ao vento: "os homens vão admirar as alturas das montanhas, a imensidão do mar, a queda dos rios, a beira do oceano, mas esquecem-se de si mesmos..."[33].

---

33. *As Confissões*, livro X, capítulo 8.

A JORNADA E A CLAUSURA

Não se pode afirmar, com certeza, que este episódio, em que Petrarca – tantas vezes citado na *Nova Heloísa*, inclusive nessa mesma carta ("Qui non palazzi, non teatro o loggia, / ma'n lor vece un'abete, un faggio, un pino /...") – evoca seu mentor espiritual, tenha sido de fato lembrado por Rousseau[34].

De qualquer forma, e quer tenha sido o Valais de Rousseau, como querem alguns, quer tenha sido, muito antes, o Monte Ventoux de Petrarca a despertar o gosto pelo montanhismo e uma nova relação com a natureza, ambos se unem, no espaço mítico da literatura, sob a influência explícita de um grande modelo. Não deixam de marcar, ao mesmo tempo, na retomada evolutiva de uma mesma alegoria, as transformações que o modelo agostiniano sugere a cada autor: para Petrarca, a descoberta da experiência estética oculta até certo ponto sua dimensão espiritual, enquanto Rousseau redescobre na Natureza a grandeza que Agostinho só atribui ao criador.

Guiado assim por dois "amigos" ilustres, St.-Preux não deixa, pois, de percorrer seu caminho próprio. E não é propriamente a Deus, não em todo caso ao Deus de Agostinho, que esse caminho conduz.

"Atravessarei, portanto, esta força, subindo de grau em grau para o Deus que me fez; e chego a estes vastos campos e a esses palácios da memória, onde está o tesouro das imagens inumeráveis das coisas sensíveis"[35]. Assim começa o capítulo citado, em que

---

34. Independentemente de qualquer referência a Santo Agostinho, a comparação entre o episódio narrado por Petrarca e aquele da *Nova Heloísa* se impõe. Bellenot, por exemplo, acredita que ambos "aspiram a reencontrar, no simbolismo do amor cortês secularizado pela literatura, a imagem de renovação espiritual autêntica que eles esperam do amor humano...", sendo que a experiência da montanha representaria para ambos "a lenta elevação de Eros que se purifica". J.-L. Bellenot, "Les formes de l'amour dans La Nouvelle Héloïse, et la signification symbolique des personnages de Julie et St.-Preux", in: *Annales Jean-Jacques Rousseau*, XXXIII, 1953–1955, pp. 159 e 164.

35. Baseado na tradução espanhola de A. C. Vega, O.S.A., Madrid, Biblioteca de Autores Cristianos, 1974.

3 8

Agostinho trata da extensão da memória, os vastos campos da memória que é preciso atravessar para chegar a Deus. Mas, se é preciso ir além da memória para encontrá-lo, como encontrá-lo sem a sua lembrança? (X, 17). Buscar Deus é buscar a vida bem-aventurada, para que a alma viva; para buscar a vida bem-aventurada, é preciso tê-la conhecido (X, 20); pois, se a idéia de uma vida bem-aventurada está na memória, é preciso que tenhamos sido felizes no passado. Quando Deus se confunde com a verdade, é que se constata que está em todos os lugares (X, 26), mas é na interioridade, conquistada na exploração da memória, que Ele pode ser encontrado, e não na contemplação exterior das obras divinas[36] (X, 27).

O caminho de Agostinho é, pois, o de voltar-se para si, tomar consciência de sua individualidade construída na memória, para então chegar a Deus. O caminho de St.-Preux parece ir na direção contrária. À lamentação de Agostinho – "os homens vão admirar as montanhas e esquecem-se de si", de si mesmos, onde podem encontrar Deus – St.-Preux, na contemplação da obra divina, responde: sim, "o espetáculo tem um não-sei-que de mágico, de sobrenatural, que arrebata o espírito e os sentidos; esquecemos de tudo, esquecemo-nos de nós mesmos, não sabemos mais onde estamos". O esquecimento aqui é reivindicado como condição necessária para chegar à bem-aventurança, pois o que St.-Preux esquece é o seu "eu" dolorosamente dividido na vida social do Antigo Regime, interiorização da divisão imposta pela desigualdade.

Essa passagem, em que St.-Preux está subindo as montanhas do Valais, "só,... sem família, e quase sem pátria...", evoca o início da Primeira Caminhada, em que Jean-Jacques se constata "só sobre a terra, não tendo mais irmão, próximo, amigo, sociedade além de mim mesmo". Assumida sua solidão, resta-lhe descobrir o que sobrou dele no isolamento dos homens. Ferido, perseguido, Jean-Jacques refugia-se no seio da Natureza para sonhar com a boa so-

---

36. O que evoca o acento agostiniano da interpretação que Franklin Leopoldo faz de Marcel Proust.

ciabilidade: "Haveria gozo mais doce que o de ver um povo inteiro dedicar-se à alegria num dia de festa e todos os corações desabrocharem sob os raios supremos do prazer que passa rápida mas vivamente através das nuvens da vida?" (9ª Caminhada). Agostinho, na sua solidão, encontra Deus, Jean-Jacques reencontra os homens.

Na narrativa romanesca, o ideal de sociabilidade é descoberto no alto da montanha, onde St.-Preux começa por esquecer-se de si, para conseguir, além dos preconceitos, ter a revelação de uma vida bem-aventurada.

Seguindo a distinção de Northrop Frye[37] e de J. C. Davis[38], a comunidade aqui representada está mais próxima da tradição arcádica do que de qualquer outra forma de sociedade ideal. Predomina a relação harmoniosa com a natureza, não a natureza extravagante da terra de Cocanha, mas uma natureza humanizada, capaz de satisfazer os desejos simples dos homens. A simplicidade e a igualdade caracterizam esta organização social primitiva, que prescinde dos mecanismos institucionais necessários à conservação da ordem na Utopia. No romance pastoral, notadamente na *Astréia*, uma das reconhecidas fontes da *Nova Heloísa*, a representação da vida bucólica favorece antes a expressão lírica dos sentimentos do que a crítica social. Integrada na narrativa rousseau-niana, deixa de figurar como evasão para realizar, como diz Michel Launay, "uma fusão perfeita entre o sentimento amoroso e a consciência cívica", "desenvolvendo-se progressivamente em proveito de seu aspecto social"[39].

Como entre os habitantes da Arcádia, é mais a "isenção das penas" que o "gosto dos prazeres" que garante a tranqüilidade dos valaisanos. Sua hospitalidade desinteressada é tanto mais acolhedora quanto reconhecem em St.-Preux a mesma pureza de inten-

---

37. Northrop Frye, "Varieties of Literary Utopias", em *Utopias and Utopian Thought*, edited by Frank E. Manuel, Boston, Cambridge, 1966.
38. *Op. cit.*, pp. 31–36.
39. M. Launay, *Jean-Jacques Rousseau, écrivain politique, 1712–1762*, Grenoble, ACER, 1971.

ções. Quando, então, descobrem sua nacionalidade suíça, declaram-se irmãos, e a integração do viajante à comunidade se completa. A sociedade ideal está aqui bem situada geograficamente, ao contrário do "lugar nenhum" da Utopia. Mas é preciso lembrar que a "Suíça" e "Genebra" ocupam, na imaginação de Rousseau, em oposição à "França" e "Paris", um espaço mítico, simbolizando, no primeiro caso, a sobrevivência dos valores comunitários e civis, ou seja, aqueles que servem para integrar os homens, e, no segundo, os falsos valores aristocráticos que os separam.

A sociedade descrita distingue-se da Utopia pela ausência da preocupação institucional e aproxima-se da Arcádia pela simplificação das necessidades humanas e pela idealização da natureza. No entanto, enquanto no romance pastoral a vida bucólica não passa de um cenário singelo para os entreveros amorosos – pelo menos na sua versão francesa, preciosa e aristocrática, avessa à alegoria política – na descoberta do Valais por St.-Preux, o *dépaysement* ("Imaginai a variedade... o prazer de... se encontrar num novo mundo...") reformula a abertura típica da utopia clássica, que coloca o narrador numa posição de exterioridade e centra o foco da narrativa sobre a descrição da comunidade. Por outro lado, enquanto, nos textos utópicos, a "realidade da iniciação", o processo de aculturação do narrador são omitidos, abstraindo de certa forma o confronto entre os dois mundos[40], a afinidade prévia entre St.-Preux e os habitantes do Valais permite uma absorção mútua inédita que, ao invés de eliminar o indivíduo na descrição dos mecanismos institucionais, enriquece sua subjetividade na assimilação do ideal social.

O Valais aqui descrito está para a comunidade de Clarens, instituída por Júlia e Wolmar, como a sociedade natural, último termo do estado de natureza, está para a sociedade do contrato: a primeira antecede a desigualdade, a segunda tenta superá-la, completando o processo de *desnaturalização* do homem, capaz de transformá-lo num cidadão.

40. Preocupação de Georges Benrekassa, no texto citado, p. 384.

A experiência pela qual St.-Preux ainda deve passar, para reencontrar sua unidade na participação da ordem restabelecida, é aquela do sacrifício exigido pela virtude. O amor-paixão é bom enquanto aliena o indivíduo da ordem alienada, mas é despersonalizante; apenas o amor virtuoso, descoberto por Júlia no casamento, transformando o sentimento do amante, devolve-o a si mesmo: não mais um indivíduo dividido, alienado no outro, mas parte integrante de um todo – a família, a comunidade.

Enquanto isso, o devaneio amoroso de St.- Preux ("se pudesse passar meus dias contigo nesses lugares desconhecidos...") integra a descrição da boa sociabilidade valaisana na sua história individual: história que começa a desenvolver-se como história de uma consciência, que se descobre e se constrói na adversidade, no desejo insatisfeito, até chegar, numa superação da antítese entre indivíduo e sociedade, a assentar-se sobre os verdadeiros valores morais. Se o amor "abre para o mundo dos valores"[41], ele deve transformar-se para estabelecer a comunhão mais elevada, capaz de sobreviver à fragilidade da paixão: "Se o amor extinto deixa a alma esgotada, o amor subjugado lhe dá, com a consciência de sua vitória, uma nova elevação e uma atração mais forte por tudo o que é grande e belo"[42].

O caminho a percorrer ainda é longo para o herói que exclama: "Não me esqueceria antes de mim mesmo, e que poderia ser de mim sozinho, eu, que nada mais sou a não ser por vós?" O amor de Júlia ainda não completou sua função mediadora e restabelece, no fim desta carta, o véu que fora suspenso, no início da mesma, na contemplação da montanha, no "espaço límpido onde a transparência da alma se abre sobre a transparência do ar", como diz Starobinski[43]. Assim, a felicidade se esvai como as quimeras, e a dúvida volta a assombrar o amante: "que serei na realidade?"

---

41. Cf. P. Burgelin, *op. cit.*, pp. 372–405.
42. *La Nouvelle Héloïse*, V, III, citado por P. Burgelin, *op. cit.*, p. 388.
43. *Jean-Jacques Rousseau: La Transparence et l'obstacle*, Paris, Gallimard, 1971, p. 104.

O amor-paixão, exclusivista, opera como fator individualizante: St.-Preux mergulha na sua interioridade e se expande no mundo através do seu sentimento amoroso. Mas o que ele encontra dentro de si e no mundo, além da intuição da transparência, é uma divisão que não pode ser superada na solidão, independentemente das considerações de ordem social. Seria este o momento em que, como diz Michèle Duchet, o "primado da política permite romper com a concepção cíclica da história"? No Valais, St.-Preux tem a visão do estado de inocência da humanidade, paraíso perdido, mas também possibilidade efetiva de um recomeço. Se a "volta" não é mais possível, dado o processo avançado de "desnaturalização" aqui representado pelo amor de Júlia, o processo deve ser completado – o que resta do "homem natural" transformado em "homem civil" – para que a divisão seja superada na perfeita integração ao ideal comunitário. Se a realização desse ideal é capaz de romper o círculo da história, é o que tentaremos avaliar adiante, a partir do exemplo de Clarens.

É na carta seguinte que St.-Preux, a propósito da remuneração de seus serviços de preceptor e analisando o sentido da honra, para além dos preconceitos, evoca o "miserável" Abelardo que "conhecia tão pouco o amor quanto a virtude". A partir daí, dilui-se a semelhança entre os destinos dos dois casais. O apelo à virtude é renovado por Júlia, na carta em que sua história é recapitulada e sua "conversão", relatada. Conversão esta que não é brutalmente imposta, como a de Abelardo, e cuja sinceridade permitirá a Júlia desempenhar melhor o papel de guia espiritual, assumido por este na sua relação com Heloísa, a triste abadessa do Paracleto.

Devemos nos deter agora um pouco nesta carta 18 da terceira parte, a carta autobiográfica de Júlia, de importância fundamental na estrutura do romance. Assim como a "carta-autobiográfica" de Suzana Simonin relata basicamente a história de seu encarceramento, a de Júlia refere-se exclusivamente à história de seu amor. Ainda assim, podemos falar em autobiografia, na medida em que a mesma seqüência de acontecimentos cuja progressão acompanhamos, passo a passo, na troca epistolar entre Júlia e os outros, per-

A JORNADA E A CLAUSURA

sonagens é aqui narrada, retrospectivamente, pela heroína da história, e o seu ponto de vista predomina sobre os dos demais personagens. No entanto, devemos sublinhar que, enquanto a forma autobiográfica tende a privilegiar a expressão da individualidade dos personagens, a função alegórica desempenhada por Júlia e Suzana impõe uma reflexão suplementar sobre os limites e o alcance da autobiografia. Quanto à relação desta última com o gênero epistolar, a comparação entre as variantes tão diversas entre si, das cartas de Júlia e de Suzana, evidencia o caráter experimental do romance do século XVIII, determinado a explorar todas as suas potencialidades.

No caso de Suzana, o relato de seus infortúnios constitui o corpo principal do romance, e a correspondência, acrescentada no Prefácio-anexo, relativiza o sentido do mesmo, como veremos em outro capítulo, na medida em que reincorpora o indivíduo, desgarrado pela sociabilidade perversa do convento, na rede natural das relações sociais.

Talvez não seja impertinente notar, de passagem, alguma semelhança formal entre o romance de Diderot e a correspondência entre Abelardo e Heloísa que circula na seqüência da *Historia calamitatum mearum*: aqui também o relato das calamidades, que marca o indivíduo com o selo da alienação, nos seus conflitos com o mundo, se resolve através de sua integração na ordem que o eleva à posição de mestre espiritual. A integração aqui se obtém, é verdade, através de uma ferida no corpo de Abelardo, e na alma de Heloísa; enquanto Suzana evapora-se, finda a demonstração de Diderot, em proveito de um ideal até certo ponto utópico de fraternidade filosófica.

Mas, voltando à carta autobiográfica de Júlia, veremos que ela desempenha um papel de verdadeiro *pivô* do romance, como diz Mauzi, referindo-se, no entanto, ao fato central aí relatado, ou seja, a sua conversão[44].

---

44. R. Mauzi, "La Conversion de Julie dans la Nouvelle Héloïse", em *Annales Jean-Jacques Rousseau*, XXXV, 1959–1962, p. 31. Veremos adiante, no ca-

JEAN-JACQUES

De modo geral, é possível dizer que a figura da *conversão* constitui-se freqüentemente no cerne do gênero autobiográfico, desde sua primeira e talvez maior expressão, as *Confissões* de Santo Agostinho. É o que John Freccero se empenha em demonstrar num pequeno e interessante artigo[45], no qual estabelece a linha que conduz de Agostinho até o Rousseau das *Confissões* e mesmo além, até a revelação estética que transforma o destino de Marcel em *Em Busca do Tempo Perdido*.

A respeito da conversão de Júlia, o que chama a atenção dos comentadores – desde Bernard Guyon, nas suas notas da edição da Pléiade – o que causa inclusive alguma perplexidade[46], é o caráter perfeitamente cristão dessa experiência mística, obra inequívoca da graça divina, estranha portanto a qualquer reinterpretação laicizada e racionalista como aquela que subjaz à *Profissão de Fé do Vigário de Sabóia*. Assim, se em outros exemplos autobiográficos o tema teológico pode ser descartado enquanto a estrutura narrativa da conversão se mantém, a experiência mística de Júlia parece relativamente bem mais próxima do modelo agostiniano.

De fato, o relato de Júlia reinterpreta em poucas páginas toda a seqüência que conduz, no livro VIII das *Confissões*, à conversão definitiva de Agostinho: o mesmo combate interior antecede a mesma brusca iluminação, que vem acompanhada, em ambos os casos, dos mesmos tremores e violenta perturbação. Ouvindo as palavras da Escritura, gravemente pronunciadas na cerimônia do casamento, Júlia acredita ouvir a voz de Deus, assim como Agostinho ouvira a voz infantil, dizendo-lhe: *toma e lê*. O mesmo acaso aparente que fez Agostinho abrir o livro do apóstolo numa passagem determinada conduz o olhar de Júlia para o amável casal, M. e Mme d'Orbe, elevados à condição de exemplo virtuoso. Uma mesma extrapolação

<hr/>

pítulo dedicado à *Religiosa*, que esse papel é aí, desempenhado pela *mistificação* relatada na seqüência da carta autobiográfica.

45. "Autobiography and Narrative", em *Reconstructing Individualism*, edited by Heller, Sosna and Wellbery, Stanford University Press, 1986, pp. 16–29.

46. Como podemos observar na discussão reportada no fim da comunicação de Mauzi, *op. cit.*, pp. 39–47.

A JORNADA E A CLAUSURA

deslocada que insere, no relato emocionado de Agostinho, uma diatribe contra os Maniqueus, permite o raciocínio frio de Júlia contra os vãos sofismas dos filósofos. A mesma paz, a mesma alegria, o mesmo sentimento de renascer encerra a experiência. Sobretudo, a mesma estrutura em abismo espera atingir o leitor: Agostinho se emociona com o relato de outra conversão e é iluminado pela graça, colocando-se então, no seu próprio relato, como novo exemplo. O processo da conversão é contínuo, cada convertido passa a conversor. Assim, Agostinho deve mostrar a Alípio a passagem encontrada ao acaso, no livro santo, onde este lê a seqüência que diz: "Sustentai aquele que é fraco na fé". Também Júlia, ao se mirar no exemplo da prima, coloca-se como exemplo, cumprindo a missão que lhe atribui o Segundo Prefácio: "Gosto de imaginar dois esposos lendo essas cartas juntos... como poderiam contemplar o quadro de um casal feliz, sem querer imitar um tão doce modelo?"

As semelhanças destacam, no entanto, a radical distinção no desenlace da experiência mística, surpreendente para o leitor pouco familiarizado com a tensão sutil entre puritanismo e platonismo na descrição da experiência amorosa rousseauniana, com aquele terreno movediço no qual o sentimento do sublime parece que se avizinha do drama burguês.

Nas *Confissões,* o que poderia causar estranheza no leitor que ignorasse sua dimensão alegórica é que, após tamanha elevação, a conversão relatada à mãe de Agostinho causa-lhe o maior júbilo, além de suas expectativas, sobretudo porque a iluminação divina leva seu filho a não mais desejar uma esposa: é preciso reconhecer aqui, simbolizada, a volta de Agostinho à Madre Igreja. Por sua vez, Júlia é alcançada pela graça no exato momento do matrimônio imposto pelo pai, e o caráter sagrado da instituição do casamento é então longamente tematizado, como uma resposta direta ao modelo agostiniano: ao invés da alienação do mundo pelo amor de Deus, Júlia louva a integração à ordem imanente das relações sociais e familiares no amor de Deus. Mas, sobretudo, à figura da Mãe, símbolo da *instituição* eclesiástica, Rousseau opõe a figura de um Pai, que representaria nessa passagem a própria *consciência* individual de Júlia.

4 6

Ainda a respeito da graça, é preciso lembrar que à sua representação inequívoca neste final da primeira metade do romance responde uma observação de St.-Preux, na carta 7 da sexta parte, quando se aproxima o grande desenlace, a morte de Júlia (que reafirma o paralelismo entre as duas metades, ou os dois ciclos da existência da heroína, já que a conversão também figura como morte e renascimento).

Nesta carta, pois, em determinado momento St.-Preux diz a Júlia: "Não acredito, pois, que, após ter provido de todas as maneiras às necessidades do homem, Deus conceda a um mais do que a outro auxílios extraordinários...", o que provoca a reação dos guardiães da ortodoxia, que consideram a observação "uma doutrina muito arriscada sobre a graça"[47]. Na seqüência, e resguardando, contra conclusões apressadas a utilidade das preces, St.-Preux defende esse "recurso contra suas fraquezas" nos seguintes termos:

> Todos os atos do entendimento que nos elevam a Deus nos levam acima de nós mesmos; implorando seu socorro aprendemos a encontrá-lo. Não é Ele que nos eleva, somos nós que nos transformamos, elevando-nos até Ele.

Dois asteriscos remetem a uma nota de pé de página que reproduzimos parcialmente aqui:

> Nosso galante filósofo, após ter imitado a conduta de Abelardo, parece querer tomar-lhe também a doutrina. Seus sentimentos sobre a oração têm muito em comum. Muita gente, notando essa heresia, achará que teria sido melhor persistir no desamparo que cair no erro; eu não penso dessa forma...

A síntese entre as duas posições aparece na carta seguinte, sob a pena de Júlia: "É preciso antes de tudo fazer o que se deve e, depois, rezar, quando se pode. Eis a regra que eu trato de seguir".

---

47. Cf. notas de Bernard Guyon, p. 1780.

De que maneira é possível desincumbir-se dessa tarefa é o que tentaremos descobrir agora na análise da estrutura da pequena sociedade de Clarens.

O que a nossa análise comparativa parece sugerir até agora é que o pensamento religioso e mesmo político – já que a conversão de Júlia efetua de certa forma, num aparente paradoxo, a passagem do religioso para o político – que se expressa na *Nova Heloísa*, constrói-se pouco a pouco de maneira absolutamente original, sem deixar de apoiar-se, nos momentos cruciais de articulação da narrativa, em modelos literários que ainda constituem os paradigmas da representação do indivíduo na sua relação com o mundo: Abelardo, Petrarca e, além deles, o mestre de ambos, Santo Agostinho.

## JÚLIA E A COMUNIDADE

A conversão de Júlia parece construir-se, pois, numa referência direta à conversão de Agostinho. Mas o diálogo estabelecido com o modelo agostiniano, ao mesmo tempo em que revela sua dimensão mítica no horizonte literário do romance setecentista, destaca a irredutível distância que separa o cidadão da *Civitas Dei* da articulação rousseauniana entre religião e sociedade. De fato, a principal crítica de Rousseau ao cristianismo incide sobre a separação entre as duas cidades, a distinção entre o teológico e o político. Assim, a conversão de Júlia deve instituir um novo paradigma, que reorienta a experiência mística num sentido de maior coesão social.

Se a utopia clássica do Renascimento tentara restabelecer com meios estritamente humanos, e nos muros restritos da cidade autárquica, o sentido da ordem, abalado pelo esvaziamento da fé providencial, a referência utópica no romance de Rousseau reintegra a experiência íntima religiosa na sua reflexão sobre a sociedade ideal, sem abrir mão do primado da política sobre a religião.

É próprio da Utopia a supervalorização das instituições; Clarens, por sua vez, será fundada sobre "a única instituição desejada por Deus", segundo o Gênesis, ou seja, o casamento. A defesa do casamento responde tanto à comunidade de mulheres da *República* de Platão quanto ao ideal de abstinência e celibato de Agostinho. Por outro lado, cabe ao *mariage de raison,* assumido por Júlia, a representação simbólica do Contrato Social, que permite a instauração da lei.

Que a família se constitua ou não como o primeiro modelo de instituição social, essa é uma questão controvertida, muito bem resumida por Pierre Burgelin, que toma Clarens como exemplo de "uma família contratual que vem se enxertar sobre uma família natural"[48]. A idéia do "enxerto" é uma tentativa de justificar a interpretação da sociedade ideal instituída por Júlia e Wolmar como paralela à sociedade do Contrato Social, apesar de afirmações tais como aquela encontrada no artigo "Economia política" que diz: "Não tendo a cidade nada em comum com a família [...] seus direitos não poderiam derivar da mesma fonte..."[49].

De qualquer forma, é preciso considerar a natureza romanesca da representação de Clarens, que permite, através da alegoria, uma transposição mais livre de idéias expostas de maneira sistemática tanto no tratado político quanto no artigo da *Enciclopédia.* O "romance alegórico" não dá conta das articulações mais sutis da reflexão teórica e se constrói freqüentemente como uma sucessão de quadros, que lembraria o teatro de feira medieval, não fosse o fluxo lírico da narrativa na primeira pessoa, que absorve a alegoria à maneira agostiniana. O caráter de transição da literatura setecentista evidencia-se no contraponto entre essa sucessão de quadros alegóricos, que se inscreve numa longa tradição narrativa, e a sucessão de estampas domésticas, singelas ou melodramáticas, ao gosto bem burguês, que ilustram as primeiras edições do romance.

Vimos que à autoridade da Igreja, simbolizada pela Mãe, nas memórias de Agostinho, Rousseau opõe aquela da Consciência, simbolizada pelo Pai, na história de Júlia. É a Consciência, a "antago-

---

48. P. Burgelin, *La Philosophie de l'existence de J.-J. Rousseau*, Paris, Presses Universitaires de France, 1952, p. 519.
49. *Idem*, p. 518.

nista da Paixão"[50], que a conduz ao matrimônio, permitindo a expressão da "voz celeste" que se faz ouvir através das palavras do Pastor, proferidas na cerimônia, afastando-a definitivamente dos "sofismas da Razão". "Um poder desconhecido pareceu corrigir de repente a desordem de minhas afeições e restabelecê-las segundo a lei do dever e da natureza". A conversão, descrita como "revolução súbita", traz o reconhecimento de que a entrega deve ser absoluta (já que "o olho eterno que vê tudo... lê agora no fundo de meu coração; ele compara minha vontade oculta à resposta de minha boca..."), da mesma forma que, no Pacto Social, a alienação de cada associado à comunidade deve ser total. A determinação da Consciência, a vontade de Deus ou a vontade geral estão intimamente associadas: é assim que a conversão de Júlia, que permite a fundação de Clarens, efetua a passagem do teológico ao político. De fato, a primeira metade da *Nova Heloísa* termina como o primeiro livro do *Contrato Social*, com a descrição da passagem para o estado civil, e a peroração de Júlia contra o adultério ilustra a renúncia à liberdade natural e a "substituição do instinto pela justiça".

A submissão da heroína à determinação de sua Consciência, representada sob forma alegórica, permite então a iluminação da Graça divina. Porém, é apenas na conclusão da carta, e pela primeira vez em todo o romance, que aquela é explicitamente nomeada, como bem o nota Bernard Guyon: "Escuto em segredo minha consciência..."[51]. A peripécia que a Graça efetua no destino individual de Júlia, corrigindo o rumo da alma corrompida, equivale, na história das nações, à "brusca revolução" que permite o recomeço cíclico. Assim, é possível reconhecer a semelhança entre a observação de Júlia: "Eu diria que uma alma corrompida o é para sempre... a menos que alguma revolução súbita, alguma brusca mudança de

---

50. Cf. P. Burgelin, *op. cit.*, p. 72. Cabe citar aqui o trecho da *Profession de foi*... lembrado por Burgelin, nesta mesma página: "Consciência! Consciência! Instinto divino, imortal e celeste voz; guia seguro de um ser ignorante e limitado, mas inteligente e livre...".

51. Parte III, carta XVIII, p. 364, e nota de B. Guyon, p. 1550.

fortuna e de situação mude de repente suas relações e, graças a uma sacudida violenta, ajude-a a reencontrar a harmonia"[52], e o momento descrito na história hipotética da humanidade em que "o ponto extremo que fecha o Círculo e toca no ponto de onde partimos"[53], momento em que "o gênero humano desapareceria se não mudasse sua maneira de ser"[54], segundo o *Contrato Social*; momento enfim, em que a Razão, apoiada na Consciência, pode forçar a maior adequação entre o indivíduo particular e a Vontade Geral. Que a ação da Graça divina seja equiparada a uma "brusca mudança da Fortuna" é mais um sinal de como o modelo agostiniano cruza-se de maneira subversiva com uma interpretação cíclica da História, o que resulta numa versão original dos mitos da queda e da redenção.

Assim como a conversão de Júlia tem para ela o sentido de um recomeço, um retorno a uma pureza original, também o destino de St.-Preux deve levá-lo a completar o movimento que transforma alienação em ordem. A viagem ao redor do mundo, sugerida por Milord Edouard, transforma-se para o amante infeliz, que desejou a morte após o casamento de Júlia, numa peregrinação de volta à vida.

Na terceira carta da quarta parte, St.-Preux resume para Claire a longa travessia, onde a variedade e o exotismo das paisagens destacam-se pelo que têm em comum: a exploração e a dor impostas ao homem pelo homem. A estratégia é a mesma de tantas utopias clássicas. Assim como Hitlodeu, na primeira delas, não descreve a sociedade ideal sem antes discorrer longamente sobre as injustiças das sociedades históricas, dosando sabiamente estranhamento e reconhecimento, também Clarens irá destacar-se, toda racionalidade e justiça, ao cabo de um longo itinerário através das vicissitudes da história humana.

---

52. *Idem, ibidem.*
53. *Discours sur l'origine de l'inégalité*, Éditions de la Pléiade, p. 191.
54. *Du Contract Social*, p. 360.

Enquanto o pensamento utópico renascentista já redimensiona a experiência da peregrinação cristã, abrindo mão de seu sentido transcendente, fixando num Lugar Nenhum perfeitamente terreno as boas instituições que prescindem do Juízo Final, a utopia rousseauniana de Clarens vai além, desfazendo o ideal universalista agostiniano: a peregrinação de St.-Preux o conduz de volta à *pátria* – não a pátria celeste do cristão, mas a terrestre do cidadão – numa notável variante da trajetória utópica.

Ao escrever *A Cidade de Deus*, Agostinho almeja, em primeiro lugar, rebater as acusações que associam a queda de Roma, sob os assaltos de Alarico, à recente adoção do cristianismo pelo Império. Desvinculando a *civitas dei peregrinans* dos negócios terrenos, ele a exime da responsabilidade por essa e por outras catástrofes, mas ao mesmo tempo deixa o homem, como diz Rousseau, "maduro para toda escravidão". Agostinho trata de redefinir o lugar do indivíduo no mundo contrapondo-se aos valores cívicos romanos – que ele respeita prudentemente, ainda que os compreenda como mero desejo de glória – mas lembra a transitoriedade das coisas desse mundo e a superioridade dos mais altos valores cristãos. É sobre esse ponto que incide a crítica de Rousseau, que reabilita, idealizando-a, a ética do cidadão. Enquanto o cristão – não importa que seja judeu, grego ou romano, servo ou senhor, homem ou mulher – é antes de tudo *homo viator*, rumo à transcendência, o verdadeiro cidadão, como o Romano, "que não é Caius nem Lucius, mas um romano"[55], realiza-se completamente integrando-se num todo capaz de reproduzir a ordem transcendente na imanência das leis sociais.

A descrição minuciosa e didática do funcionamento da vida social em Clarens segue o padrão estabelecido pelas utopias clássicas, alinhando os detalhes incongruentes com os fortes traços que definem sua estrutura básica, ou seja, a simetria, a uniformidade, o ascetismo, autarquia e isolamento, a fé na educação, o controle da natureza, assim como o dirigismo e o coletivismo. Vejamos agora de que maneira essas características aparecem no romance.

55. *Émile*, p. 249.

A *simetria*, primeira característica da cidade utópica, reflexo da racionalidade profunda das suas instituições, não é francamente exaltada, associada como está, na imaginação de Rousseau, aos jardins de Le Nôtre: contra a monotonia das aléias paralelas dos jardins clássicos, o jardim agreste de Júlia, o *Eliseu,* propõe uma nova relação entre arte e natureza[56]. No entanto, "a simetria e a regularidade agrada a todos os gostos"[57], e a racionalização do espaço ainda constitui o primeiro passo para a boa organização social: "Desde que os donos dessa casa nela fixaram residência... Eles taparam longos corredores para mudar as portas mal situadas, cortaram peças muito grandes para ter peças melhor distribuídas...". O "agradável" subordina-se ao "útil", e só ganha com isso.

A *uniformidade,* a *simplicidade* e o *ascetismo* monásticos que reinam nas utopias clássicas também caracterizam "a vida uniforme e simples", longamente descrita, dos habitantes de Clarens. A *autarquia agrícola* e o *isolamento* são reportados na mesma carta II, da Quinta Parte do romance: "Todo o bordado e a renda saem do gineceu; todo o tecido é fiado junto às galinhas..."[58]; "Bem julgueis que, no meio de tantos cuidados diversos, a falta de ocupação e a ociosidade que tornam necessárias a companhia, as visitas e as sociedades externas não cabem aqui"[59].

Entre todas as características básicas da utopia, talvez seja a *fé na educação* aquela que predomina na *Nova Heloísa,* tanto assim que acabaria merecendo um capítulo à parte: de fato, a terceira carta da parte V, que expõe detalhadamente a pedagogia de Júlia, pode ser considerada um esboço do *Emílio*[60]. Nesse ponto, Rousseau é bem filho do Século das Luzes, um século tão seduzido pelo

---

56. Sobre a "polêmica dos jardins", cf. D. Mornet, *Le Sentiment de la nature en France, de J.-J. Rousseau à Bernardin de St.-Pierre,* Genève/Paris, Slatkine Reprints, 1980, pp. 218–258.
57. Carta II, parte V, p. 546.
58. *Idem,* p. 551.
59. *Idem,* p. 553.
60. Cf. comentários de Bernard Guyon, *Nouvelle Héloise,* pp. 1667–1670.

A JORNADA E A CLAUSURA

"mito" da educação que acaba por fazer dela, como diz Jean Ehrard, "a rival da natureza entre as divindades da época".

Não nos cabe aqui tentar resumir todas as questões levantadas pela exposição sistemática dos princípios pedagógicos de Wolmar e Júlia. As notas de Bernard Guyon, guia valioso na leitura do romance, remetem aos inúmeros estudos dedicados a esse tema.

Gostaríamos, no entanto, de chamar a atenção para mais uma passagem em que se revela o combate duplo conduzido por Rousseau, nas páginas da *Nova Heloísa*, tanto com uma tradição que ele pretende questionar, sem desrespeitar os "grandes exemplos a imitar" – princípio formulado precocemente por St.-Preux[61], que nada desabona, no sistema amadurecido de Clarens – quanto com os filósofos, seus contemporâneos.

De fato, um dos desenvolvimentos da argumentação pedagógica de Wolmar visa, como bem nota B. Guyon, o *De l'Esprit* de Helvétius, que já suscitara inúmeras controvérsias, inclusive entre os amigos mais próximos do autor, como Diderot. A polêmica tem conotação ética, já que a teoria em questão, que atribui à educação a inteira responsabilidade pelo desenvolvimento do indivíduo, em detrimento de todo inatismo, atinge a idéia de um direito universal e a função reguladora da natureza – herdeira providencial – conduzindo a um relativismo individualista que poucos ousam assumir[62].

O exemplo dos dois cães no pátio, criados juntos e expostos às mesmas circunstâncias, e no entanto tão opostos nos seus temperamentos, é invocado, em defesa de um certo inatismo. Ao argumento de St.-Preux de que mil pequenas circunstâncias, passadas despercebidas, poderiam ter agido sobre um e não sobre o outro, Wolmar lhe responde que está a raciocinar como os astrólogos, que

61. *Nouvelle Héloise*, I, XII, p. 59: "Deixemos para lá todas essas vãs disputas dos filósofos sobre a felicidade e sobre a virtude; tratemos de nos tornar bons e felizes enquanto eles perdem seu tempo buscando como se deve sê-lo, e proponhamo-nos grandes exemplos a imitar em vez de vãos sistemas a seguir".

62. Cf. J. Ehrard, *L'Idée de nature en France dans la première moitié du XVIII$^e$ siècle*, Paris, Albin Michel, 1994, pp. 764–765.

5 4

insistem em atribuir a determinação do destino pelos astros, mesmo diante do caso dos dois homens nascidos no mesmo instante e de fortunas bem diversas.

A acusação injuriosa, assim como o apelo à observação procuram atingir o materialista Helvétius no seu próprio terreno[63], mas remetem também a uma passagem das *Confissões*, em que exatamente o mesmo exemplo dos homens nascidos no mesmo instante é invocado por Agostinho para desqualificar a astrologia com a qual ele se envolvera, assim como fizera com os Maniqueus, sempre em detrimento da verdadeira Fé. Nesse capítulo do livro VII, Agostinho está acertando suas contas com seu passado de alienação, às vésperas da experiência da conversão definitiva.

Repete-se aqui o que já constatamos anteriormente, quando vimos Júlia reproduzir, no relato de sua própria experiência da graça, a diatribe aparentemente deslocada contra os "vãos sofismas dos filósofos", num claro paralelo com aquela de Agostinho contra os Maniqueus na seqüência de sua conversão.

A identificação de Rousseau – ou de seu porta-voz – com Agostinho parece acompanhar a identificação daqueles que estão rapidamente tornando-se seus inimigos, mais ou menos desde a "iluminação de Vincennes" com os adversários do bispo. Assim, ele lança mão da munição agostiniana para defender a sua própria idéia de ordem moral, que não pode prescindir de todo providencialismo. No entanto, veremos que, ao adotar, como sugeria St.-Preux, um "bom exemplo a imitar", ele não deixa de responder-lhe, indiretamente, opondo valores bem iluministas ao fatalismo social agostiniano. De fato, enquanto o exemplo das *Confissões* refere-se a dois homens nascidos no mesmo instante, mas um filho de escravo e outro de um senhor rico e poderoso – condições imutáveis, no mundo de Agostinho, mas já nem tanto no século dos *paysans parvenus*[64] – Rousseau precisa dissociar a natureza, distribuidora

---

63. Como nota Bernard Guyon, *Nouvelle Héloise*, p. 1673.
64. Ou "camponeses arrivistas", aproximadamente. A expressão serve de título ao romance inacabado de Marivaux, *Le Paysan parvenu*.

de justiça, da desigualdade social pela qual só o homem deve ser responsabilizado. Para Agostinho, o que vai determinar o destino do indivíduo, além de sua condição social, é a Providência divina. Para Rousseau, antes da educação, foi a natureza que, providencialmente, atribuiu um temperamento ou outro a cada um.

Nada, no entanto, parece autorizar a interpretação segundo a qual as reflexões de Rousseau sobre a educação, seja na *Nova Heloísa* ou em qualquer outro texto, contêm em germe e conduzem à "moral individualista moderna sob suas formas mais ousadas"[65]. De fato, a idéia segundo a qual cada indivíduo nasce com um temperamento único, que nenhuma educação seria capaz de dobrar, não exclui absolutamente aquela que supõe uma ordem moral exterior a ele. Muito pelo contrário, trata-se de submetê-lo a um "jugo muito mais inflexível" que o da disciplina, o jugo da necessidade, justamente para que ele conheça "muito cedo o lugar em que o colocou a providência"[66]. O mais importante dos princípios da educação de Wolmar e Júlia, aquele sobre o qual se insiste mais, é o que consiste em fazer a criança sentir o seu desamparo e sua dependência. "O que haveria de mais chocante, de mais contrário à ordem, do que ver uma criança imperiosa e malcriada mandar em todos que a cercam...": na questão da relação entre o pequeno tirano e seu preceptor ou sua ama ecoa antes um moralismo jansenizante do que um sopro revolucionário. Mas, sobretudo, a idéia de uma ordem moral, dada e imutável, permeia todo o discurso; trata-se de atualizá-la na educação de cada indivíduo particular, da maneira mais eficiente, que não permita sua perversão: é nisso que consiste, aos olhos de Rousseau, toda a novidade de seu sistema, e que se apóiam, também, todas as máximas que, de alguma forma, contrariam tanto a educação cristã tradicional quanto os princípios materialistas. É difícil imaginar que seja possível compreender de outra maneira a conclusão segundo a qual "Todo homem tem seu lugar determinado na melhor ordem das coisas; trata-se de encontrar esse lugar"[67].

65. Como afirma B. Guyon em suas notas, cf. p. 1674.
66. *Nouvelle Héloise*, pp. 567–571.
67. *Nouvelle Héloise*, p. 563.

Encontrar esse lugar estabelecido de antemão, e não estabelecê-lo segundo qualquer capricho, essa é a tarefa pedagógica por excelência.

Mais do que sugerir desdobramentos românticos, pois, a *fé na educação,* que Rousseau partilha com seus contemporâneos, parece concentrar na *Nova Heloísa* uma tendência de toda a sua obra, ou seja, aquela que lhe associa tanto a defesa do *dirigismo* político quanto o ideal de *controle da natureza,* associação que já caracterizava o modelo clássico da utopia.

No entanto, resta lembrar que, no romance de Rousseau, uma brecha se abre para a expressão do indivíduo, que dilui as estruturas rígidas da exposição utópica. No caso aqui das especulações pedagógicas, a função atribuída a St.-Preux, de assumir futuramente a educação das crianças de Clarens, integra o "narrador" à descrição, e sua subjetividade dinamiza a narrativa conferindo-lhe um movimento que a utopia propriamente dita não conhece. De fato, nesse romance epistolar "polifônico", em que tantas vozes se cruzam, coube a St.-Preux, o viajante, a descoberta e a tarefa, desempenhada anteriormente por Hitlodeu e seus êmulos, de divulgar a boa nova da sociedade perfeita.

O *controle da natureza,* pois, outro traço marcante da utopia clássica, é firmemente exercido por Júlia e Wolmar. A própria natureza humana é manipulada e "retificada", seja através da educação das crianças[68], seja através dos costumes sociais, que, como já vimos, têm como princípio o ascetismo e a simplicidade.

Assim, a crítica à regra monástica não toma a forma da defesa das liberdades naturais, como em Diderot, mas incide antes sobre a sua ineficácia. De fato, a "maioria dos Monges", que é "submetida a mil regras inúteis, não sabe o que é honra e virtude". Nunca é demais lembrar, como faz St.-Preux, que "toda falsa Religião com-

---

68. O tratado de educação de Rousseau parece começar como um tratado de botânica, tamanha é a insistência sobre a metáfora: "Modelam-se as plantas com a cultura, e os homens com a educação", em *Émile,* Éditions de la Pléiade, p. 246.

A JORNADA E A CLAUSURA

bate a natureza, apenas a nossa que a segue e a retifica anuncia uma instituição divina e conveniente para o homem". Nosso novo Abelardo comenta aqui a regra de Clarens em oposição à tradição monástica, assim como Heloísa cobrara de seu ex-amante uma nova regra para o Paracleto, mais adequada à natureza feminina que a beneditina.

Não se trata, pois, de condenar a existência de regras, ou de opor a elas a regra única da Abadia de Thélème ("Faça o que quiser"), já que cabe ao homem completar o processo de "desnaturalização", que deve fazer o próprio mal servir de remédio. Todo o segredo de Clarens consiste na capacidade de seu legislador de cumprir o programa traçado nas páginas do *Contrato Social*: "Aquele que ousa empreender a instituição de um povo deve se sentir capaz de mudar, por assim dizer, a natureza humana"[69], ou no *Emílio*:

> As boas instituições sociais são aquelas que melhor sabem desnaturar o homem, tirar-lhe sua existência absoluta para dar-lhe uma relativa, e transformar o eu na unidade comum; de maneira que cada particular não se creia mais uno, mas parte da unidade, e só seja sensível no todo[70].

Ainda no *Emílio*, a associação entre o *país das quimeras* e a idéia de educação pública remete à *República* de Platão, avô de todas as utopias[71], cuja autoridade também é invocada na carta de St.-Preux sobre a educação[72]. Se o romance setecentista restabelece de alguma forma o diálogo com a tradição agostiniana, é natural que remonte ao texto ao qual, segundo alguns, a *Cidade de Deus* tentara responder: uma nova síntese é proposta aqui, após a dissociação renascentista do mito cristão. O que vale destacar, dentro de nossa perspectiva, é de que maneira a herança clássica é invocada num sentido diferente do renascentista: esta não serve mais ao movimen-

---

69. *Contract Social*, Pléiade, p. 381.
70. *Emile*, Pléiade, p. 249.
71. *Idem*, p. 250.
72. "Platão, vosso mestre, não sustentava que todo saber humano...", *La Nouvelle Héloïse*, p. 565.

to individualizante, que se contrapunha à autoridade escolástica, mas aparece antes como um refluxo da afirmação do indivíduo. De fato, a renúncia à liberdade natural e a absorção do indivíduo no corpo social são sistematicamente exaltados, tanto na *Nova Heloísa* como no *Emílio* ou no *Contrato Social*, como a única forma de superar a divisão dolorosa tanto do indivíduo quanto da sociedade.

*Fé na educação e controle da natureza, simetria, simplicidade e uniformidade, ascetismo, autarquia e isolamento* são, pois, características utópicas intimamente associadas no romance de Rousseau, assim como o *dirigismo* e o *coletivismo*: o controle exercido por Júlia e Wolmar sobre toda a comunidade não conhece limites, sendo que a própria vida privada de seus empregados, diluída na vida coletiva, é racionalizada e dirigida.

O ideal da natureza controlada, que está por trás tanto da educação quanto da agricultura de Clarens[73], ainda encontra expressão lírica na representação do *Eliseu*, figura paradoxal, já que, ao mesmo tempo em que concentra em si tantas características utópicas, constitui-se também no último reduto da privacidade e do recolhimento – numa negação do coletivismo transparente da comunidade.

A descoberta do Eliseu é quase uma revelação:

> Fui surpreendido por uma agradável sensação... o canto de mil pássaros tocaram minha imaginação tanto quanto meus sentidos... eu acreditei ver o lugar mais selvagem, o mais solitário... Surpreso, tomado, transportado por um espetáculo tão pouco previsto, fiquei um momento imóvel e exclamei num entusiasmo involuntário: Ô Tinian! Ô Juan Fernandez! Júlia, o fim do mundo está à vossa porta!...

Reconhecemos aqui retrospectivamente a ilha onde St.-Preux quase ficara retido, na sua viagem ao redor do mundo, cuja evoca-

---

73. A capacidade de controle é tal, que Júlia chega a "trapacear" com a natureza, como quando produz vinhos cuja variedade imita os diversos *crus* produzidos em regiões distantes, de condições climáticas bem variadas.

A JORNADA E A CLAUSURA

ção tem o cheiro de mar e o sabor de exotismo dos descobrimentos utópicos. A seqüência da descrição remete a outras paisagens, ao próprio país natal do narrador, que ele redescobrira anteriormente na ascensão ao Valais, como que antecipando a revelação do Eliseu. A experiência quase mística, o êxtase que a magia da natureza proporcionara, recupera-se, no entanto, na racionalidade da observação mais atenta: aos poucos St.-Preux identifica na disposição selvagem dos elementos apenas os arbustos mais comuns do país. "Adeus Tinian, adeus Juan Fernandez, adeus todo o encantamento!"... O encanto exótico se desfaz diante do reconhecimento da "simples indústria" responsável pela metamorfose do pomar familiar. A beleza laboriosa que se revela por trás da aparência selvagem simboliza a elevação ética que distingue o "retorno" à natureza, penosamente conquistado na vida virtuosa, das brincadeiras inocentes da juventude dos heróis. "Eis aqui o mesmo pomar onde lutáveis com minha prima a golpe de pêssegos" – a imagem edênica é substituída pelo cálculo rigoroso, mas o encantamento se restabelece diante da simplicidade singela da paisagem retocada.

O pequeno paraíso artificial, fechado a quatro chaves, poderia ser interpretado como espaço antidemocrático, já que se abre exclusivamente para poucos privilegiados. Mas o fato é que ele se inscreve negativamente na superfície regrada da comunidade, abrindo-se numa dimensão outra, onde a regra moral que o rege está além dos valores utópicos da sociedade ideal, com os quais não compete, nem os contraria, antes complementa[74]. Símbolo da individualidade irredutível, esquiva-se ao coletivismo social e abre-se para a contemplação dos devaneios solitários. No espaço recluso de aparência selvagem, as leis da sociedade ideal não têm aplicação: "nesse único lugar sacrificou-se o útil ao agradável...". No entanto, a defesa apaixonada da solidão virtuosa não permite as extrapolações românticas, nem a insubordinação do *agradável* ao *útil* atinge a associação entre ética e estética: o bom e o belo res-

74. A respeito do sentido complementar, na obra de Rousseau, de solidão e utopia, ver B. Baczko, *Rousseau, solitude et communauté*, Paris, Mouton, 1974.

60

plandecem na serenidade das folhagens do Eliseu, e o recolhimento solitário é também participação da ordem universal.

## CONCLUSÃO

Vimos que o jardim encantado de Júlia simboliza a elevação ética que o processo de desnaturalização – completado na submissão ao *dictamen* da consciência – representa em comparação com a inocência original. O Eliseu parece o Éden mas não é: o simbolismo cruza a referência cristã com o mito heróico da Antigüidade, e na sua antecipação do desenlace – morte e ascensão de Júlia a uma esfera superior – coloca a questão da interpretação rousseauniana dos ciclos da história.

Vale lembrar aqui a maneira pela qual Agostinho combatera, na *Cidade de Deus*, a concepção cíclica dos Antigos. Segundo ele, o mito do Eterno Retorno não só é falso como, ainda que fosse verdadeiro, seria necessário ignorá-lo, na medida em que seria demasiadamente injusto para com os homens, condenados a sofrer sucessivamente os mesmos males, sem esperança de Redenção. A Verdade revelada, a Fé, rompem a cadeia cíclica, e a Divina Providência restabelece a justiça, ordenando os destinos individuais de cada cidadão tanto da Cidade de Deus quanto da Cidade dos Homens – cuja trajetória é orientada linearmente para o fim dos tempos, no Juízo Final.

O mesmo imperativo ético que condiciona a argumentação de Agostinho contra a concepção cíclica da História é invocado por Rousseau na sua defesa da Providência contra o poema de Voltaire sobre o terremoto de Lisboa. Nessa carta notável, Rousseau parece resumir todo o debate que, desde o final do século anterior, mobilizara tanto os contendores quanto os defensores da idéia providencial, como de um lado Bayle, que reedita o argumento maniqueísta, e de outro Malebranche, que restringe a ação da Providência às vontades gerais, e sobretudo Leibniz, que completa a laicização da mesma, o que motiva o escárnio de um Voltaire desencantado.

6 1

Mas, retomando, o que fica claro na carta de Rousseau é que, por trás de todos os esforços de suprir o enfraquecimento da Fé através de sistemas capazes de ancorar novamente o homem num mundo estável e ordenado, é ainda o mesmo apelo por justiça lançado por Agostinho na *Cidade de Deus* que se faz ouvir:

> Não: sofri demais nesta vida para não esperar por outra. Todas as sutilezas da Metafísica não me farão duvidar um momento sequer da imortalidade da alma e de uma Providência benfazeja. Eu a sinto, creio nela, eu a quero, espero-a, defendê-la-ei até meu último suspiro; e esse será, de todos os debates em que me terei empenhado, o único em que meu interesse não será esquecido.

O mesmo imperativo ético, pois, determinado a colocar a Fé acima das sutilezas da metafísica, seja as da escola platônica no caso dos ciclos da história para Agostinho, seja as da filosofia moderna, no caso da Providência, para Rousseau, estabelece a relação entre os dois argumentos. No entanto, ao mesmo tempo em que responde a Voltaire, Rousseau não deixa de se opor à herança agostiniana, como ele sempre faz toda vez em que lança mão de sua autoridade moral para fortalecer sua crítica ao partido dos filósofos. Aqui, respondendo a Voltaire, ele também responde a Agostinho, quando afirma que "não há talvez, no Alto Valais, um único montanhês descontente com sua vida quase autômata e que não aceitasse de bom grado, ao invés do próprio Paraíso, o trato de renascer sem cessar para vegetar assim perpetuamente".

Na história individual, a recorrência cíclica decorre das próprias leis da natureza, como a noite sucede ao dia e o inverno ao verão. Se para o cristianismo a Verdade Revelada abre a perspectiva de um novo tempo, que rompe a cadeia cíclica de uma natureza decaída, para Rousseau é a perfectibilidade que perverte a natureza do homem, permitindo a própria História, que carrega o homem não na direção da Redenção mas da alienação, da sociedade e da cultura. Não se trata aqui de descartar simplesmente a concepção linear da História, tal como a concebia Agostinho, em favor da concepção cíclica dos Antigos, mas de reconciliá-las de maneira a dar conta tanto do novo – que é da ordem da cultura, portanto alienação – quanto do "curso natural das coisas", que é repetição, automatismo, vegetação, ordem. Se a perfectibilidade é o mal que contém seu próprio remédio, se é ela que retira o homem da tranqüilidade cíclica, ela também coloca o desafio de, através do exercício da Virtude, alcançar o patamar superior da existência moral. A natureza já pervertida tem aí a sua possibilidade de Redenção e, assim, o desvio estratégico em direção ao pensamento antigo, cuja função consiste em recolocar a noção de responsabilidade política, acaba reabsorvendo-se num ideal transcendente.

St.-Preux descobre no alto Valais esses mesmos montanheses que a carta a Voltaire diz preferirem o retorno cíclico ao próprio Paraíso; mas não cabe a ele, o homem moderno, a possibilidade da volta à Natureza: é tarde demais. Para converter alienação em ordem, seu trajeto deve completar o processo de desnaturalização, levá-lo a integrar-se na ordem social reconstituída, em Clarens, de acordo com o modelo divino. Mas é próprio da Natureza degradar-se, ela que nunca desaparece totalmente sob o domínio da Razão e da Consciência: mesmo sendo possível frear o curso da História, isolando artificialmente a sociedade ideal, nos moldes utópicos, assim como a morte é o destino certo do indivíduo, assim também a sociedade mais perfeita está condenada a dissolver-se: "Se Esparta e Roma sucumbiram, que Estado pode esperar durar para sempre?"[75]

Júlia encerra sua vida como a começou, sua inclinação natural despertando novamente, quando cede o prolongado esforço de vontade que a mantivera submetida ao imperativo da Consciência. A morte é pois, para ela, providencial, poupa-lhe a possibilidade da derrota da Virtude e eleva-a a uma dimensão superior. Mas, se a Redenção final é certa para Júlia, enquanto indivíduo tocado pela Graça, a comunidade da qual ela fôra a alma se desfaz na sua ausência: apenas outro concurso de circunstâncias fortuitas pode

75. *Du Contract Social*, Pléiade, p. 424.

reunir novamente as condições da reconstituição do ideal comunitário de Clarens.

Entre os ciclos do Eterno Retorno e a progressão contínua da Cidade de Deus, a concepção do tempo, na *Nova Heloísa*, permanece fluida: abre-se para o novo, mas não alimenta ilusões, espera a Vida eterna, mas mantém os pés no chão. A maleável convivência entre as duas idéias de tempo e história, inaugurada no Renascimento por homens como Petrarca e Pico della Mirandola[76], ainda está longe de se resolver em favor da concepção cristã laicizada, que os ideólogos do Progresso devem consagrar algumas décadas mais tarde: a ambigüidade da noção de "perfectibilidade" não permite a menor comparação com a simplificação positivista.

Essa idéia de Tempo, estranha a qualquer messianismo revolucionário, não favorece a concepção de um programa de ação definitivo, capaz de mudar o curso da história, ou de acelerá-lo em direção a uma apoteose final. A representação da sociedade ideal que melhor lhe convém é, de fato, aquela da Utopia clássica, e não parece nada insensata a afirmação de Judith N. Shklar, que vê em Rousseau o "último dos utopistas clássicos".

Em relação a estes últimos, no entanto, vimos como a representação do indivíduo se abre, no romance setecentista, para a "reivindicação da interioridade"[77], que transforma o horizonte geométrico da cidade utópica, sem deixar de submetê-lo ao ideal comunitário – capaz de reabsorver o individualismo doloroso e exacerbado do caminhante solitário.

---

76. Cf., entre outros, N. Bignotto, "O Círculo e a Linha", *Tempo e História*, Funarte, 1992, e K. Löwith, *Meaning in History*, University of Chicago Press, 1957.

77. Que R. Mondolfo destaca como "ponto central da filosofia de Rousseau". Cf. R. Mondolfo, *Rousseau y la Conciencia Moderna*, Editorial Universitaria de Buenos Aires, 1967.

# 2
♦

# As Confissões

## DA UTOPIA À PICARESCA

A representação do indivíduo no romance do século XVIII, como pudemos observar, parece apoiar-se, freqüentemente, em duas tradições romanescas originárias do Renascimento: a Utopia, cuja influência no romance de Rousseau tentamos analisar no capítulo precedente, e a Picaresca que, veremos agora, deixa sua marca em sua obra autobiográfica.

Dois modelos literários tão distintos um do outro, constituídos, no entanto, quase que simultaneamente, parecem responder a uma mesma necessidade espiritual, cuja natureza podemos deduzir a partir das questões tematizadas e de seu confronto com a herança literária da época. Antes, porém, de arriscarmos alguma interpretação, vale a pena tentarmos uma breve comparação entre as duas fórmulas, inauguradas, como já ficou dito, por Thomas Morus na sua *Utopia* e pelo autor anônimo do *Lazarillo de Tormes*.

O que começa por chamar nossa atenção é a radical oposição, nos dois modelos, na representação do indivíduo. O romance picaresco dá a palavra ao herói, ou anti-herói, que narra sua própria história, centrando o foco, pois, no *pícaro*, desvinculado de laços sociais, mas capaz de expressar sua interioridade – ainda que esta permaneça condicionada às categorias retóricas da reflexão moral. No romance utópico, por sua vez, a descrição objetiva dos mecanis-

6 5

mos sociais não permite uma abertura para o mundo interior dos cidadãos, cuja individualidade nem chega a se esboçar. Por um lado, então, o indivíduo só e desamparado, evoluindo no Tempo e no Espaço, numa trajetória aparentemente submissa aos caprichos da Fortuna, por outro, uma comunidade que protege seus cidadãos a ponto de dissolvê-los nos mecanismos institucionais – o Tempo suspenso, o Espaço fechado, a Fortuna submissa ao regulamento social. Enquanto, no primeiro caso, o problema da relação entre indivíduo e sociedade ganha um destaque sem precedentes na história da literatura, no segundo esse mesmo problema aparece resolvido através da absorção dos traços individuais na vida comunitária.

Naturalmente, do ponto de vista da estrutura narrativa, também é possível constatar a mesma simetria na oposição entre os dois gêneros: à descontinuidade e fragmentação do relato picaresco corresponde a descrição cerrada e metódica da sociedade utópica. Tantas oposições sugerem algum tipo de complementaridade – e, assim como, ao contemplarmos, num mapa-múndi, o desenho dos continentes, não podemos deixar de evocar o abalo sísmico que algum dia os separou, aqui também podemos suspeitar que, por detrás das duas formas literárias paradigmáticas, um passado em comum unificava a representação mítica do indivíduo no mundo.

Estabelecida a relação, talvez mais acessível ao leitor renascentista que a nós – vale lembrar que Quevedo, o autor de uma das obras picarescas de maior destaque, foi também o tradutor espanhol da *Utopia* de Morus – a cada etapa do trajeto do pícaro, a lembrança da sociedade ideal acena como esperança ou como meta, para se desfazer, em seguida, como castelo de areia, ao sabor do *desengaño* picaresco. O descompasso que se repete aqui, na intertextualidade, é aquele de um humanismo entusiasta, seguro de si, e a ressaca que representa o movimento da Contra-Reforma. De fato, entre 1515, data da publicação da obra de Morus, fruto de seu diálogo com o amigo Erasmo, e 1554, quando passam a circular as edições do *Lazarillo*, a reação da Igreja Católica contra a crescente laicização e o relativismo moral do Renascimento começa a tomar forma canônica no Concílio de Trento, em que o dogma do pecado original e a necessidade da Graça são reafirmados. Ao otimismo e idealismo moral da Utopia responde, pois, a fórmula picaresca, cujo pessimismo religioso combina-se de forma trágica com o realismo social; trágica na medida em que os desígnios da Providência parecem ter perdido a capacidade de soldar as contradições e dar sentido à trajetória humana no mundo: a grande questão do pícaro, à qual não pode responder, passa a ser a da responsabilidade moral e da justiça.

Podemos dividir sumariamente a história do romance picaresco em três grandes etapas: a primeira, que chamaremos de Picaresca Original, que inventa o modelo, associando-lhe um sentido de reflexão moral que se esboça no *Lazarillo* e se aprofunda no *Guzmán de Alfarache,* de Mateo Alemán, é seguida por uma reação que esvazia o mito picaresco de sua dignidade transcendente, acentuando o seu aspecto cômico e grotesco: é o que podemos conferir basicamente no *Buscón,* de Quevedo, e em outras obras menores, como a *Pícara Justina.* Por fim, numa terceira etapa, o pícaro se aburguesa e vive a experiência da ascensão social: do *Gil Blas de Santillana,* de Lesage, a *Moll Flanders,* de Defoe, a trajetória é a mesma, de progresso material aliado à tranqüilização das consciências.

Interessa-nos aqui centrar um pouco o foco de nossa atenção sobre a primeira etapa dessa história, em que o mito se formou, colocando a questão de maneira tão dramática e contundente, dissolvendo de maneira tão corrosiva o sentido sedimentado da experiência cristã, que, após o *Lazarillo* e o *Guzmán,* tantos outros pícaros, de outros tempos e outros lugares, ainda continuarão tentando dar-lhe resposta satisfatória.

Ditados populares e historietas folclóricas são unificados pela narrativa na primeira pessoa e se distribuem nos sete tratados que compõem o *Lazarillo de Tormes.* As leis do gênero se fixam a partir deste modelo: *a)* a autobiografia fictícia e os episódios independentes que se interligam no itinerário do pícaro; *b)* a obscura ascendência e condição social do personagem que o colocam à margem da sociedade, onde ele deve lutar contra a fome e a miséria; c) a desagregação dos valores no mundo em que evolui deve forçá-lo, para adaptar-se e sobreviver, a entrar permanentemente em contradição com a moral tradicional. A partir daí arma-se toda a estrutura da narrativa e decorrem todos os temas correlatos. O foco se concentra no indivíduo que narra suas aventuras e, ao mesmo tempo em que a baixa condição do personagem introduz a ironia e o realismo social, ela remete também, numa dimensão alegórica, à condição decaída do homem marcado pelo pecado original. É então que a contradição se instala entre o trajeto alegórico-espiritual de um indivíduo desgarrado no mundo e a realidade cotidiana desse mesmo mundo que não cede às tentativas de abarcá-lo num sentido transcendente, o que confere à narrativa picaresca o tom meio cômico meio amargo que lhe é peculiar.

A experiência picaresca é sintetizada na história de Lazarillo em curtos tratados onde o personagem descreve suas dificuldades para sobreviver servindo a sucessivos amos, todos mais ou menos miseráveis e desumanizados. Por fim, a ironia final cabe à explicação do "caso", prometida no início da narrativa ao destinatário ilustre do relato do pícaro: Lazarillo conta como veio a casar-se com a amante do Arcebispo, que lhe arruma casa e um ofício de apregoador. A ocupação infame e a condição adúltera tentam passar despercebidas, mas o leitor não deixa de apiedar-se diante da solução de compromisso, pois só pode soar ridícula a pretensão de Lazarillo de ter alcançado uma posição honrosa.

Entre a narrativa despojada e fulgurante do *Lazarillo de Tormes* e o relato caudaloso das aventuras de *Guzmán de Alfarache*, há quem perceba uma "evolução" ou "amadurecimento" do gênero. O fato é que, sem alterar em demasia a orientação ideológica da narrativa – como faz, por exemplo, Quevedo, que muda o rumo do trajeto picaresco – Alemán aprofunda a complexidade da reflexão moral, evidenciando a ambigüidade latente no Lazarillo. A grande matéria para controvérsias entre os comentadores do *Guzmán* está na incompatibilidade evidente entre *consejas* e *consejos*, entre "romance" e "sermão", entre o *pícaro* e o *atalaya de la vida humana,* como o chama o subtítulo da obra[1].

De fato, a narrativa se apresenta, retrospectivamente, como relato de um pecador arrependido, convertido, *in extremis,* ao consolo da Religião, o que lhe permite inserir, entre um episódio picaresco e outro, longas prédicas morais. No entanto, entre o aspecto errante e aventureiro da vida de Guzmán, em que se acumulam crimes e traições, e a pregação cristã, não parece haver nenhuma continuidade. Enquanto, no modelo agostiniano, a conversão unifica o sentido da obra, toda ela subordinada à ação providencial, que garante a redenção dos pecados e corrige o rumo do peregrino, abre-se aqui uma brecha que a intenção sincera não consegue superar numa síntese satisfatória.

Veremos como o pragmatismo auto-suficiente da tradução francesa setecentista resolverá, posteriormente, a questão: bastar-lhe-á eliminar as *moralités superflues,* tediosas para o leitor de Lesage, que continua, na sua própria obra inspirada na tradição picaresca, o *Gil Blas de Santillana,* a tarefa de adaptação ao otimismo *parvenu,* que ele inicia na sua versão do *Guzmán de Alfarache.* A contradição se resolve aqui a favor do realismo social, dos aspectos cômicos e da laicização – ao contrário das traduções alemãs do século precedente, em que o relato picaresco é esvaziado de todas as alusões anticlericais, permitindo uma leitura, tanto do *Lazarillo* quanto do *Guzmán,* conforme aos cânones da Contra-Reforma. Essa solução, que resolve a contradição insistindo sobre a representação alegórica de uma experiência cristã, se mantém, aliviada dos entraves da ortodoxia, na contribuição original da literatura alemã à tradição picaresca, que é o *Simplicius Simplicissimus* de Grimmelshausen[2].

Se as descendências alemã e francesa de *Lazarillo* e *Guzmán* diferem tanto entre si, é que cada uma, de seu lado, resolve a contra-

---

1. Ou seja, a incompatibilidade entre o relato das aventuras de Guzmán e as digressões moralizantes que o acompanham.
2. Sobre a tradição picaresca européia, ver Richard Bjornson, *The Picaresque Hero in European Fiction,* The University of Wisconsin Press, 1977.

dição, latente ou explícita, em favor de um de seus aspectos, opostos, do realismo satírico ou da alegoria. (Notemos, de passagem, que ainda não citamos o *Buscón* de Quevedo, que tem sua própria e distinta descendência, que começa com a *Pícara Justina* e chega à Justine de Sade.) Mas, voltando ao mito picaresco original, vejamos como os comentadores contemporâneos tentam resolver a contradição numa interpretação coesa.

Assim como entre os criadores, como Lesage ou Grimmelshausen, a posteridade da Picaresca parece dividir-se em dois campos, cuja linha divisória passa entre a representação realista e a alegórica da autobiografia do pícaro, também, no domínio da crítica, as diversas interpretações podem ser polarizadas em dois campos, que divergem, sobretudo, quanto ao sentido da articulação que confere à narrativa a experiência da conversão[3].

Por um lado, há os que acentuam o propósito moral e religioso da obra de Mateo Alemán – já que é no *Guzmán* que a contradição se exacerba – variando entre uma interpretação que lhe atribui um discurso condizente com a ortodoxia contra-reformista e aquela que percebe, na obra, uma oscilação entre a concepção tridentina e a luterana do livre-arbítrio e da graça. Sublinha-se aqui o fato de que, em comparação com o *Lazarillo*, as referências anticlericais desaparecem e que um dos personagens mais dignos e positivos que Guzmán encontra no seu caminho é o Cardeal romano que lhe oferece uma oportunidade de redenção.

Nem essa interpretação mais ou menos ortodoxa, nem aquela que inscreve a obra na "linha de um 'perfectismo' progressista sus-

---

3. Bons resumos da controvérsia entre os comentadores podem ser encontrados tanto na introdução de José María Ricó à edição do *Guzmán de Alfarache* (Madrid, Cátedra, 1992), quanto no artigo de J. A. Jones, "The Duality and Complexity of Guzmán de Alfarache: Some Thoughts on the Structure and Interpretation of Alemán's Novel" em C. J. Whitbourn (org.), *Knaves and Swindlers: Essays on the Picaresque Novel in Europe*, Oxford University Press, 1974. O primeiro distingue três grupos de interpretações: o da ortodoxia contra-reformista, o das amarguras, *heterodoxias y juderías* e o do reformismo e agostinismo. O segundo distingue basicamente as interpretações "teológicas" das "pedagógicas" ou "psicológicas".

## JEAN-JACQUES

tentado pelo humanismo e racionalismo cristãos"[4], duvidam da eficácia da conversão final como resolução do trajeto picaresco, o que faz com que este mantenha, na continuidade das *Confissões* de Santo Agostinho, uma posição menos ambígua do que poderia parecer, além dos laços estruturais da autobiografia.

Enquanto, de um lado, esses comentadores tentam amenizar a contradição entre o *pícaro* e o *atalaya,* entre *consejas* e *consejos,* preservando a eficácia providencial da conversão final do personagem, de outro, há os que, como Sobejano, tentam superar essa contradição, onde não vêem mais uma oposição insuperável entre pecado e graça divina, entre romance e sermão, mas a "degeneração de um indivíduo singular e da sociedade em geral"[5]. Nessa linha se inscrevem todas as interpretações que enfatizam os aspectos pedagógicos e psicológicos que vêm associados com a representação realista dos tipos sociais e do indivíduo isolado como elemento de crítica social.

O que todas essas interpretações têm em comum, incluindo-se aí a tentativa conciliatória, um tanto vaga, de Jones[6], é a preocupação em *resolver* a contradição, amenizando-a ou "superando-a", quando, talvez, o que caracteriza mais profundamente o romance picaresco original, o que faz a sua grandeza, parece ser justamente a impossibilidade de resolvê-la. Assim, o seu "agostinismo" prenunciaria aquele do sentimento trágico jansenista, tão bem descrito por Lucien Goldmann, em *Le Dieu caché*: aqui também Deus está presente e ausente ao mesmo tempo, não sendo nem possível desdenhar as longas digressões morais do pícaro convertido, considerando-as supérfluas, ou as concessões à censura da Inquisição, nem

4. Segundo M. Cavillac, citado por J. M. Ricó, *op. cit.*, p. 53.
5. Cf. G. Sobejano, *De la Intención y Valor del Guzmán de Alfarache*, RF LXXI (1959) 267–311. Citado por Jones, *op. cit.*, p. 36.
6. *Op. cit.*, p. 45: "Alemán tenta retratar os conflitos encontrados no mundo em que vive, e isso implica o duplo plano do homem em geral (pecado original, fomes, etc.) e os problemas de um indivíduo em particular numa sociedade particular (Guzmán e suas experiências), e tudo isso como uma expressão das tensões e conflitos sentidos consigo mesmo".

7 1

compreender a conversão muito oportuna de Guzmán como clara ação providencial, que lhe salvaria a alma como lhe salva a vida.

Mas, enquanto a elevação trágica jansenista está suspensa numa aposta na existência do *Deus absconditus*, o humor picaresco mantém a reflexão moral no nível das relações interpessoais, tendo o peregrino picaresco que se haver com os descaminhos da cidade terrena: a conversão nas galeras pode ser vista, quando muito, como tragicômica, dado que não parece transformar absolutamente o pícaro determinado basicamente a sobreviver. O episódio final, em que, já "convertido", Guzmán acaba por entregar à morte vários de seus companheiros galerianos, delatando os preparativos de um motim, surpreende na medida em que o pícaro tão versado em profundas reflexões morais não parece considerar um instante sequer as conseqüências de seu ato e a dimensão de sua responsabilidade. Ao leitor cabe relativizar e refletir onde o pícaro se cala, pois à série de escolhas morais que este deve fazer no seu caminho o discurso cristão, mais ou menos ortodoxo, que acompanha a narrativa, não é capaz de responder: é essa inadequação entre a explicação moral do mundo e a realidade cotidiana que a contradiz que, paradoxalmente, faz a força da dualidade estrutural do romance.

Mas voltemos à comparação iniciada acima entre Utopia e Picaresca, que nos levou a constatar a distinção radical entre uma ficção que supõe resolvidos os conflitos entre indivíduo e sociedade e aquela que, ao contrário, faz dessa relação sua matéria própria. Na verdade, o que ambas supõem é que o processo de individualização está necessariamente associado às oportunidades que o indivíduo encontra de fazer escolhas morais. Ao cidadão da utopia não cabe fazê-las, já que a legislação as previu e resolveu, antecipadamente: assim, sua individualidade nem pode se esboçar. Enquanto isso, o conflito moral é crônico no indivíduo picaresco, ele o acompanha continuamente, concretizando-se no abismo que se abre entre suas palavras e seus atos, *consejos* e *consejas*.

Assim, a ironia que, na *Pícara Justina*, quer denunciar a hipocrisia de Guzmán, ao qual se refere constantemente, dentro de um espírito de paródia, soa injusta, na medida em que aniquila toda a dignidade do conflito demasiado humano, que se resolve, no trajeto picaresco, de maneira tão patética. Veremos, oportunamente, como tanto Quevedo quanto o autor da *Justina*, e outros, representarão o pícaro do ponto de vista da ética aristocrática, negando-lhe qualquer densidade moral, restabelecendo, sem ambigüidades, a hierarquia dos gêneros: ao herói sem nobreza só cabe a expressão abertamente cômica, onde o grotesco não venha matizado por uma interrogação mais grave.

Mas o romance picaresco, tal como o próprio pícaro, sabe transformar-se, adaptando-se, ao longo da história da literatura, às diversas linhas ideológicas a que ele serve como sucessivos amos. Por fim, um pícaro como *Gil Blas* livra-se de sua origem humilde e alcança uma posição na sociedade, realizando a ambição burguesa de progresso material e enobrecimento e resolvendo o conflito moral, propriamente picaresco, ao cabo de um trajeto em que a experiência sedimenta-se numa sabedoria moderada e conformista. Escrito ao longo da vida de seu autor, *Gil Blas* é um romance onde é possível perceber a transição entre a tradição literária à qual pertence a forma picaresca e a representação realista do personagem e sua trajetória no mundo – assim, o estabelecimento e a aposentadoria do pícaro francês anunciam uma mutação do gênero e abrem espaço para o "individualismo possessivo" à maneira de *Robinson Crusoe* ou de *Moll Flanders*, seus contemporâneos.

O grande sucesso do romance picaresco em toda a Europa, que volta à moda nos primórdios do século XVII, faz com que, no século seguinte, o uso da primeira pessoa autobiográfica ainda lhe esteja associada. René Démoris, no seu magistral estudo *Le Roman à la première personne – Du classicisme aux lumières*[7], estabelece uma analogia entre o trajeto acidentado do pícaro e aquele do herói cavalheiresco, figura já decadente do indivíduo nobre, destacando a influência do gênero espanhol na literatura francesa dos séculos XVII e XVIII. Jean Starobinski, por sua vez, faz uma análise cerrada e particularmente inspirada de um trecho das *Confissões* de Rousseau

---

7. Paris, Armand Colin, 1975.

a partir da oposição entre um tom picaresco, descendente direto de Lesage, e o tom elegíaco, herdeiro do romance sentimental nobre[8]. Ambos partem de uma definição que restringe o gênero picaresco à formulação tardia que as versões francesas consagram, notadamente no *Gil Blas de Santillana*, onde a *trivialização* do tom mantém a posição hierárquica do "estilo baixo". Na medida em que René Démoris está basicamente preocupado com a recepção francesa das leituras picarescas, assim como Starobinski destaca nas *Confissões* a nítida influência de Lesage, justifica-se que deixem de lado a dimensão alegórica do pícaro original. Interessa-nos aqui, no entanto, fazer uma espécie de genealogia da representação do indivíduo, tarefa que passa necessariamente por essa breve recapitulação da formação do mito picaresco, para que possamos perceber, em perspectiva, a linha sinuosa que liga o *Lazarillo* ao "pícaro" Jean-Jacques, ao fatalista Jacques, ou à dupla picaresca de Sade, Justine e Juliette.

Começamos, no capítulo anterior, a verificar de que maneira o romance francês do século XVIII assimila certas categorias formais do gênero utópico, como que a amparar a representação do indivíduo moderno num mundo cujas tradições mais antigas já foram profundamente abaladas. Assim como o desejo de segurança pode encontrar aí um porto provisório, as turbulências da trajetória encontram no modelo picaresco uma forma pronta, à qual só resta incorporar novos sentidos.

*Gil Blas de Santillana* representa aqui uma etapa importante, na medida em que formalmente ainda reproduz a estrutura narrativa picaresca, enquanto, por outro lado, completa uma mutação ideológica, que corta os laços espirituais que ainda poderiam ligá-lo às origens do mito picaresco. Mas, se a resposta de Lesage à questão básica colocada pelo pícaro, ou seja, a questão da justiça e da responsabilidade moral na relação entre indivíduo e sociedade, soa firme e segura, no conforto do burguês bem-sucedido, nem por isso ele deixa de passar adiante uma interrogação para a qual outras res-

---

8. *L'Oeil vivant II – La relation critique*, Paris, Gallimard, 1970.

postas são possíveis, ou não. Assim, o leitor francês que desconhecesse as versões originais dos pícaros espanhóis ainda se confrontaria, nas entrelinhas das adaptações expurgadas de "moralidades supérfluas", com o humanismo ferido que deu origem ao gênero.

*Gil Blas* serve, por assim dizer, de mediação entre a tradição espanhola e a formação do romance francês. Neste último, a representação do indivíduo errante tem que ultrapassar a fórmula de Lesage, se quiser pescar em águas mais profundas: é assim que ele recua para poder avançar, reatando o diálogo, interrompido no Gil Blas, com a tradição que ele retoma para melhor superar.

É esse movimento que podemos constatar, na imaginação picaresca da história de Jean-Jacques, quando reconhecemos, por exemplo, que o "agostinismo" ambíguo, de alguma forma associado à representação original do pícaro espanhol, acaba ressurgindo no diálogo aberto entre as duas *Confissões*. O movimento alegre e o ímpeto conquistador do jovem genebrino que ganha as estradas do mundo, para, servindo a sucessivos amos, construir um destino só seu, é transformado, a partir da iluminação de Vincennes, numa experiência única e paradigmática, que investe o herói com a dignidade alegórica que a trivialização do trajeto picaresco havia perdido, no meio do caminho, entre a Espanha renascentista e a França moderna.

## FICÇÃO E MEMÓRIA

Um grande especialista do gênero autobiográfico como Philippe Lejeune acredita ser possível afirmar, sem sombra de dúvidas, que o nascimento da autobiografia européia coincide com a publicação, em 1782, dos primeiros volumes das *Confissões* de Rousseau[9]. Essa datação depende de uma visão da história da literatura

---

9. P. Lejeune, *L'Autobiographie en France*, Paris, Armand Colin, 1971, p. 38, Collection U2. Ver também, do mesmo autor, *Le Pacte autobiographique*, Paris, Seuil, 1975.

que associa tanto a ascensão do romance enquanto gênero privilegiado de expressão individual quanto a própria autobiografia, definida como um "caso particular de romance", com as transformações sofridas pela noção de pessoa no começo da era industrial e com o triunfo da burguesia[10]. Não nos cabe aqui considerar a pertinência dessa avaliação, acusada, meio injustamente, de associar de maneira estreita as grandes transformações na história da literatura às alterações nas formas da reprodução material da vida social. Interessa-nos, por enquanto, apenas o destaque concedido por Lejeune às relações entre romance, romance biográfico, autobiografia e memórias, no período de intensa renovação literária que foi o chamado Século das Luzes.

De fato, à sua definição inicial (*narrativa retrospectiva em prosa que alguém faz de sua própria existência, quando enfatiza sua vida individual, em particular a história de sua personalidade*), ampla o bastante para se aplicar à obras biográficas de outras eras, Lejeune vai aos poucos associando formulações bem específicas da literatura francesa dos séculos XVII e XVIII. No contraponto das Memórias aristocráticas seiscentistas, em que o autor se comporta como testemunha de fatos históricos que o ultrapassam, não sendo ele mesmo o objeto propriamente de seu discurso, as *Confissões* de Rousseau podem figurar como inovadoras não apenas no que o seu pensamento tem de verdadeiramente revolucionário, mas também na forma que ele encontra para se expressar. Porém, se é verdade que o talento individual só pode se afirmar mediante a recuperação de uma tradição literária com a qual um diálogo se estabelece, além das gerações que o precedem de imediato, vale a pena situar a mais profunda originalidade de Rousseau numa perspectiva mais ampla.

Em todo caso, e como a relação da história de Jean-Jacques, contada nas suas *Confissões*, com a narrativa romanesca, tal como ela se elabora no século XVIII, é incontestavelmente rica, tanto a recapitulação de Lejeune quanto a de Démoris, em obra já citada[11],

10. Ver *L'Autobiographie en France*, p. 10.
11. *Le Roman à la première personne*.

desse período da história da literatura, são valiosas para compreendermos de que maneira o gênero autobiográfico mantém com o romance em formação uma relação íntima o suficiente para podermos aplicar-lhe critérios semelhantes de análise e interpretação.

René Démoris acredita que é por volta de 1671 que a narrativa na primeira pessoa rompe com sua origem picaresca. Sem querer comprometer-se precipitadamente com relações de causa e efeito, ele não exclui a possibilidade de que tenha sido a ficção que engendrou as memórias autênticas, mas considera mais prudente afirmar que é de uma fonte comum que vem o interesse do leitor pelas memórias históricas e aquele do autor pelo modo pessoal da narração. Ainda segundo Démoris, os esforços dos romancistas se dirigiriam em duas direções bem distintas: ou retomariam o esquema biográfico do romance picaresco, ou, mais freqüentemente, aplicariam o procedimento da primeira pessoa ao universo mais limitado da novela[12].

Philippe Lejeune é menos prudente e afirma abertamente a influência do romance pseudo-autobiográfico sobre a autobiografia moderna, que não teria nascido em ruptura com a biografia tradicional, mas na seqüência dessa nova forma biográfica, que é a do romance na primeira pessoa. Assim, não é surpreendente a sua avaliação de que "o autobiógrafo só pôde tornar-se ele mesmo imitando pessoas que imaginavam o que era ser um autobiógrafo"[13]. Se aceitarmos provisoriamente essa sedutora conclusão, já parece bastante justificada a abordagem, pelo historiador da literatura, do fenômeno autobiográfico enquanto um ramo do grande tronco do romance moderno. Deixando de lado os aspectos psicológicos, cuja compreensão também ganha com esse conceito particular de mímese na autobiografia – que se poderia relacionar com a teoria lacaniana do "espelho" como formador do sujeito – podemos assumir que do ponto de vista da moderna técnica narrativa e imagina-

12. *Op. cit.*, p. 128.
13. *L'Autobiographie en France*, pp. 56–57.

ção literária não há nada, entre ficção e memória, que oponha em dois campos inconciliáveis romance e autobiografia.

Quanto à genealogia proposta por Lejeune, que atribui às *Confissões* de Rousseau o marco inaugural na história da autobiografia, talvez possamos ponderar com Georges Gusdorf que o que distingue basicamente a empresa rousseauniana de tantas outras que a antecedem são as preocupações artísticas que o autor não consegue disfarçar, permitindo que se cumpra uma verdadeira "peripécia" na história da literatura, ao elevar a confissão pessoal à categoria de gênero literário[14]. De fato, o que se reflete aqui, no domínio específico da autobiografia, é a transformação radical que permite a afirmação da autonomia da estética em relação à metafísica, ou seja, o deslocamento dos valores artísticos que começam a ser pensados, não mais em função da ordem imutável da tradição, mas em função da subjetividade do indivíduo moderno: daí o culto da originalidade, que nunca se expressara mais enfaticamente do que nas famosas palavras iniciais das *Confissões* de Jean-Jacques: "Empreendo um projeto que nunca teve exemplo, e cuja execução não terá imitador".

Por outro lado, e é aqui que a crítica de Gusdorf à análise de Lejeune nos parece de fato pertinente, a partir do momento em que se remete à "pré-história" da autobiografia toda obra de cunho autobiográfico que anteceda a obra-prima rousseauniana, perdem-se de vista questões essenciais, que não podem deixar de condicionar a representação do indivíduo, tanto por Rousseau, quanto por seus imitadores.

Que a empresa autobiográfica do filósofo genebrino tenha gerado, posteriormente, um cortejo ininterrupto de imitadores é um fato que sua vaidade talvez não pudesse antecipar. Porém, a provocativa rejeição de qualquer exemplo, na concepção e realização de sua obra, já se contradiz logo de início, na retomada do títu-

---

14. G. Gusdorf, "De l'autobiographie initiatique à l'autobiographie genre littéraire", *Revue d'Histoire Littéraire de la France*, Colin, Paris, n. 6, nov.-déc. 1975, pp. 957–994.

lo mais célebre da história ou pré-história da autobiografia, que são as *Confissões* de Santo Agostinho.

Devemos a uma filósofa americana, Ann Hartle, um trabalho particularmente esclarecedor e original sobre a obra de Rousseau, no qual revela, na estrutura mesma de suas *Confissões*, o diálogo estabelecido com seu predecessor. Os paralelismos estruturais entre as duas obras evidenciam-se no seguinte esquema, proposto por Hartle:

Agostinho: Livros IV–VI ⎫
     Livros VII–IX ⎬ passado

     Livros X–XII – Presente

Rousseau: 1ª parte livros I–VI ⎫
     livros VII–IX ⎬ passado

     2ª parte livros X–XII – Presente

Ou então:

| Agostinho: | Rousseau: |
|---|---|
| Livros I–VII | Livros I–VII |
| Livro VIII–conversão | Livro VIII–conversão |
| Livros IX–XIII | Livros IX–XII |

A ausência, na obra de Rousseau, de um livro correspondente ao décimo terceiro livro de Agostinho – que se constitui essencialmente num comentário da história da Criação, no *Gênesis* – é particularmente significativa, como bem o nota Hartle. De fato, se o ser de Agostinho provém inteiramente de Deus e suas *Confissões* revelam, através da memória, o plano providencial que o conduz a louvar o Criador, em Rousseau é a ficção autobiográfica que revela, através da imaginação criadora, sua natureza interior – portadora de uma verdade moral que ainda se coloca como exemplo para os outros homens.

A natureza filosófica da resposta de Rousseau a Agostinho parece-nos suficientemente esclarecida pela filósofa americana, cuja fina argumentação não nos cabe resumir aqui. No entanto, não podíamos deixar de citá-la na medida em que seu trabalho vem preencher uma lacuna dentro dos estudos rousseaunianos, que participam – como aponta Alasdair MacIntyre, no seu prólogo ao livro de Hartle – de uma tendência generalizada a minimizar a influência do agostinismo nos séculos XVII e XVIII.

Resta-nos considerar se os recursos romanescos mobilizados por Rousseau, na sua resposta a Agostinho, que por si só – ao dissociar o relato de sua vida de um intuito providencial – se constituem num desafio à tradição, serão capazes de sustentar até o fim essa auto-afirmação do indivíduo enquanto produto de sua própria imaginação.

Por enquanto, detenhamo-nos um momento na estrutura comum às duas *Confissões,* que faz, da *conversão* a principal articulação da narrativa. Em toda a primeira parte da obra, que antecede a experiência da conversão, o que logo chama a atenção, confirmando a hipótese de uma resposta deliberada, por parte de Rousseau, ao modelo agostiniano, é essencialmente o relato de uma experiência juvenil, que remete à experiência semelhante, narrada por Agostinho, uma no primeiro, outra no segundo livro de suas *Confissões,* sendo que, em ambos os casos, os dois estavam com cerca de dezesseis anos.

Trata-se, pois, do episódio em que, envolvido com maus companheiros, Agostinho furta algumas pêras, não para comê-las, para saciar a fome, já que nada lhe faltava em casa, mas apenas pelo prazer de cometer um ato ilícito. Na composição alegórica da narrativa agostiniana, o furto das frutas representa o momento da queda, que repete, na história individual, o momento da história da humanidade, no qual, cedendo à tentação do pecado, o homem afasta-se de Deus. A partir de então, está condenado a errar nos caminhos da cidade terrestre, até o momento em que o plano divino lhe é revelado, transformando o sentido de sua peregrinação, que é a peregrinação de uma alma em busca de Deus.

À representação alegórica do pecado original no relato agostiniano Rousseau contrapõe uma representação absolutamente paralela, tanto na disposição da narrativa, não no segundo, mas no fim do primeiro livro de suas *Confissões*, quanto no conteúdo da história, que é a história do roubo dos aspargos, seguido do roubo das maçãs.

A chave da compreensão do episódio, que em Agostinho é fornecida pelo décimo terceiro livro – seu comentário do *Gênesis* – pode ser encontrada, na obra de Rousseau, no *Discurso Sobre a Origem da Desigualdade*, no qual ele recompõe uma *Gênesis* filosófica, onde não falta nem o Éden, nem a queda[15]. A aproximação entre o discurso juvenil e as memórias da maturidade já aparece latente na interpelação inicial das *Confissões*: "Eu direi altaneiro: eis o que fiz, o que pensei, o que fui"[16], ou seja, "eis minha história", que repete o mesmo tom "altaneiro" da abertura do *Discurso*: "Ô Homem... eis tua história...!"[17] Também a intenção de "afastar todos os fatos" para apreender melhor a natureza das coisas, no caso, a origem da desigualdade, encontra seu paralelo no desdém pela exata rememoração dos fatos biográficos, desnecessários à história de uma alma[18]: para escrevê-la, basta-lhe "entrar dentro de si mesmo" – como, para elaborar o *Discurso*, nos bosques de Saint-Germain, ele deve entrar dentro de si mesmo, para representar-se o homem primitivo.

Enfim, onde Agostinho chega, através da rememoração de sua história individual, à verdade revelada das Escrituras, Jean-Jacques recria, na exploração de sua interioridade, uma verdade não menos universal: como fica claro no preâmbulo, que afirma ao mesmo tempo a sua singularidade ("Não sou feito como qualquer um daqueles que já vi") e a universalidade que o liga aos outros homens

---

15. Parafraseando Jean Starobinski: "... Rousseau recompõe uma Gênese filosófica onde não faltam nem o jardim do Éden, nem a falta, nem a confusão das línguas". Introdução ao *Discurso Sobre a Origem da Desigualdade*, *Oeuvres Complètes*, Tome III, Éditions de la Pléiade, p. LII.
16. Livro I, p. 5.
17. *Discurso*, p. 133.
18. *Discurso*, p. 132 ("Comecemos, pois, por afastar todos os fatos...") e *Confissões*, livro VII, p. 278 ("*Posso fazer omissões quanto aos fatos... basta-me... entrar dentro de mim mesmo*").

("Quero mostrar a meus semelhantes um homem em toda a verdade da natureza; e este homem, serei eu")[19].

O relato do primeiro roubo do jovem Jean-Jacques prolonga uma reflexão sobre sua condição recém-adquirida de aprendiz de um mestre gravador. É aí que ele faz a experiência da tirania e, desde então, ele se torna "uma criança perdida". Assim como, no *Discurso,* o mal, ou seja, a desigualdade, resulta do longo processo que rompe a autarquia do homem natural, levando-o a viver fora de si mesmo, a alienação de Jean-Jacques, o abandono de um estado para o qual se sentia feito, a partida de sua terra natal, a "fatalidade" enfim de seu destino, são determinados por essa circunstância fortuita que foi seu encontro com um mestre tirânico.

No início da segunda parte do *Discurso* vemos como, ao reconhecimento da necessidade do trabalho, que vem interromper a tranqüilidade ociosa do homem natural, sucede a percepção de certas relações que opõem o grande ao pequeno, o forte ao fraco, o medroso ao corajoso. Isso permite que se esboce algum tipo de raciocínio, que deve, por sua vez, aumentar a distância entre o homem e o animal: eis como o mal se enraíza, desde as origens, na associação do controle da natureza com o sentimento da desigualdade.

No relato romanesco da autobiografia de Jean-Jacques, repete-se a mesma associação entre a submissão ao trabalho e a descoberta da desigualdade. É assim que o jovem aprendiz, que, até então, estava "acostumado com uma igualdade perfeita com meus superiores na maneira de viver, a desconhecer qualquer prazer que não estivesse a meu alcance...", começa a sentir que

[...] preso ao meu trabalho, eu não via nada além de objetos de gozo para outros e de privações para mim mesmo, onde a imagem da liberdade do mestre e dos companheiros aumentava o peso de minha sujeição, onde [...] tudo enfim que eu via se tornava para meu coração um objeto de cobiça, unicamente porque estava privado de tudo[20].

19. Como destaca Robert Osmont, nas suas notas ao *Rousseau Juge de Jean-Jacques*, Pléiade (nota 3 à p. 936), p. 1729.
20. *Confissões*, pp. 31–32.

82

A necessidade aumenta com a consciência da desigualdade: é o que torna os pobres *"ardilosos e velhacos"* e os ricos *"imperiosos e duros"*, como se expressa Rousseau no *Discurso Sobre a Desigualdade*[21], e como ilustra a degeneração do caráter do jovem aprendiz: "eis como aprendi a cobiçar em silêncio, a me esconder, a dissimular, a mentir e a furtar..."[22].

O pecado original, representado alegoricamente no episódio do furto das pêras, já estava subentendido, no relato agostiniano, desde a primeira infância, perdida na sua memória, mas deduzida a partir da observação de outra criança, cheia de inveja e cólera, na avidez pelo leite da ama[23]. A esse bebê ávido, prognóstico do vício, Rousseau já respondera, anteriormente – mantendo o paralelismo entre as duas *Confissões* – com a inocência natural de seus primeiros anos, onde nada poderia despertar maus sentimentos, já que estava cercado de bons exemplos. O relato idílico desse período feliz antecipa, no entanto, o seu fim quando afirma poder jurar que "até a minha sujeição a um mestre, eu não soubera o que era um capricho"[24]. A resposta ao artigo de fé agostiniano é direta: se ele tinha os defeitos de sua idade, se ele poderia mesmo ter *roubado frutas* ou doces, *nunca teria tido o prazer de fazer o mal*. Nunca o pai ou a tia amorosos tiveram que reprimir ou satisfazer algum desses humores fantasiosos que *alguns* atribuem à natureza e que nascem todos da mera educação – ao contrário do bebê de Agostinho, tirânico e caprichoso. Já vimos, no capítulo anterior, na carta onde St.-Preux comenta o sistema pedagógico de Júlia e Wolmar, como Rousseau lembra-se do Bispo de Hipona quando levanta a bandeira da educação[25].

21. *Discours*, p. 175.
22. *Confissões*, p. 32.
23. *Confissões*, livro 1, parte 7.
24. *Confissões*, p. 10.
25. No *Emílio*, Rousseau refere-se aos efeitos de uma má educação, capaz de tornar a criança tirânica como a criança de Agostinho, mas não pelo efeito da natureza decaída, e sim em conseqüência dos abusos que a sociedade aristocrática permite – tema retomado por Diderot em *Jacques, o Fatalista*, como veremos no último capítulo.

Mas ao roubo hipotético das frutas, na primeira infância, inocente por desconhecer a idéia de propriedade, sucede, em primeiro lugar, o roubo induzido e ainda meio inconsciente dos aspargos e, na seqüência, o roubo já deliberado e premeditado das maçãs, que marcam a progressão do mal.

No primeiro caso, o pobre Jean-Jacques resiste, mas acaba cedendo aos mimos de um insidioso *compagnon*, seu superior portanto na hierarquia do ofício, que o leva a roubar, para ele, aspargos do jardim de sua própria mãe. Jean-Jacques tira pouco proveito desse furto mandado e expõe-se a um risco que o outro, mais forte e mais culpado, evita, usando-o: a figura do furto tanto representa de maneira elementar a exploração do fraco pelo forte, quanto marca uma etapa intermediária entre a inocência do roubo hipotético da primeira infância e a perversão do crime ponderado e instrumentalizado das maçãs na despensa do Mestre. O tom cômico e já explicitamente picaresco na descrição desse último episódio transpõe para o relato autobiográfico a idéia desenvolvida de forma mais grave no *Discurso*, que associa o desenvolvimento das ferramentas ao processo civilizatório que condenou o homem: aqui, o relato pormenorizado das manobras, das ferramentas improvisadas e da argúcia demonstrada pelo jovem aprendiz para alcançar seu objetivo faz rir, retrospectivamente, o narrador maduro, mas é sem dúvida o retrato de um *fripon* que ele traça aqui.

Por um lado, pois, é possível descobrir, na autobiografia rousseauniana, uma dimensão alegórica, que se apropria do esquema agostiniano para veicular uma outra verdade que não a verdade revelada do cristianismo, mas uma verdade fundada na descoberta de um *eu interior,* a partir do qual é possível reconstituir a história de toda a humanidade. Por outro lado, o caráter transicional da obra de Rousseau também se revela no cruzamento da alegoria com a representação mais moderna da singularidade do indivíduo, que se materializa, por exemplo, nessa mesma seqüência que estamos examinando, numa passagem que desvia a narrativa do modelo picaresco, ao qual, até então, ela parecia estar prestes a aderir definitivamente.

De fato, quando um parágrafo se inicia com a constatação tranqüila: "Gosto de comer sem ser ávido; sou sensual e não guloso"[26], é um puro prazer narcísico que começa a se manifestar aqui, de quem já acertou suas contas com o modelo agostiniano, e o tom picaresco soa desafinado quando o narrador começa a explicar seu horror ao dinheiro. Qual é o pícaro que se preza que é capaz de desdenhar o dinheiro, para restringir seus furtos a pequenos objetos sem valor? A intenção didática ainda transparece na atribuição dessa *bizarrerie* à educação, mas de maneira mais vaga ("misturavam-se aí idéias secretas de infâmia, de prisão..."), permitindo momentaneamente a expressão mais pura do estado de alma do narrador: "Tenho paixões muito ardentes, e enquanto elas me agitam nada iguala minha impetuosidade; não tenho mais medida, nem respeito, nem temor, nem decoro..."[27]. Uma análise mais objetiva do sentimento de rejeição ao dinheiro interrompe o que poderia transformar-se em efusão lírica, mas a conclusão desse desenvolvimento é a de que, "adquirindo os vícios de minha condição, foi-me impossível adquirir inteiramente os seus gostos"[28].

É o gosto da leitura, contraído na primeira infância, esquecido e recuperado, que o eleva acima de sua condição e o salva de si mesmo:

> Nessa estranha situação, minha inquieta imaginação tomou um partido que me salvou de mim mesmo e acalmou minha sensualidade nascente. Foi o de se nutrir de situações que me tinham interessado nas minhas leituras, de relembrá-las, variá-las, combiná-las, de apropriar-me tanto delas que eu me tornasse um dos personagens que eu imaginava, que eu me visse sempre em posições as mais agradáveis de acordo com meu gosto, enfim, que o estado fictício em que eu me colocasse me fizesse esquecer meu estado real com o qual estava tão descontente[29].

Aqui, a gênese da personalidade de Jean-Jacques não parece mais reveladora de uma verdade universal, válida para todos, na

26. *Confissões*, p. 35.
27. *Confissões*, p. 36.
28. *Confissões*, p. 39.
29. *Confissões*, p. 41.

8 5

medida em que reproduz, na história particular, as mesmas etapas percorridas pela humanidade no processo de socialização. De fato, trata-se agora de explicar a solidão, a singularidade daquele que, ao adotar os modelos literários, afasta-se da realidade mesquinha do cotidiano. A transparência alegórica da narrativa se obscurece, mas não desaparece de todo: entre o signo e a coisa abre-se um abismo povoado de fantasmas e situações romanescas intercambiáveis, que ora se alarga, ora se estreita, tanto podendo ser superado, na distância condescendente do narrador maduro, quanto, por fim, tragá-lo definitivamente, na rede conspiratória da inquieta imaginação.

O devaneio e a expressão mais livre da subjetividade que se encadeiam na narrativa, interrompendo a sucessão dos episódios paradigmáticos, substitui o lirismo místico do relato agostiniano. Mas a figura alegórica não tarda a se recompor, como, por exemplo, nesse finalzinho do primeiro livro, quando as portas da Cidade se fecham para Jean-Jacques, excluindo-o definitivamente da ordem cívica idealizada. O estado honesto e moderado do artesão, sua vida obscura e simples, que poderiam tê-lo feito feliz, são descritos nos mesmos termos que o estágio ainda primitivo da humanidade, em que esta ainda não se impôs um jugo fatal: mais ou menos a situação privilegiada dos camponeses do Valais, que St.-Preux encontra na *Nova Heloísa*.

A transparência alegórica, já um tanto obscurecida, permite ainda a compreensão do destino de Jean-Jacques como o destino de toda a humanidade, que perde a inocência no mesmo processo que conduz ao desenvolvimento das ciências e das artes: a imaginação, precocemente desperta no contato com uma vasta literatura, que "eleva" o jovem aprendiz acima de seu estado, permitindo-lhe suportar, temporariamente, a opressão, acaba por aliená-lo de seu meio natural e por precipitá-lo num caminho sem volta, longe da pátria. De fato, se as leituras – fornecidas pela *Tribu*, figura equívoca de uma locadora de livros – são capazes, por um lado, de "enobrecer" o coração de Jean-Jacques e de acalmar a sua sensualidade, elas também são, ao mesmo tempo, responsáveis pela estranha disposição, aparentemente misantropa e sombria, que o leva a substituir a vida real pelas quimeras. É aqui que podemos perceber o quanto a orientação subjetivista da narrativa rousseauniana predispõe o leitor romântico a uma leitura das *Confissões* como manifesto individualista e como elogio irrestrito da imaginação. De fato, se deixarmos de relacionar a história de Jean-Jacques com o pensamento de Rousseau, expresso, por exemplo, no Emílio ou, e sobretudo, no *Discurso Sobre as Ciências ou as Artes,* fica difícil perceber a tensão que mantém, constantemente, o equilíbrio entre a reivindicação individualista e o ideal que a contradiz.

A louvação e o diálogo ininterrupto com o Criador atualizam, na narrativa agostiniana, a descoberta tardia da verdade do cristianismo. Ao leitor não cabe nenhuma dúvida a respeito do sentido da experiência relatada, pois cada etapa da peregrinação de Agostinho é comentada à luz dessa verdade: assim, por exemplo, as "ficções brilhantes" dos maniqueístas, que lhe são servidas como em bandejas, são "quimeras" que o alimentam sem saciar a sua fome, já que "desconhecia inteiramente que princípio havia em nós segundo o qual na Sagrada Escritura se diz que 'fomos feitos à imagem de Deus' "[30]. Também o prazer dramático, o estudo da retórica, a sedução da astrologia vão sendo sucessivamente descartados como tantos caminhos enganosos, que o afastam da verdadeira via: "Seguia essas práticas, dando-me a elas com meus amigos, iludidos por mim e comigo"[31].

Aos olhos de Deus, que é eterno, todos os momentos da vida de Agostinho são simultaneamente visíveis, e compreensíveis enquanto cumprimento do plano providencial, mas Rousseau só invoca o "Soberano Juiz" na abertura de suas *Confissões* para melhor afastá-lo: é para os homens, antes de tudo, que ele escreve, como romancista moderno que é, consciente de seu público e de seus recursos romanescos.

---

30. *Confissões,* III, 7. Sigo aqui a tradução de J. Oliveira Santos, S. J., e Ambrósio de Pina, S. J., da coleção "Os Pensadores", Abril, 1980.
31. *Confissões,* IV, 1.

É próprio da estratégia romanesca, na autobiografia de Rousseau, não antecipar, como faz Agostinho, a resolução de seu trajeto. Um certo suspense é necessário para manter aceso o interesse do leitor pelas tribulações de Jean-Jacques, cuja história, que também é a história da descoberta de uma verdade, vai sendo contada gradualmente: "...que quadro de mim mesmo vou pintar? Ah! Não antecipemos sobre as misérias de minha vida! Ocuparei meus leitores mais do que o suficiente com esse triste assunto". Assim, os perigos a que se expõe o jovem aprendiz, quando se aliena, nas suas leituras, de sua vida simples de artesão, não estão imediatamente evidentes: ao leitor cabe a descoberta progressiva e uma compreensão retrospectiva dos descaminhos de Jean-Jacques.

As suas "quimeras", por sua vez, não são condenadas de antemão, dogmaticamente, ou rejeitadas como sombras que se desvanecem ante a luz da verdade, mas são representadas como constituintes da personalidade de Jean-Jacques, no mesmo movimento em que vão mascarando e desmascarando sucessivamente a realidade. É importante contudo destacar, desde já, a ambigüidade da imaginação, tão suspeita quanto a *Tribu*, pois pode conduzir tanto ao bem quanto ao mal, e mais freqüentemente ao mal, se não for submetida a uma rígida disciplina[32]. A conclusão do primeiro livro das *Confissões* de Rousseau, que associa a imaginação desenfreada de Jean-Jacques à sua alienação da ordem civil, introduzindo o tema propriamente picaresco do indivíduo errante, remete ao prefácio da *Nova Heloísa*, utopia da boa integração comunitária, onde se lê que "esses livros que poderiam servir ao mesmo tempo de diversão, de instrução, de consolo ao homem do campo, infeliz só porque pensa sê-lo, parecem feitos, pelo contrário, apenas para enojá-lo de sua condição, estendendo e fortificando o preconceito que o torna desprezível aos seus olhos".

---

32. Parafraseando Pierre Burgelin: "Na sua ambigüidade, a imaginação permanece suspeita: ela requer uma estrita disciplina, pois conduz tanto ao mal quanto à beleza". *La philosophie de l'existence de J.-J. Rousseau*, Paris, PUF, 1952, p. 170.

É assim que o jovem aprendiz é levado a abandonar o seu estado e, se o início de seus infortúnios pode ser detectado aqui, é talvez porque, ainda segundo o Prefácio da *Nova Heloísa*: "Querendo ser o que não se é, chega-se a crer ser outra coisa do que se é, e eis como se fica louco". A imaginação que não é contida pela razão e amparada pela virtude conduz à alienação.

Entre as *Confissões* e a *Nova Heloísa* se amarra, pois, aquilo que Burgelin chama de "dialética imaginativa", onde a utopia é a fase positiva pela qual é preciso passar e a evasão, a fase negativa. Julie e Saint-Preux, criaturas perfeitas da imaginação criadora de Rousseau, tiram sua força não da expressão singular de uma subjetividade ferida, mas da revelação arquetípica de uma ordem de valores universal, capaz de congregar toda uma comunidade: no contato de Julie, todos se tornam Julie. Se Clarens representa a ordem reconquistada, através de um esforço da imaginação, ou seja, através de sua submissão a um ideal virtuoso, a jornada que se inicia agora, para o jovem Jean-Jacques, seu exílio, é evasão e alienação.

Vimos que o que caracteriza o romance picaresco, a ruptura que ele marca, na representação do indivíduo, em relação ao modelo agostiniano, é a sua incapacidade de unificar o sentido da experiência sob um desígnio providencial. Enquanto cada etapa do trajeto de Agostinho é narrada a partir do ponto de mutação que representa a sua conversão ao cristianismo, fazendo de cada desvio parte de um plano divino, os episódios picarescos parecem suceder-se ao sabor da Fortuna: o pícaro desamparado pela Fé, cidadão errante da Cidade dos Homens, inscreve, no seu trajeto, uma questão sem resposta.

O problema da justiça é colocado de antemão por Rousseau, no primeiro livro de suas *Confissões*, antes que a narrativa passe a aderir mais abertamente ao modelo picaresco, num episódio de fundamental importância na mitologia pessoal de Jean-Jacques. Trata-se da ocasião em que, em Bossey, M. e Mlle Lambercier, encarregados da educação de nosso jovem herói e de seu primo, atribuem-lhe, injustamente, algum delito grave, sem que nada, nem a obstinação irredutível do acusado em negar a sua culpa, o poupe de uma séria punição. Descrito como o momento da *queda*, como bem o nota Starobinski – onde o paraíso, "transparência recíproca das consciências", é perdido, e o mundo se obscurece[33] – esse episódio completa aqueles dos furtos dos aspargos e das maçãs, transformando o sentido fundador da culpa cristã. Ou seja, antes mesmo que a experiência da socialização perverta o bom natural do jovem Jean-Jacques, a criança confiante sofre o doloroso efeito da separação das consciências, pois a queda não é provocada por um ato de desobediência aos tutores, que eram vistos como "deuses que liam nos nossos corações", mas pelo reconhecimento da incapacidade deles de fazê-lo. O paraíso se perde, enfim, porque os próprios deuses decaem.

Se tomarmos, como temos feito, a questão da justiça e da responsabilidade moral do indivíduo como tema central do romance picaresco, podemos isolar, nesse episódio, o primeiro momento em que, na sua resposta a Agostinho, Rousseau invoca um mito que já se construíra, nas suas origens, como a versão desiludida do peregrino agostiniano. De fato, o pequeno e inocente Jean-Jacques apanha tão injustamente quanto qualquer Lazarillo ou Guzmanillo em início de carreira. O que muda, no relato rousseauniano, em relação ao mito picaresco é a reinserção do indivíduo desamparado num sistema significativo, que substitui a referência teológica pela abordagem laica da questão moral.

Quando, enfim, o jovem Jean-Jacques pega a estrada, no início do segundo livro das *Confissões*, o que o espera, em princípio, é o destino sombrio de todo pícaro:

> Ainda criança deixar meu país, meus parentes, meus apoios, meus recursos, deixar uma aprendizagem feita pela metade sem saber meu ofício o suficiente para viver dele; me entregar aos horrores da miséria sem ver nenhum meio de escapar dela; na idade da fraqueza e da inocência, expor-me a todas as tentações do vício e do desespero; buscar ao longe os males, os

33. J. Starobinski, *J.-J. Rousseau: La Transparence et l'obstacle*, Paris, Gallimard, 1971, p. 19.

erros, as armadilhas, a escravidão e a morte, sob um jugo bem mais inflexível que aquele que eu não pude suportar; eis o que estava prestes a fazer...

Mas a imaginação inflamada pelas fantasias romanescas pinta-lhe um quadro bem diferente:

> A independência que acreditava ter adquirido era o único sentimento que me afetava. Livre e dono de mim mesmo, eu acreditava poder fazer tudo, atingir tudo: eu só tinha que me lançar para me elevar e voar nos ares. Entrava com segurança no vasto espaço do mundo; meu mérito ia preenchê-lo...

A idéia de que o mérito pessoal do jovem aventureiro possa lhe trazer as recompensas desejadas, no caso, basicamente, o papel de favorito do grande senhor de um castelo, está vinculada à versão *parvenue* do mito picaresco, inventada por Lesage. É o otimismo desse pícaro burguês, sempre disposto a se enobrecer, que aparece, desmascarando-se, ao longo da primeira parte da história de Jean-Jacques[34]. Jean Starobinski reconhece, na narrativa das *Confissões*, uma oposição constante entre o "romanesco nobre" e o "realismo picaresco", através da qual se expressariam, alternadamente, uma relação elegíaca ou uma irônica com o seu passado. Essa leitura parece confirmada pelo próprio Rousseau quando este conta, no livro IV das suas *Confissões*, que não estava maduro, quando lera *Gil Blas*, para este tipo de leitura, ao qual preferia romances sentimentais.

Considerando as *Confissões* a partir do lugar que ocupam na tradição picaresca, diríamos que, mais do que uma alternância, o

---

34. Starobinski analisa essa alternância num trecho do terceiro livro das *Confissões*, em que o nosso jovem herói, servindo à mesa no castelo de Solar, é levado a interpretar o sentido do lema da família: "tel fiert qui ne tue pas". O pequeno triunfo da interpretação é rememorado com ironia e prazer pelo autor maduro, já aclamado pelo sucesso da *Nova Heloísa*, que goza do pleno domínio de seus recursos romanescos. A partir da leitura desse episódio paradigmático, Jean Starobinski tira toda uma teoria do ato interpretativo. *La Relation critique*, Paris, Gallimard, 1970.

que vemos em ação na história de Jean-Jacques é o processo de reacentuação[35] da matéria picaresca (pelo realismo decoroso de Lesage) desagregando-se, ou invertendo-se, sob a força da singularidade da experiência de Rousseau: o pícaro burguês vai se despindo de suas fantasias nobres e vai revelando, por detrás do tom elegíaco do cavaleiro andante, a realidade nua e crua do peregrino desamparado. O sentimento de alienação vivido pelo jovem Jean-Jacques, mascarado pelos "prestígios da imaginação", se revela ao leitor na passagem citada acima, retirada da primeira página do segundo livro das *Confissões*, cuja primeira frase resume o todo: "Assim como o momento em que o medo me sugeriu o projeto de fugir me pareceu triste, aquele em que o executei me pareceu encantador". É esse o espírito do pícaro de Lesage, que não abre espaço nem para "moralidades supérfluas", nem para a tristeza indecorosa: ao contrário, é "encantador" o destino de Gil Blas de Santillana como o de Moll Flanders, sua parente próxima, sem problemas de caixa, nem de consciência. O que Rousseau faz com o picaresco de Lesage é, pois, virá-lo do avesso e revelar a sua estratégia arrivista.

Mas, além desse modelo mais imediato do romance francês, o diálogo rousseauniano com a tradição picaresca recupera um dos

35. O que M. Bakhtin chama de "reacentuação" da obra literária é a forma segundo a qual a linguagem dos personagens passa a ressoar de outra maneira, quando percebida sobre um outro fundo dialógico: "Pode-se dizer que esse processo ocorre na própria representação, e não só nas condições mutáveis da percepção [...] cada época reacentua a seu modo as obras de um passado recente. A vida histórica das obras clássicas é, em suma, um processo ininterrupto da sua acentuação sócio-ideológica [...] As novas representações na literatura freqüentemente são criadas por meio da reacentuação das velhas, por meio da sua tradução de um registro de acento para o outro, por exemplo, de um plano cômico para o trágico ou vice-versa". *Questões de Literatura e Estética: A Teoria do Romance*, São Paulo, Unesp/ Hucitec, 1988, pp. 208–209. Assim, Lesage reacentua a matéria picaresca de uma determinada maneira, e Rousseau, por sua vez, "desacentua" a leitura de Lesage, recuperando um pouco do sentido original da trajetória do pícaro.

episódios mais importantes da aventura de Guzmán de Alfarache, aquele de sua conversão, invertendo sua posição na seqüência narrativa: ao invés de encerrar o trajeto do pícaro, como na obra de Alemán, ele inaugura, por assim dizer, a carreira internacional do andarilho genebrino. De fato, bem antes de narrar a experiência realmente transformadora da iluminação de Vincennes, Rousseau aborda o tema da conversão dentro do espírito picaresco, não do picaresco aliviado de "moralidades supérfluas" (e prudente na representação das figuras eclesiásticas), à maneira de Lesage, mas de um picaresco mais inquieto e corrosivo, consciente de estar confrontando-se com a autoridade moral e religiosa da Igreja oficial.

É assim que Jean-Jacques vem a conhecer, nas terras de Savóia, um padre, o Sr. de Pontverre – um "devoto que não conhecia outra virtude além de adorar as imagens e dizer o rosário" – que, ao invés de mandá-lo de volta para sua pátria e sua família, quer convencê-lo a tornar-se católico. Perdendo definitivamente a oportunidade de tornar-se um cidadão virtuoso, Jean-Jacques dá mais um passo no seu caminho de pícaro, praticamente empurrado nessa via por um homem da Igreja: "havia grandes chances de que ele estivesse me enviando perecer na miséria ou tornar-me um pilantra... o que importava isso contanto que eu fosse à missa?" A gênese do pícaro deriva da incapacidade dos dogmas religiosos de integrar o indivíduo num sistema moral capaz de ampará-lo, na Cidade dos Homens, dividindo-o, como o *Guzmán de Alfarache*, entre *consejos* e *consejas*.

O encontro seguinte, com Mme de Warens, serve de etapa intermediária na seqüência que conduz Jean-Jacques ao Asilo dos Catecúmenos. Vale a pena determo-nos um instante na descrição desta personagem, que deve adquirir a maior importância na vida de Jean-Jacques. O que nos interessa observar, aqui, é a maneira pela qual Rousseau se serve da tradição literária para traçar um retrato moderno e original. De fato, por um lado, a descrição da personagem revela traços característicos de uma verdadeira pícara, apesar de sua origem nobre. Abandonando o marido, a família e o país, "devido a uma trapalhada bastante semelhante à minha", como nota Jean-Jacques, não sem antes lançar mão de toda a prataria da casa, ela se coloca sob a proteção de um Rei, garantindo-a com uma oportuna conversão ao catolicismo[36]. Sua educação, "bem eclética", recebida "um pouco de sua governanta, um pouco de seu pai, um pouco de seus mestres, e muito de seus amantes", desenvolve nela o gosto pela "medicina empírica" e pela alquimia: "ela fazia elixires, tinturas, bálsamos, magistérios, ela pretendia ter segredos". Na tradição espanhola, tanto o tema da conversão (no caso, dos judeus convertidos ao cristianismo) quanto o da prática da bruxaria estão associados à origem do pícaro, que costuma ser filho de converso ladrão e de bruxa prostituta. Aquela que Jean-Jacques deve vir a chamar de *Maman* possui, pois, uma boa inclinação picaresca. No entanto, o ponto de vista do narrador apresenta-a antes como uma Dama de romance cortês: "Vejo um rosto cheio de graças... Nada escapou ao rápido olhar do jovem prosélito; pois tornei-me de imediato o seu; certo de que uma religião pregada por tais missionários não podia deixar de levar ao paraíso". Rapidamente ele se vê, não como um pícaro, desencaminhado de sua pátria e religião, por aquela que deve levá-lo a abjurar, mas como um verdadeiro cavaleiro a serviço de sua Dama: "partindo para obedecer a Mme de Warens, eu me via como vivendo sempre sob sua direção", e é nesse espírito que ele se encaminha para Turim, para efetivar a sua conversão ao catolicismo. Nesse retrato de Mme de Warens, em que o substrato da experiência, que tem a crueza do realismo picaresco, é idealizado pela imaginação romanesca, reconhecemos o mesmo movimento (des)mistificador que observamos na abertura desse segundo livro ("Assim como o momento... me pareceu triste... aquele em que o executei me pareceu encantador"). Para além dos clichês romanescos, contudo, a representação de Mme de Warens extrapola desde o início a limitação dos "tipos" literários: a verdade de *maman*, uma criatura boa e generosa, mais do que virtuosa, que se perde por ceder às más influências e abusos de pessoas inescrupulosas, não deixa de prefigurar o destino ímpar e paradigmático de seu protegido.

36. Suíça, como Jean-Jacques, Mme de Warens nasce na religião calvinista.

A caminho de Turim, o jovem Jean-Jacques passa pela iniciação tradicional do pícaro ainda inocente, quando cai na estrada: seus companheiros de viagem, designados por *maman*, são dois personagens dos mais suspeitos, que evocam inevitavelmente os personagens que costumam depenar os Lazarillos e Guzmanillos em início de carreira.

> Nosso homem tinha o talento de fazer intrigas metendo-se sempre com os padres e, fazendo-se de afoito em servi-los, tinha aprendido nessa escola um certo jargão devoto que ele usava sem cessar, gabando-se de ser grande predicador. Ele sabia até um trecho em latim da Bíblia, e era como se ele soubesse mil deles, já que o repetia mil vezes por dia.

E a descrição segue assim como um condensado de tantas figuras típicas, como o cego e o vendedor de bulas, do *Lazaro de Tormes*, figuras, por sinal, já recuperadas da tradição folclórica. A eventual sordidez de seus companheiros não parece, contudo, afetar a disposição alegre de Jean-Jacques, cujo entusiasmo antecipa sucessos amorosos...

> Eu me via como a obra, o aluno, o amigo, quase o amante de Mme de Warens. As coisas agradáveis que tinha me dito, as pequenas carícias que me tinha feito, o interesse tão terno que ela parecera sentir por mim, seus olhares encantadores que me pareciam cheios de amor porque mo inspiravam; tudo isso alimentava meus pensamentos na caminhada e me fazia sonhar deliciosamente.

... e triunfos heróicos:

> Tão jovem, ir para a Itália, ter já visto tantos países, seguir Aníbal através dos montes me parecia uma glória acima da minha idade.

Ele chega, finalmente, em Turim, aliviado de todos os seus pequenos pertences ("Mme Sabran achou um meio de me tirar até a fitinha prateada..."). Porém, se sua aventura reproduz basicamente a de seus antepassados pícaros, sua imaginação romanesca, ao mesmo tempo em que o aliena de seu estado original ("já me via como

A JORNADA E A CLAUSURA

infinitamente acima de minha antiga condição de aprendiz; estava bem longe de prever que em pouco tempo estaria muito abaixo"), não deixa de preservar, em certa medida, a sua inocência: aí onde o pícaro tradicional fica esperto e passa a roubar antes de ser roubado, Jean-Jacques, mirando-se em modelos romanescos, parece imune à experiência. Veremos, no episódio da fita de Marion, como a questão da culpa volta com um peso redobrado, fazendo do roubo de Mme Sabran, da "fitinha prateada", um precedente trivial.

Assim como Gênova e Roma são duas etapas importantes no itinerário de Guzmán de Alfarache, dois dos episódios mais tipicamente picarescos da vida de Jean-Jacques transcorrem nas cidades italianas de Turim e Veneza. Mantendo o paralelo, como na obra de Alemán – onde é possível identificar um sentido simbólico tanto em uma cidade (Gênova como emblema da exploração econômica da Espanha pela Itália) quanto na outra (Roma como emblema da caridade cristã)[37] – também nas Confissões, Turim e Veneza adquirem um estatuto simbólico, na medida em que, na primeira, Jean-Jacques confronta-se com o abuso da autoridade religiosa (no Asilo dos Catecúmenos) e, na segunda, com o abuso da autoridade política (o embaixador francês).

Quando o Asilo dos Catecúmenos é descrito, logo de início, como uma verdadeira prisão ("Ao entrar, vi uma grande porta com grades de ferro, que, logo que passei, foi fechada e trancada nos meus calcanhares"), o círculo se fecha, sugerindo a ironia deliberada ou involuntária[38] na repetição do destino de Guzmán. Vimos

---

37. Aproveitando aqui as sugestões de Didier Souiller, La Novela Picaresca, México, Fondo de Cultura Económica, 1985, p. 48.

38. Já que em nenhum momento Jean-Jacques confessa ter lido alguma das traduções da obra de Alemán, muito populares na França desde o século anterior (o próprio Lesage o traduzira). Até que ponto os episódios da vida de Guzmán de Alfarache eram do domínio público, não podemos afirmar com segurança. Mas, dada a vasta cultura romanesca de Rousseau, é provável que ele tivesse algum conhecimento deste que já era um personagem mítico, e de suas desventuras.

acima como a estratégia arrivista do pícaro tardio do romance francês é desarticulada na narrativa rousseauniana, quando esta evidencia a apropriação alienada do estilo nobre por Lesage, que transfigura a picaresca original para adaptá-la às exigências de decoro do "bom gosto" cortesão. Veremos, agora, como Rousseau aprofunda seu diálogo com a tradição picaresca, remontando às fontes espanholas do mito.

Antes, porém, de nos aventurarmos nessa via, vale a pena conferir se, de fato, há aqui uma mudança de paradigma, na representação rousseauniana da aventura picaresca. Para isso, observemos na obra de Lesage a maneira como ele trata o tema tradicionalmente picaresco da passagem pelo cárcere. Encontramos, no capítulo IV do livro IX, Gil Blas de Santillana recluso num calabouço da Torre de Segóvia, tentando imaginar o que motivara sua desgraça. Suas relações próximas com os grandes do reino o levam a cogitar em alguma razão política do Duque de Lerma, ou alguma tramóia armada por Dom Rodrigo. Diante de sua aflição, o carcereiro se compadece e o consola com palavras sábias, até que o prisioneiro recebe a visita de Dom André de Tordesilhas, que se revela um amigo. Este lhe conta sua história, de como veio a casar-se, na cidade de Alicante, com a filha do capitão do castelo, vindo ao cabo de uma série de aventuras a tornar-se o próprio alcaide da Torre de Segóvia. Este fidalgo generoso assegura-lhe que, na sua bondade natural, El-Rei haverá de perdoá-lo. Assim segue a estadia de Gil Blas na Torre, onde o alcaide lhe garante que "não há de faltar roupa branca e tudo o necessário para um homem interessante e asseado. Terá sobretudo uma boa cama, comerá bem, e não só lhe proporcionarei os livros que quiser, mas também os mais alívios que são permitidos a um preso"[39]. É essa delicadeza asseada do universo de Lesage (que reproduz, na própria linguagem, a tentativa de enobrecimento do pícaro em ascensão) que o relato rousseauniano revela, em última análise, como alienação da realidade pela imaginação romanesca.

39. *Gil Blas de Santillana*, trad. de Bocage, São Paulo, Ensaio, 1990, p. 163.

Quando, enfim, Jean-Jacques sente as portas do Asilo se fecharem atrás de si, a realidade que ele descobre em nada lembra o ambiente "refinado" da Torre de Segóvia, mas é sinistro como as prisões onde fica Guzmán, "um verdadeiro retrato do inferno"[40].

Aqui, nada de "roupa branca" e de "boa cama", mas apenas um altar de madeira, um grande crucifixo e quatro ou cinco cadeiras reluzentes pelo uso formam o cenário lúgubre onde se reúnem "quatro ou cinco horríveis bandidos,... que se pareciam mais com arqueiros do Diabo do que com aspirantes a se tornar filhos de Deus". Nada de gentis fidalgos, nem mesmo de alegres bandidos como o simpático Capitão Rolando, de quem Gil Blas escapa, para depois beberem juntos, serenamente, numa bodega de Madri. Rousseau carrega nas tintas para descrever as criaturas sombrias do Asilo dos Catecúmenos, caracterizados segundo a tradição mais antiga da picaresca original. O tema recorrente do judeu errante, diabólico, que assombra a imaginação de Alemán, ele mesmo um provável converso, na mira da Inquisição, logo marca os personagens, "esclavões, que se diziam Judeus e Mouros e que, como me confessaram, passavam a vida percorrendo a Espanha e a Itália, abraçando o cristianismo e fazendo-se batizar, em todos os lugares em que o produto valia a pena". As candidatas femininas à abjuração, por sua vez, não têm o charme das astutas e perfumadas criadas ou atrizes que seduzem Gil Blas de Santillana: "Eram certamente as maiores vigaristas e as piores vagabundas que já tenham exalado sua fedentina no seio do Senhor".

Starobinski chama a atenção para o fato que, na vida de Jean-Jacques, a consciência de si data de suas primeiras leituras, ou seja, do período em que se dedica a desbravar a biblioteca, deixada por sua mãe e constituída basicamente de romances[41]. Por outro lado,

---

40. *Guzmán de Alfarache*, trad. M. Molho e J.-F. Reille, Paris, Gallimard, 1968, p. 65.
41. "Só me lembro de minhas primeiras leituras e de seu efeito sobre mim: é desse tempo que eu dato sem interrupção a consciência de mim mesmo", *Confissões*, p. 8.

os romances "terminam com o verão de 1719" ; Jean-Jacques tinha, pois, sete anos e passa a se dedicar, no inverno seguinte, aos livros deixados por seu avô materno, entre os quais se encontravam boas obras – Plutarco sobretudo, o preferido – que o "curam um pouco dos romances". A mitologia cívica e o pensamento cristão (Le Sueur, Bossuet) combatem as fantasias romanescas, e Rousseau conclui que "dessas interessantes leituras, das conversas que provocavam entre meu pai e mim, formou-se esse espírito livre e republicano, esse caráter indomável e altivo, impaciente com o jugo e a servidão, que me atormentou todo o tempo de minha vida nas situações menos propícias a lhe dar vazão"[42]. Se a leitura dos romances permite, pois, ao pequeno Jean-Jacques, que tome consciência de si, trata-se ainda de uma "consciência passional": "Em pouco tempo adquiri com esse perigoso método, não apenas uma extrema facilidade para ler e me entender, mas uma inteligência única na minha idade sobre as paixões"[43]. Já a sua "consciência moral", impregnada de religião e civismo, só desabrocha na medida em que outras leituras são capazes de afastá-lo do universo romanesco.

Voltamos um pouco atrás no tempo, já que o próprio Jean-Jacques, depois de armado o cenário picaresco e apresentados os personagens, interrompe um pouco a narrativa, atormentado certamente por aquele seu caráter "indomável e altivo", para, como ele mesmo diz, "refletir pela primeira vez sobre o passo que ia dar". Abre-se aqui, pois, um parêntese, e a consciência moral é convocada a julgar o que as fantasias romanescas ocultavam até então, ou seja, a gravidade de seu engajamento.

É assim que, relembrando suas origens, ele começa por fazer uma defesa de sua educação: "Eu disse, repito, e repetirei, talvez, uma coisa de que estou cada dia mais convencido; é que se um dia uma criança recebeu uma educação sensata e sã, essa criança fui eu..."[44], e aprofunda-se num exame de consciência que o leva a ex-

---

42. *Confissões*, p. 9.
43. *Confissões*, p. 8.
44. *Confissões*, p. 61.

A JORNADA E A CLAUSURA

por, sucessivamente, sua aversão genebrina ao catolicismo, a fraqueza que não lhe permite preservar sua inocência, a força de suas objeções na controvérsia que o opõe a seu conversor e, por fim, sua rendição.

Enquanto ainda está combatendo um jovem e imponente conversor, um "bem falante", o grande trunfo de Jean-Jacques é sua leitura da *História da Igreja e do Império*, de Le Sueur, que ele praticamente decorara, precisamente naquele inverno de 1719, quando se formara seu caráter "indomável e altivo", ou seja, o período em que um provisório afastamento das leituras romanescas permitira o despertar de sua consciência moral. Assim, quando o conversor esperava liquidá-lo com "Santo Agostinho, São Gregório e os outros padres, ele descobria com uma surpresa incrível que eu lidava com todos esses padres com tanta desenvoltura quanto ele..."[45]. Esse é o único trecho, nas *Confissões* de Jean-Jacques, em que Agostinho é citado, e mesmo assim, de "segunda mão": ele não confessa ter lido o ilustre Padre, mas insinua ter tanta familiaridade com sua obra quanto seu opositor, graças a Le Sueur.

Que a consciência moral do pequeno Jean-Jacques tenha despertado no confronto entre os modelos da ortodoxia cristã (desde os Pais fundadores, comentados por Le Sueur até o Bossuet do discurso sobre a história universal) e o ideal cívico republicano, é o que ele mesmo nos diz, logo no início do primeiro livro das suas *Confissões*. Que estas se construam como uma resposta às *Confissões* de Agostinho é o que fica claro, tanto pela distribuição dos livros, cuja estrutura depende, como veremos adiante, do episódio da "iluminação de Vincennes", a verdadeira conversão, como pela retomada de alguns episódios paradigmáticos que questionam, como vimos acima, a noção de pecado original da versão agostiniana. Que este diálogo com Santo Agostinho é atravessado e enriquecido por uma releitura da tradição picaresca (que já mantivera, nas suas origens, laços estreitos se bem que ambíguos com o mito agostiniano

45. *Confissões*, p. 66.

100

do *homo viator*) é o que constatamos na seqüência, reconhecendo também que, no refluxo da imaginação romanesca, a lembrança do Bispo de Hipona se destaca sobre o fundo indistinto da consciência moral. E, assim como já vimos, na *Nova Heloísa*, o ideal cívico ser invocado contra o universalismo apolítico do cristianismo, vemos aqui, de passagem, como a autoridade moral do fundador da ortodoxia cristã é invocada contra a vulgarização da instituição eclesiástica – uma tática, aliás, perfeitamente iluminista[46].

O exame de consciência que interrompe a narrativa corresponde à alternância entre *consejos e consejas*, tão arduamente conciliáveis no *Guzmán de Alfarache*. Porém, ao substituir o discurso mais ou menos ortodoxo da Igreja católica, presente nos *consejos* de Alemán, por uma reflexão mais livre e pessoal dos limites de sua responsabilidade, Jean-Jacques não só fortalece a expressão individualista, associada a uma busca moral e religiosa, como ilustra, nos percalços de sua própria existência picaresca, a formação de um sistema ético capaz de restaurar a ordem interior que subordina a conduta à consciência.

De fato, podemos reconhecer, esboçando-se nesse episódio de sua autobiografia, os princípios básicos de moral e religião que Rousseau já sintetizara, anteriormente, na *Profissão de Fé do Vigário de Savóia*. A maneira pela qual Rousseau constrói sua filosofia a partir da sua existência, ao mesmo tempo em que pensa a sua existência a partir de sua filosofia, ou seja, esse caminho de duas mãos que ele estabelece entre vida e teoria[47], revela-se, aqui, no cruzamento entre as duas versões do mesmo episódio do jovem expa-

---

46. É sobretudo através do pensamento jansenista (no caso de Jean-Jacques, calvinista também) que a França do século XVIII mantém viva a lembrança de Santo Agostinho. Lembrando como ao longo da batalha enciclopédica os filósofos iluministas são capazes de jogar jansenistas contra jesuítas e vice-versa, não é de surpreender essa convocação sumária da autoridade agostiniana na hora de arbitrar questões de fé e de moral.

47. O que Burgelin chama de "ligação estreita entre o sistemático e o existencial" (*op. cit.*, p. 32).

A JORNADA E A CLAUSURA

triado que trai a religião de seus pais, relatado no *Emílio*, não por acaso, à guisa de introdução à *Profissão de Fé*[48].

Logo de saída, o que transparece, nesse embate fundamental entre o indivíduo desgarrado de suas origens e a instituição eclesiástica, representada da maneira mais sombria, é a reivindicação, que Rousseau compartilha com seus ex-amigos *philosophes*, de liberdade de pensamento em matéria de moral e religião, aliada ao protesto contra os abusos da autoridade religiosa. Assim, não é improvável que o episódio do assédio homossexual, ao qual o jovem Jean-Jacques é submetido, entre um esforço e outro de seus conversores, tenha sido lembrado, por Diderot, na redação de sua *Religiosa*. Mas, assim como a *Profissão de Fé do Vigário de Savóia* é uma tentativa, da parte de Rousseau, de "fixar de uma vez por todas [suas] opiniões" contra o ceticismo e materialismo dos *philosophes modernes*, também no episódio do Asilo dos Catecúmenos, tal como é narrado nas *Confissões*, a impotência da razão, que não é guiada pela consciência, e a insuficiência da argumentação são ilustradas pela derrota do jovem mas instruído Jean-Jacques diante de seu conversor.

O papel da educação na formação da consciência moral do indivíduo já fora destacado, como vimos acima, quando, pela primeira vez desde que se entregara à errância picaresca, Jean-Jacques se propôs refletir um pouco sobre a sua conduta ("Eu disse, repito... etc.")[49]. Mas, ao contrário do Emílio, Jean-Jacques tem a sua imaginação e raciocínio despertados precocemente: a imaginação descontrolada, submissa às paixões, o conduz a esse impasse, no Asilo dos Catecúmenos, onde se encontra dividido entre a religião

---

48. Cf. no *Emile*, (*Oeuvres Complètes*, vol. IV, pp. 558–565), o trecho entre aspas que começa assim: "Há trinta anos que numa cidade da Itália um jovem expatriado viu-se reduzido à maior miséria. Nascera Calvinista, mas em conseqüência de uma trapalhada vendo-se fugitivo, em país estrangeiro, sem recursos, trocou de religião para ter pão. Havia nesta cidade um asilo para os prosélitos, e aí foi admitido".

49. *Confissões*, p. 61.

de seus pais e a obstinação juvenil em prosseguir suas aventuras. Por outro lado, sua razão "raciocinante" não é capaz de ampará-lo sem o esforço virtuoso do qual não se sente capaz.

O narrador maduro reconhece a fraqueza que não permitira ao jovem ir fundo no seu exame de consciência e agir em conformidade com ele: "Quanto mais eu pensava nisso, mais eu me indignava contra mim mesmo e pranteava o destino que me tinha trazido ali, como se esse destino não tivesse sido obra minha". A história de Jean-Jacques repete, mais uma vez, a história da humanidade, onde o mal não decorre, como na aventura picaresca, de uma Fortuna inexorável, nem das determinações do destino, nem se explica pela atualização de um plano divino, ou como marca do pecado original: são as ações humanas, no caso, os descaminhos de Jean-Jacques, que determinam a sua história[50].

É assim que, na medida em que este avança no seu exame de consciência, o sentido de uma responsabilidade moral só se aprofunda, como ilustra a resposta de Deus ao homem que, no seu desamparo, lhe pergunta por que o fez tão fraco: "eu te fiz fraco demais para sair do abismo, porque te fiz bastante forte para não cair nele"[51]. Não teria sido difícil evitar o abismo, contanto que não cedesse às inclinações tentadoras; agora, no entanto, caberia a Jean-Jacques um esforço heróico, do qual não se sente capaz, ainda. Mas a possibilidade de uma conversão profunda e sincera já está posta desde esse episódio, em que o tema é introduzido em forma de paródia.

Retomando, pois, finalmente, a comparação entre esse episódio das *Confissões* e a célebre conversão final de Guzmán de Alfarache, na sua galera, constatamos que Rousseau desmonta a

---

50. Cf. Bronislaw Baczko, *Rousseau, solitude et communauté,* Paris, Mouton, p. 194. "A história na qual vivemos, o mal que ela produziu e que é o nosso mal, não decorrem nem da ordem, nem do destino, nem da vontade divina [...] a necessidade que se manifesta no decorrer dos acontecimentos históricos não tira do indivíduo nem a sua liberdade, nem sua responsabilidade moral".

51. *Confissões*, p. 64.

A JORNADA E A CLAUSURA

ambigüidade moral da experiência picaresca, quando revela o desamparo e a hipocrisia do indivíduo que cede ante a autoridade eclesiástica, ao invés de encontrar, na relação direta com o Criador, como descobre Júlia na cerimônia de seu casamento, o caminho próprio de sabedoria e virtude.

Encerrado o episódio do Asilo dos Catecúmenos, tendo enfim abjurado solenemente, numa cerimônia faustosa, Jean-Jacques é jogado na rua da cidade grande, com uns poucos trocados e esperanças renovadas. De fato, ainda que o narrador suponha que "haverão de crer que comecei por me entregar a um desespero ainda mais cruel na medida em que o arrependimento pelos meus erros devia intensificar-se pela constatação de que toda minha infelicidade era obra minha", a disposição em que se encontra o jovem Jean-Jacques, pronto para mais aventuras, é outra: "Nunca senti tanta autoconfiança e segurança: já acreditava a minha fortuna feita, e achava bonito não devê-la a ninguém a não ser a mim mesmo".

"Ninguém a não ser a mim mesmo": é o mesmo sentimento de independência que Jean-Jacques já experimentara, ao partir de Genebra, e depois novamente, quando deixa Annecy com destino a Turim. O esquema básico da aventura picaresca, nas *Confissões* de Rousseau, e que deve repetir-se ao longo da narrativa, é o que faz surgir da ruptura e da alienação a possibilidade do remorso, logo abafado pela fantasia romanesca que, por sua vez, acaba sofrendo um novo revés, onde o sentimento de culpa e o remorso voltam a exigir o exame de consciência.

O que muda aqui, em relação ao movimento pendular dos *consejos* e *consejas*, é a possibilidade de um amadurecimento da reflexão moral que oponha à alienação do indivíduo "desnaturado" a reconstrução de um sistema ético singular, capaz de sintetizar a exigência individualista e o amor à ordem, ou seja, a possibilidade, por parte do indivíduo solitário, de uma conduta virtuosa.

No final desse segundo livro, o episódio da fita de Marion completa a sucessão de pequenos furtos, que já vimos contrapondo-se, no livro anterior, à representação alegórica do pecado original, na narrativa agostiniana, ou seja, o furto das pêras. Para responder a

JEAN-JACQUES

Agostinho, Rousseau desdobra esse único episódio em vários: primeiro, um roubo hipotético e inocente, na primeira infância ("teria roubado frutos, balas, a comida...."); em seguida, o roubo induzido dos aspargos ("meu único motivo era agradar aquele que me levou a fazê-lo"); depois, o roubo das maçãs na despensa do mestre ("uma lembrança que ainda me faz estremecer e rir ao mesmo tempo..."). A insignificância dos objetos furtados não vem aqui sobrecarregada pelo peso simbólico que faz do furto das pêras o próprio paradigma da iniqüidade, nas *Confissões* de Agostinho. Mas a sucessão dos episódios mostra de que maneira a inocência original do jovem Jean-Jacques vai sendo corrompida gradualmente, da mesma forma que, na história da humanidade, são necessárias várias etapas para chegar ao ponto de degradação atual. No final desse segundo livro, quando Jean-Jacques furta uma fitinha velha, para presentear uma jovem e delicada criada, e acaba acusando-a publicamente, quando o pegam em flagrante, o mal parece ter-se completado, e o remorso é devastador. Marion *parece* culpada e Jean-Jacques *parece* inocente: ele a calunia e os preconceitos estão a seu favor. Mais uma vez, não é o prazer de fazer o mal que leva Jean-Jacques a cometer um crime, mas, agora, o medo e a vergonha de ser denunciado publicamente. Ou seja, dividido entre sua consciência e a opinião, ele cede ante esta última: "Pouco temia a punição, só temia a vergonha, mas a temia mais do que a morte, mais do que o crime, mais do que tudo no mundo". A divisão das consciências, descoberta no episódio de Bossey, que não permite mais aos homens reconhecerem-se reciprocamente, e a conseqüente distinção entre o ser e o parecer, reforçada pelo progresso da civilização, impõem um "jugo perpétuo" àquele que não ousa mais parecer o que é: daí o "cortejo de vícios" do qual fala o *Discurso* sobre a ciência e as artes e que o episódio da fita de Marion ilustra tão bem[52].

---

52. Cf. *Discours...*: "Não se ousa mais parecer o que se é; e nesse constrangimento perpétuo, [...] Nunca se saberá ao certo com quem se está tratando [...] Que cortejo de *vícios não haverá de acompanhar essa incerteza?* ..." (p. 8).

## CONCLUSÃO

A segunda parte das *Confissões* começa no livro VII, quando, após dois anos de silêncio, Jean-Jacques retoma a pena para contar, a partir de sua chegada a Paris, os últimos trinta anos de sua vida, que se opõem amargamente, segundo ele, aos trinta primeiros e felizes anos.

Desde cedo, a sua inquietude levara Jean-Jacques a romper inúmeros laços, civis e familiares, e a abandonar sucessivas posições, desde um posto de confiança na casa de Solar (livro III) até a função de Secretário de Embaixada em Veneza (livro VII), passando pelas diversas e miúdas ocupações que Mme de Warens encontra para ele (Seminário no livro III, emprego no cadastro no livro IV, ensino de música no livro V, preceptor no livro VI). Mas a ruptura cujas conseqüências são mais graves, a ponto de lançar uma grande sombra sobre o resto de sua existência, parece ser aquela que o opõe aos ex-amigos filósofos, que conhecera em Paris, segundo relato do livro VII, mas cuja amizade deve revelar-se traiçoeira ao longo dos livros seguintes.

Antes mesmo de contar como veio a conhecê-los, Rousseau já denuncia a grande conspiração da qual acabou por ser vítima ("*o assoalho sob o qual estou tem olhos, os muros que me cercam têm ouvidos...*") e, se a lembrança de suas infelicidades custa-lhe tanto, ele pode ao menos contar, para suprir as falhas da memória, com o registro epistolar do período de seis a sete anos que inclui sua estadia no Hermitage, onde se consuma a ruptura com seus *soi-disants* amigos: "época memorável de minha vida e que foi a origem de todos os meus outros infortúnios".

A abertura dessa segunda parte das *Confissões* destaca, pois, esse período de sua vida em que, como veremos adiante, no livro IX, Jean-Jacques vai viver uma paixão infeliz por Mme d'Houdetot, que deve criar entre a vida e a obra de Rousseau mais uma daquelas vias de mão dupla em que a experiência é determinada pela imaginação romanesca, ao mesmo tempo em que a obra resolve os impasses da existência. Trata-se, pois, do período memorável de sua vida em que Jean-Jacques redige a *Nova Heloísa*, enlevado pela imaginação romanesca, sem saber ainda que aqui começam todas as suas calamidades.

Para quem tem em mente o modelo agostiniano, com o qual Rousseau parece ter estabelecido um diálogo, desde a escolha do título de sua obra autobiográfica – diálogo enriquecido por uma reelaboração do mito picaresco, é bom insistir – o que chama a atenção, no início da segunda parte das *Confissões,* é que a narrativa retrospectiva não antecipa o projeto da reforma pessoal, inspirado na Iluminação de Vincennes, que ocupa, na história de Jean-Jacques, o papel que a conversão ocupara na de Agostinho. Ao contrário, é o cenário sombrio da Grande Conspiração que parece estar sendo armado aos olhos do leitor: antes a retaliação do que a reconciliação.

A possibilidade, para o indivíduo alienado nos descaminhos picarescos, de reconstrução de um sistema ético, fundado no exercício penoso da virtude, estava desde o início subentendida na narrativa autobiográfica que investia o jovem herói de um valor exemplar. Ou seja, assim como sua alienação simboliza a alienação de toda a humanidade, também a possibilidade de Redenção deveria estar ao seu alcance, como esteve ao alcance de Júlia, na solução utópica da obra romanesca.

Outro modelo literário atravessa, no entanto, o caminho de Jean-Jacques, sem que seja possível decidir se, ao mirar-se nele, o pícaro quase convertido não teria construído seu destino de perseguições, ou se teriam as perseguições, inquestionáveis, favorecido a identificação posterior: tanto a arte imita a vida quanto a vida imita a arte, na elaboração literária da autobiografia. Que o bordão, inúmeras vezes repetido nas *Confissões* de Rousseau, *foi aí que começaram todas as minhas desgraças,* evoque a lembrança do momento fatídico em que, na história de Abelardo, começaram as suas calamidades ("é daí que eu dato o início dos infortúnios dos quais ainda sou vítima")[53] parece pouco para estabelecer uma relação significa-

---

53. Cf. *Correspondência de Abelardo e Heloísa*, São Paulo, Martins Fontes, p. 30.

tiva. Porém, se lembrarmos que a criação da *Nova Heloísa* se completa no período em que, instalado por Mme d'Épi-nay no Hermitage, Rousseau não só se apaixona por Sophie d'Houdetot, como rompe definitivamente com os amigos que se transformam em perseguidores, talvez seja possível compor um quadro hipotético em que o Novo Abelardo se veja compelido a representar sua própria história como outra *Historia calamitatum*.

A mudança de paradigma na representação do indivíduo itinerante pode ser conferida no último episódio tipicamente picaresco das *Confissões*, em que Rousseau narra uma aventura que, pelo conteúdo, não pode deixar de evocar aventura muito semelhante do Guzmán de Alfarache, da qual difere, no entanto, pela mudança de estatuto moral que eleva Jean-Jacques acima da condição picaresca. Trata-se da ocasião em que nosso jovem herói vai servir, em Veneza, um embaixador francês, assim como Guzmán servira, em Roma, outro embaixador da mesma nacionalidade. Enquanto, na primeira parte da história de Jean-Jacques, o lugar que este ocupa no cenário picaresco parece absolutamente paralelo ao de Guzmán, na aventura veneziana, narrada no sétimo livro das *Confissões*, o pícaro é o outro: um certo Dominique Vitali transforma a Embaixada num ambiente crapuloso e licencioso[54], assim como o pícaro espanhol servira de gigolô para o embaixador francês em Roma[55]. Jean-Jacques, em compensação, é descrito como um jovem de costumes retos e competência administrativa, que trata de cumprir o seu dever e de reparar, quando possível, as deficiências de um embaixador teimoso e ignorante. Gil Blas de Santillana, nesta situação, saberia tirar proveito das intrigas palacianas, garantindo para si, e na maior inocência, uma boa posição. Mas a retidão moral de nosso herói o leva a entrar em confronto com o ambiente corrupto da Embaixada: "O olho íntegro de um homem honesto é sempre inquietante para os pilantras", e eis que sua honestidade e seu julgamento

---

54. *Confissões*, pp. 307–310.
55. *Guzmán de Alfarache, op. cit.*, pp. 390–393.

severo lhe angariam o ódio e as perseguições que devem levá-lo a deixar Veneza.

Na primeira parte das *Confissões*, é sempre sua sede de aventuras que leva Jean-Jacques a deixar uma condição algo enfadonha pelas promessas de sua imaginação. A partir de agora, não é mais um pícaro insignificante que pega a estrada com o coração leve e o passo afoito, mas um personagem injustiçado, cuja superioridade moral e intelectual incomoda todos que encontra e que passam a ameaçá-lo e persegui-lo, levando-o a uma fuga sem fim – assim como Abelardo, expulso sucessivamente por seus inimigos de todos os seus refúgios.

A história deste último, tal como a conta a um amigo, com o intuito de consolá-lo de suas provações, começa, como a segunda parte da história de Jean-Jacques, com sua chegada a Paris. Num único parágrafo, Abelardo lembra, rapidamente, como abrira mão, na sua Bretanha natal, de sua parte na herança e nas prerrogativas da progenitura, abandonando "a corte de Marte" pelo "seio de Minerva"[56]. Após uma breve peregrinação pela província, durante a qual se exercita nas artes da dialética, ele chega em Paris, "onde há muito tempo a dialética florescia". Freqüentando a escola de Guillaume de Champeaux, em breve torna-se "bastante incômodo", pois esforça-se em refutar algumas das teses de seu mestre, chegando, às vezes, a sobrepujá-lo. Seu sucesso provoca indignação, e é daí, então, que ele data o início de seus infortúnios. Sua fama cresce, a inveja levanta-se contra ele, e começam as perseguições. O encontro com Heloísa, a paixão entre os dois, o casamento secreto, o nascimento do filho, a castração e o retiro de ambos nos seus respectivos claustros são contados na seqüência[57], mas as perseguições não cessam. Por um lado, continua a despertar inveja, já que uma multidão de discípulos o segue, ávida pelos seus ensinamentos; por outro lado, liberto, pela mão divina, das seduções carnais, ele se manifesta contra a vergonhosa vida mundana da abadia aonde

56. *Correspondência...*, Epístola I, p. 30.
57. *Idem*, pp. 39–52.

A JORNADA E A CLAUSURA

se retirara, o que o torna odioso aos olhos dos monges promíscuos. A difamação e a calúnia o perseguem, ele é julgado e condenado por um concílio convocado por seus inimigos, e sua obra é lançada publicamente à fogueira. Comparada a essas últimas provações, sua mutilação parece-lhe pouca coisa, pois ele lamenta "mais o estigma de seu nome que o do seu corpo"[58]. Fugindo de seus inimigos, retira-se numa região deserta, onde constrói uma capela, dedicada à Santíssima Trindade, e os alunos começam a acorrer de todas as partes[59]. Escondido nesse lugar abençoado, batizado "o Paracleto", cercado por seus discípulos, que abandonam o conforto das cidades para viver, nas privações do deserto, uma vida miserável junto ao seu mestre, Abelardo não deixa de incomodar os antigos rivais, pois sua fama continua a correr o mundo. Forçado a abandonar o seu refúgio, vai parar na abadia de Saint Gildas, onde é eleito abade por unanimidade e onde, mais uma vez, ao tentar disciplinar os monges profundamente corruptos que habitam o lugar, passa a correr risco de morte[60].

Nesse meio tempo, Heloísa é obrigada a deixar o convento de Argenteuil, reivindicado pelo abade de Saint-Denys, e Abelardo a convida para, junto com as religiosas que não a abandonaram, instalarem-se no Paracleto, o que provoca nova onda de calúnias.

A situação atual de Abelardo, enquanto escreve a seu amigo, na abadia de Saint-Gildas, ainda é sombria. Após várias tentativas de envenenamento, ele ainda sente, continuamente, "um punhal levantado sobre sua cabeça" e "mal pode respirar durante as refeições". No entanto, conclui que "a Providência divina preside a toda a nossa existência. Nada acontece por acaso sem a permissão da bondade todo-poderosa: esse pensamento deve bastar para consolar o fiel em suas provações"[61]. A carta se encerra, assim, segundo as regras da *consolatio*, e Abelardo despede-se do amigo invocando as Escrituras e recomendando-lhe abnegação.

58. *Correspondência*, p. 63.
59. *Idem*, p. 67.
60. *Idem*, pp. 74–88.
61. *Idem*, p. 88.

O lugar que Abelardo ocupa na história da autobiografia é bastante controvertido. Étienne Gilson parecia ter respondido definitivamente a todos os que tendem a desprezar qualquer expressão individual na Idade Média. Polemizando contra os historiadores que, acompanhando Burckhardt, situam o nascimento do "Homem Moderno" na Itália renascentista, ele denuncia a estreiteza das interpretações que atribuem ao cristianismo a formação de um homem "sem individualidade, incapaz de analisar-se, sem gosto por descrever os outros sob forma biográfica, nem de contar-se sob forma autobiográfica"[62]. Um homem, por exemplo, conclui ironicamente Gilson, como Santo Agostinho.

Vimos, por outro lado, como Philippe Lejeune, entre outros, prefere reconhecer em Rousseau, e não mais em Dante ou em Petrarca, o "primeiro homem moderno", ou, em todo caso, o primeiro autor de uma "autobiografia moderna". É assim que Evelyn Birge Vitz, por exemplo, destaca, num artigo traduzido por Lejeune, a tipificação da representação do indivíduo na *Historia calamitatum*. Segundo ela, Abelardo parece não ter percebido "as implicações e recursos literários do interesse que ele dedicava à noção de individuação"[63], mantendo, na expressão autobiográfica, uma postura muito mais "conservadora" do que na sua investigação lógica e filosófica. O que parece sustentar sua opinião é a maneira pela qual Abelardo procura compreender "*a significação de sua vida (num sentido alegórico, ou simbólico)*", colocando-se como *exemplum* do qual é preciso tirar uma lição.

Ora, um estudo da ética de Abelardo, como o de José Carlos Estevão[64], mostra, pelo contrário, não só uma perfeita compatibilidade entre sua reflexão moral (da qual, de certa forma, coloca-se como *exemplum* na *Historia calamitatum*) e os seus tratados de lógica, como até mesmo o condicionamento de uma pela outra. Assim,

---

62. *Abélard et Héloïse, op. cit.*, p. 132.
63. "Type et individu dans l'autobiographie médiévale", *Poétique*, n. 24, 1975, p. 434.
64. *A Ética de Abelardo e o Indivíduo*, dissertação de mestrado, apresentada na Pontifícia Universidade Católica de São Paulo, 1990.

A JORNADA E A CLAUSURA

ele propõe uma leitura simultânea da *Ethica* e da lógica que, em ambos os casos, supõem o primado do indivíduo, e busca, naquela, as razões dos limites do "nominalismo" de Abelardo[65]. Estevão conclui constatando a recusa do subjetivismo ético numa obra em que, "menos do que racionalidade, a consciência é subjetividade"[66].

Por outro lado, a distância entre a expressão individual de Abelardo e a de Rousseau talvez não seja tão intransponível quanto parecem supor os adeptos da teoria que faz das *Confissões* deste último a "primeira autobiografia moderna". Não se trata aqui de querer fazer dela, tampouco, "a última autobiografia antiga", nem de tentar descobrir se, na sua resposta simultânea tanto ao sistema moral da tradição eclesiástica quanto à ética racionalista dos filósofos, o cidadão de Genebra não repete de alguma forma o duplo combate de Abelardo contra a moral formalista e a ética dos goliardos[67]. O que queremos mostrar é que, na imaginação literária de Jean-Jacques, o exemplo de seu infeliz predecessor o ajuda a descrever suas próprias calamidades, assim como, na *Historia calamitatum*, Abelardo tanto se mira nos modelos hagiográficos quanto se coloca, por sua vez, como *exemplum* para o amigo destinatário, ou para Heloísa, nas cartas seguintes, e, de um modo geral, para qualquer eventual leitor em busca de consolação.

Assim como "o primeiro homem moderno" segundo alguns[68], no caso, Petrarca, convoca diretamente Santo Agostinho, no seu escrito autobiográfico – o *Secretum* – para com ele estabelecer um diálogo em que revisa a orientação que tem dado à sua vida, Rousseau também, o "primeiro autobiógrafo moderno", mantém um diálogo com a tradição literária em que, sucessivamente, essas grandes figuras da expressão individual são revisitadas e assimiladas no molde único da obra autobiográfica.

---

65. Cf. J. C. Estevão, *op. cit.*, p. 100.
66. *Op. cit.*, p. 212.
67. *Op. cit.*, p. 186.
68. E. Renan & Pierre Nolhac, citados por Gilson (*op. cit.*, p. 131), em *Pétrarque et l'humanisme*, Paris, Leroux, 1907, t. I, p. 2.

No capítulo anterior, já vimos como a lembrança da ascensão ao Monte Ventoux, contada por Petrarca numa célebre carta de sua correspondência familiar, parece ecoar na narrativa de St.-Preux, que descreve numa carta a Julie sua própria ascensão ao Alto Valais. Na epístola petrarquiana, abrindo ao acaso um pequeno exemplar das *Confissões*, o poeta se depara com uma passagem que parece dirigida diretamente a ele ("os homens vão admirar as alturas das montanhas..."), o que lhe causa a maior impressão e o leva a evocar a experiência que tocara o próprio Agostinho quando abrira, também ao acaso, uma página das Escrituras, convertendo-se assim, como, antes dele, os companheiros de Ponticiano, diante de uma página da vida de Santo Antão, ou como, ainda antes, o mesmo Santo Antônio, ao ouvir um versículo do Evangelho[69].

Essa transmissão ininterrupta da experiência da conversão inaugura, a partir de Petrarca, uma nova tradição, marcada pela estetização progressiva da experiência mística, que só deve completar-se na *Busca do Tempo Perdido*. A respeito da experiência de Petrarca no Monte Ventoux, vale a pena lembrar, contudo, que se trata – ao contrário do episódio de Agostinho no jardim de Milão – de uma conversão malograda, ou seja, apenas uma intuição da verdadeira conversão que transformasse o destino do poeta. O assunto, muito discutido entre petrarquistas, sugere desde acusações de hipocrisia[70] até a convicção de uma "crise da alegoria". Esse tema da "conversão malograda", que já aparecia no modelo agostiniano, encontra, na carta de Petrarca, pois, uma nova elaboração – retomada por Rousseau, na *Nova Heloísa* (na ascensão ao Valais, onde St.-Preux tem a intuição de uma vida reconciliada), assim como nas suas próprias *Confissões*, de maneira ambígua como estamos vendo – e vai servir a Proust como um dos fios condutores de sua narrativa. Mas, sobretudo, vale lembrar que, mais do que um mero dese-

---

69. *Confissões*, VIII.
70. Pierre Courcelle discute essa acusação no capítulo dedicado a Petrarca, de seu *Les Confessions de Saint Augustin dans la tradition littéraire*, Paris, Études Augustiniennes, 1963.

A JORNADA E A CLAUSURA

jo de emulação, o que move Petrarca, ao dialogar com o modelo agostiniano, é o desejo de compreender o seu próprio tempo, nem que isso lhe custe atribuir a Agostinho idéias (como no *Secretum*) que lhe eram totalmente alheias[71]. Não é, pois, apenas a expressão lírica, mas também o senso histórico do poeta, que abre na alegoria uma brecha, onde vão caber sentidos que se multiplicarão, ao longo da história da literatura, num movimento desconhecido até então na tradição alegórica.

No capítulo anterior, já nos referimos, a propósito da carta de Julie, à importância estrutural da experiência da conversão nos escritos autobiográficos. "Toda autobiografia procede de uma conversão", afirma Georges Gusdorf em algum lugar, onde trata do caráter iniciático desse gênero literário[72]. O indivíduo precisa ter completado alguma mutação, que lhe permita voltar-se para o seu passado a partir de um patamar superior, de onde possa abarcar o sentido de sua existência. Podemos concordar ou não com essa definição, um tanto espiritualista, da empresa autobiográfica. Mas em todo caso, aplicada ao objeto que nos ocupa, ela tem se revelado útil, já que tanto a estrutura da *Nova Heloísa* quanto a das *Confissões* se articulam em torno de um divisor de águas que, na história de Julie, é a intuição de uma ordem reconciliada, na cerimônia do casamento, que funda a utopia de Clarens; e, na história de Jean-Jacques, seguindo o modelo agostiniano, a "iluminação de Vincennes", que lhe dá a chave de um novo sistema filosófico. No entanto, veremos que o sentido da experiência parece completar-se mais efetivamente através da imaginação utópica do que na história individual.

Rousseau conta, no início do oitavo livro, como a caminho de Vincennes, onde deve visitar Diderot encarcerado, ele se depara com a questão proposta pela academia de Dijon: "se o progresso da ciência contribuiu para a corrupção ou a depuração dos costu-

---

71. Cf. C. E. Quillen, *Rereading Renaissance, Petrarch, Augustine, & the Language of Humanism*, Michigan, The University of Michigan Press, 1998.
72. Como J. Freccero, no artigo citado no capítulo anterior.

I I 4

mes?"[73] No instante dessa leitura, ele "viu outro universo e tornouse outro homem". Os detalhes da experiência que lhe deixou tão forte impressão lhe escaparam, por uma "singularidade de sua memória", desde que os relatara numa das cartas a Malesherbes[74]. O que a digressão sobre a memória tanto oculta quanto revela, ao remeter o leitor à carta citada, é a semelhança estreita entre a sua experiência em Vincennes e aquela de Agostinho nos jardins de Milão. Ann Hartle chama a atenção para o paralelo estrutural que decorre da inserção dos episódios semelhantes no oitavo livro das duas *Confissões*. Mas na leitura, sugerida por Rousseau ao leitor curioso, da carta a Malesherbes, recupera-se todo o vigor da experiência original, com todo o tumulto no peito e a torrente de lágrimas, e a iluminação que afasta as trevas das dúvidas, a mesma emoção, enfim, que acometera Agostinho sob sua figueira e que toma conta de Jean-Jacques sob o carvalho de uma avenida de Vincennes.

Tanto o paralelo estrutural quanto a semelhança de detalhes na descrição da experiência, entre a conversão de Agostinho e a iluminação de Jean-Jacques, sugerem o propósito deliberado, por parte de Rousseau, em opor à verdade revelada do cristianismo a sua própria reflexão ético-política, colocando, no lugar das Escrituras – referência máxima das *Confissões* agostinianas – os seus primeiro e segundo *Discursos*. O que resta a explicar é o motivo pelo qual, na sua própria existência, Jean-Jacques não é capaz, como o fora Julie na narrativa romanesca, de completar a mutação espiritual que o elevaria acima das incertezas da Fortuna.

"Num universo que recebe de Deus seu ser, tudo é previsto, desejado, ordenado e nada se faz ao acaso": assim resume Gilson o sentido da providência cristã[75], cuja singularidade reside na depen-

---

73. *Confissões*, p. 351.
74. Sobre essas cartas, que Rousseau considerava como um esboço das *Confissões*, ver livro XI, p. 569, assim como o comentário de Bernard Gagnebin e Marcel Raymond na sua introdução, *Oeuvres Complètes*, vol. I, p. XX.
75. *L'Esprit de la philosophie médiévale*, Paris, Vrin, 1944, p. 163.

A JORNADA E A CLAUSURA

dência absoluta da idéia da Criação, e que deve ser compreendida como o cuidado pessoal do Criador com cada uma de suas criaturas, individualmente, como ilustra o sentido da peregrinação de Agostinho, descoberto no jardim de Milão. Toda a doutrina cristã parece sustentar-se nessa crença numa força poderosa, capaz de ordenar o mundo segundo leis insondáveis ao espírito humano, mas que garante a beatitude eterna aos justos e a danação dos maus, no dia do Juízo Final. Fortalecida por essa convicção, a cristandade prossegue seu caminho, sem inquietar-se em demasia com a primeira antinomia, que opõe a existência de um Deus bom e todo-poderoso a um mundo mau, e todas as contradições que daí derivam, como aquela que atribui o livre-arbítrio às criaturas determinadas pelo plano divino.

No romance picaresco, reconhecemos o enfraquecimento avançado da crença na ação providencial, que acaba favorecendo o ressurgimento da representação do destino humano como obra da Fortuna, apesar do discurso mais ou menos ortodoxo que tenta explicar a trajetória de Guzmán de Alfarache dentro dos cânones da Contra-Reforma. Na Utopia, por outro lado, vimos como o Homem renuncia serenamente a toda transcendência, ocupando-se aqui embaixo com a tarefa da planificação social, como forma de neutralizar os caprichos da fortuna e de garantir a justiça na cidade terrestre.

Os dois modelos literários do Renascimento dão expressão, pois, ora ao otimismo humanista, ora à angústia do indivíduo desamparado, mas não encerram uma discussão que continua a animar os debates teológicos que opõem, no século seguinte, os diversos partidos da Igreja: um último esforço deve ser tentado para preservar as certezas traqüilizantes da fé – como diz Jean Ehrard, que mostra como as antinomias do pensamento cristão do século XVII ainda dividem o naturismo do século XVIII[76].

---

76. J. Ehrard, *L'Idée de nature en France dans la première moitié du XVIII<sup>e</sup> siècle*, Paris, Albin Michel, 1994, capítulo X: "Nature et providence".

116

Já nos referimos, no capítulo anterior, à carta de Rousseau a Voltaire, onde ele faz uma defesa de Pope e de sua visão otimista de um mundo harmoniosamente estruturado; regido, é verdade, por leis gerais e não por vontades particulares, mas que garante, ao menos, a idéia de uma ordem moral. A firmeza com que Rousseau responde aqui a Voltaire desaparece na narrativa autobiográfica, quando o destino de Jean-Jacques se converte na perseguição implacável de uma força que o acua pessoalmente, como uma Providência maligna.

Ann Hartle acredita que, para Rousseau, o relato da Grande Conspiração faz parte da sua resposta a Agostinho, lúcida e deliberada, que quer demonstrar a loucura da interpretação agostiniana do destino humano: o que o Bispo de Hipona atribui à Providência seria, na verdade, como o complô de seus inimigos para Jean-Jacques, apenas o fruto de sua imaginação delirante. Hartle apóia sua interpretação no reconhecimento, por parte de Rousseau, de que a conjura dos Jesuítas contra a publicação do *Emílio* fora obra de sua imaginação, assim como na descrição do delírio de Mussard – o amigo "conquilomaníaco", que constrói um sistema que explica tudo em termos do princípio das conchas.

Para concluir que as *Confissões* são uma "construção consciente, lúcida, feita com arte", a filósofa americana crê ser necessário afastar qualquer sombra de loucura na elaboração autobiográfica. De que Rousseau tivesse inimigos ninguém duvida. Mas que uma conspiração, tal como Rousseau a descreve, pudesse tomar tais proporções só poderia aparecer, à primeira vista, como paranóia desenfreada, a menos que se trate de uma astúcia de filósofo e literato, que denuncia não a sua própria loucura mas a loucura de outro, Agostinho.

Ora, esquecendo um pouco as categorias clínicas, vale lembrar que nas suas *Confissões* Rousseau pretende, antes de tudo, traçar o seu próprio retrato. A "resposta" a Agostinho é secundária, mas necessária, na medida em que a imaginação literária, que determina o destino de Jean-Jacques, constrói um itinerário próprio a partir de um modelo já existente nas confissões alheias. No entanto, as

A JORNADA E A CLAUSURA

contingências de sua existência devem levar o nosso herói a trocar um modelo por outro, quando já não cabem no primeiro: a própria loucura não se perde em "desvarios incoerentes" mas é reelaborada na assimilação mais vasta da tradição literária.

Assim, Jean-Jacques reconhece na sua própria trajetória as mesmas etapas percorridas anteriormente por Pedro Abelardo, desde o sucesso fulgurante nas artes e na reflexão filosófica[77], que desperta a inveja retaliadora, até a superioridade moral, que o leva a uma reforma pessoal, paralela à tentativa, por parte do abade de Saint-Gildas, de corrigir os costumes de seus subordinados. Se Thérèse Levasseur, a opaca companheira, revela-se incapaz de assimilar qualquer ensinamento, ou de desempenhar em qualquer nível o papel que Heloísa ocupara na vida de Abelardo, Jean-Jacques não deixa por menos e cria os personagens de Julie e de St.-Preux, para que possa, na sua imaginação, viver a experiência passional de seu antecessor. Até uma doença urinária misteriosa e vergonhosa é convocada para representar o sofrimento físico que marcara com ignomínia a vida de Abelardo.

As palavras de consolo que este último reservara, no final de sua *Historia calamitatum*, ao amigo destinatário, reafirmando a confiança nos desígnios da providência divina, se transformam, na autobiografia rousseauniana, numa constatação de impotência do indivíduo solitário para salvar-se numa sociedade em que imperam a opinião e os preconceitos. É assim que o delírio persecutório acaba encontrando expressão literária e justificação filosófica, antecipada no episódio da fita de Marion, que já associava a "grande conspiração" à culpa do indivíduo "desnaturado" e à alienação da sociedade moderna.

---

77. Além de seu desempenho acadêmico, Abelardo era conhecido em Paris pelas suas canções, assim como Rousseau, antes de redigir o seu *Discurso* premiado, já se destacara pela sua música.

# II

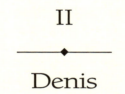

# Denis

# 3

## A Religiosa

### A CONTRA-UTOPIA DO PRESENTE

*Desconfiai daquele que quer impor a ordem.*
*Ordenar, é sempre dominar os outros*
*constrangendo-os...*

Suplemento à *Viagem de Bougainville*

Enquanto as utopias proliferam, no século XVIII – seguindo mais ou menos o padrão, já clássico, estabelecido por Morus, ou combinando-se com outras concepções da sociedade ideal, mas, em todo caso, apresentando-se como verdadeiros *Staatsromane*, mais descritivos do que narrativos – a grande corrente do romance em formação absorve o romance do estado de maneira a integrá-lo na história do indivíduo moderno. Reduzida dentro da narrativa a mera digressão[1], como nas *Cartas Persas* de Montesquieu ou em *Aline e Valcour* de Sade, a representação da sociedade ideal serve como um elemento a mais na demonstração filosófica – ou antifilosófica – acentuando ora o aspecto de crítica aos costumes e insti-

---

1. Ou seja, apenas um episódio entre outros, como quando o personagem encontra, de passagem, uma pequena sociedade organizada utopicamente e a descreve rapidamente, antes de partir para outras aventuras.

tuições contemporâneos, ora o aspecto ideal da sociedade descrita, fora do tempo e do espaço conhecidos. No caso da *Nova Heloísa*, de Rousseau, e dos *120 Dias de Sodoma*, de Sade, trata-se, mais do que de meras digressões utópicas, de narrativas estruturadas segundo o modelo utópico. As narrativas se amarram aqui em torno da representação de um poder centralizador, que mantém o indivíduo num lugar que lhe foi determinado – subordinado a uma hierarquia rígida, codificado por uma série de preceitos e regras, incumbido de inúmeras tarefas e obrigações e, sobretudo, encarcerado no estado proposto de perfeição da organização social. Tanto o modelo rousseauniano de Clarens quanto o modelo sadeano de Silling são apresentados como a realização de um ideal de sociabilidade, ora mediado pela autoridade moral do legislador (Wolmar assistido por Júlia), ora imposto à força pelos senhores do castelo. Obviamente, não podemos chamar os romances de Rousseau e de Sade de utopias propriamente ditas, porém é inegável que ambos absorvem aspectos formais próprios das utopias clássicas, além de representarem, no nível do conteúdo, a síntese utópica do pensamento de seus autores.

Não encontramos nada semelhante na obra de Denis Diderot. Enquanto, para Rousseau, utopias são quimeras que ele sabe apreciar como ninguém, já que afinal "nada é belo além do que não existe", a tendência de Diderot é de referir-se a elas de forma pejorativa. Frank e Fritzie Manuel comentam a antipatia generalizada entre os enciclopedistas pelo dogmatismo do pensamento utópico. Citam, como exemplo dessa rejeição, uma resposta de Diderot aos planos de reforma econômica do abade Morellet: "Tome suas melhores páginas e componha uma utopia"[2]. Mas não é apenas a rigidez sistemática da utopia clássica que é rejeitada por Diderot. Sua ironia também não poupa o mito da idade de ouro nem as fantasias do

---

2. Frank E. Manuel & Fritzie E. Manuel, *El Pensamiento Utópico en el Mundo Occidental*, trad. de B. M. Carrillo, Madrid, Taurus Ediciones, 1981, vol. II, p. 305.

país de Cocanha, visão livre e risonha da sociedade ideal: numa *Sátira Contra o Luxo*, dialogada, do Salão de 1767, ele diz:

> Uma vida consumada em suspirar aos pés de uma pastora não faz meu gênero. Eu quero que o homem trabalhe [...] Quem diz preguiçoso, diz malvado. E mais, rios de mel e de leite! O leite não convém aos biliosos como eu, e o mel me enjoa[3].

Um interlocutor lhe propõe então seguir o "conselho de Jean-Jacques", fazendo-se selvagem. A partir dessa referência a Rousseau, a sátira às sociedades ideais ou idealizadas pode ser lida como sátira aos ideais rousseaunianos: os costumes lacedemônicos ("nem me fale desses monges armados"), o heroísmo romano ("gozai do doce espetáculo do universo que geme sob a tirania, e partilhai todos os crimes, todas as desordens de seu opulento opressor"[4]) são desprezados enfaticamente. A eles se opõe uma teoria cíclica da história, apresentada como determinação natural, à qual é preciso submeter-se: "O destino que regula o mundo quer que tudo passe. A condição mais feliz de um homem, de um Estado, tem seu termo. Tudo traz em si um germe secreto de destruição", que, para além das fantasias cívicas, não deixa de partilhar com o Rousseau do Contrato Social algumas de suas crenças, pouco afinadas com a idéia do progresso contínuo e ininterrupto que deve florescer, posteriormente, em utopias futuristas.

No entanto, o "utopismo radical" de Dom Deschamps, como o chama Yves Benot, impressionara-o fortemente, pelo menos num primeiro momento, o que transparece no seguinte texto citado por Benot:

> Quereis que vos diga um belo paradoxo? É que estou convencido de que não pode haver verdadeira felicidade para a espécie humana a não ser num estado social onde não houvesse nem rei, nem magistrado, nem pa-

---

3. *Oeuvres de Denis Diderot*, Salons, Tome II, Paris, Chez J. L. J. Brière, 1821, p. 144.
4. *Idem*, p. 145.

A JORNADA E A CLAUSURA

dre, nem leis, nem teu, nem meu, nem propriedade fundiária, nem vícios, nem virtudes; e esse estado social é terrivelmente ideal[5].

Vale notar que esse texto, não datado, mas provavelmente de 1769 ou 1770, segundo Benot, é posterior à *Sátira Contra o Luxo* e contemporâneo da publicação do Prefácio-Anexo da *Religiosa* na *Correspondance Littéraire*[6]. São ambos testemunhos, pois, da "dramática evolução"[7] do pensamento político de Diderot, que os comentadores concordam em situar entre 1769 e 1771. Veremos adiante de que maneira essa crise – que o leva a abandonar a posição mais conservadora defendida nos artigos da *Enciclopédia* – se expressa no romance.

Mas a relação de Diderot com o igualitarismo de Deschamps é ambivalente: após um primeiro momento de entusiasmo, coloca-se a questão da propriedade privada, problemática, já que esta parece ser "condição de um desenvolvimento material", do bom luxo. A contradição que se instala é então a da necessidade do desenvolvimento material *versus* a exigência igualitária, ambas reivindicadas pelo Iluminismo e, no entanto, aos seus olhos, dificilmente compatíveis[8].

O terceiro momento em que Diderot se debate com a tradição utópica é aquele do seu *Suplemento à Viagem de Bougainville*. Logo na primeira parte desse diálogo, que consiste num comentário da *Viagem ao Redor do Mundo*, de Louis Antoine de Bougainville, publicado em 1771, revela-se a tendência antiutópica de Diderot: o persona-

5. Y. Benot, *Diderot, de l'athéisme à l'anticolonialisme*, Paris, Maspéro, 1970, p. 144. Benot observa em nota de rodapé que a mesma idéia, dada como resumo do manuscrito de Dom Deschamps, nas mesmas palavras, aparece na edição Roth e Varloot da *Correspondance de Diderot* (p. 245), num fragmento sem data, provavelmente de setembro/outubro de 1769.

6. O romance propriamente dito teria sido escrito em 1760, porém só sairia na *Correspondance Littéraire* vinte anos mais tarde.

7. Como diz Lester G. Crocker, que acrescenta: "talvez se possa dizer, de certa forma, uma revolução...", *Diderot's Chaotic Order*, Princeton University Press, 1974.

8. Cf. Y. Benot, *op. cit.*, p. 145.

gem B comenta com A a "teocracia socialista"[9] imposta pelos jesuítas, "cruéis espartanos de batina preta", aos guaranis paraguaios. Ao contrário de Montesquieu, Diderot não vê valor algum nessa experiência comunitária, já descrita pelo próprio Bougainville como uma cruel tirania. Na seqüência de seu *Suplemento*, ele se distancia do relato original do viajante, desmistificador[10], ao descrever a sociedade taitiana como paradisíaca, corrompida apenas pelos exploradores europeus.

A idealização dos costumes taitianos serve para destacar os vícios da sociedade européia que, submetendo seus membros ao domínio de dois códigos alheios ao código da natureza, o código civil e o código religioso, dilacera-os, de maneira que não possam respeitar plenamente nenhum deles. Os costumes taitianos não contrariam a natureza, sua moral é fundada sobre o interesse bem compreendido, suas leis, escassas e justas. Enquanto o longo discurso do ancião (parte II) retoma o tema da instituição corruptora da propriedade privada[11], no diálogo do Capelão com Orou (parte III), ponto alto da narrativa, trata-se de discorrer sobre o inconveniente em atribuir idéias morais a certas ações físicas que não as comportam, como diz o subtítulo do *Suplemento...*, ou seja, trata-se de uma defesa da liberdade sexual.

O tipo de sociedade ideal atribuída aqui aos taitianos se alinha mais com a tradição arcádica, que supõe uma harmonia entre homem e natureza, do que com a tradição utópica, baseada na dominação da natureza. As satisfações não são imoderadas, como na terra de Cocanha, porém os desejos são limitados. As instituições se reduzem ao mínimo (cf. os véus, brancos, cinza e negros das

---

9. Assim a chama Raymond Trousson, *Voyages aux pays de Nulle Part*, Éditions de l'Université de Bruxelles, 1979, p. 128.
10. Bougainville descreve o "estado de guerra permanente" em que vivem os taitianos (cf. Manuel & Manuel, *op. cit.*, p. 315).
11. "Aqui, tudo é de todos; e tu nos pregaste não sei que distinção entre o teu e o meu...", *Suplemento à Viagem de Bougainville, Oeuvres* de Diderot, Paris, Gallimard, 1951, p. 970. Comparar com o texto citado por Benot, acima, p.' 123.

A JORNADA E A CLAUSURA

mulheres taitianas, que regulam sua conduta sexual[12]), enquanto nas Utopias elas regem cada ato, cada movimento dos indivíduos. Vimos acima que Diderot encontrou, na *Viagem ao Redor do Mundo*, a descrição de um modelo mais propriamente utópico, de uma sociedade completamente regulada e controladora: a dos jesuítas no Paraguai. À condenação do modelo jesuítico segue-se a descrição de uma sociedade mais livre, que denuncia, por contraste, não somente as sociedades européias contemporâneas, mas também as fantasias utópicas que a elas se opõem, multiplicando, no entanto, seu poder de repressão. Dos dois aspectos que caracterizam a descrição da sociedade ideal, temos aqui bem colocado seu aspecto crítico, mas nem tanto o aspecto do proselitismo: Diderot não tenta justificar os inconvenientes da organização social no Taiti, relatados por Bougainville, já que, na verdade, ele se importa pouco com isso. Os costumes taitianos são invocados meramente para questionar os costumes europeus e não se colocam seriamente como possível modelo, mesmo porque se sabe que a inocência original dos taitianos já foi corrompida pelos viajantes europeus – não é à toa que o discurso amargo do ancião precede o diálogo do Capelão com Orou[13]. Orou é um personagem abstrato, tão hipotético quanto o homem natural de Rousseau[14].

12. *Op. cit.*, pp. 984–986.
13. Pois é nesse diálogo que se descrevem os costumes saudáveis dos taitianos.
14. O caráter também hipotético das utopias clássicas é destacado por Northrop Frye em seu artigo "Varieties of Literary Utopias", em *Utopias and Utopian Thought* (ed. by Frank E. Manuel, The Riverside Press Cambridge, 1966), p. 36: "Parece claramente implicado que o estado ideal para More, assim como para Platão, não é um futuro ideal mas hipotético, um poder de compreensão e não um fim para a ação. Não conduz a um desejo de abolir a Europa do século dezesseis e substituí-la por Utopia, mas permite que se veja a Europa, e nela se trabalhe, mais claramente". De fato, a utopia está longe de constituir-se num programa de ação. Porém seu caráter de "possível lateral" (R. Ruyer), assim como as projeções futuristas em obras posteriores, como *L'An 2240*, de Sébastien Mercier, contrastam com o caráter inaugural do hipotético *homem natural*, irremediavelmente perdido num passado longínquo, e cujo modelo certamente não é invocado, como ocorre no caso das sociedades utópi-

126

Vemos pois, no *Suplemento à Viagem de Bougainville*, mais um manifesto antiutópico do que um modelo concreto de sociedade ideal. Notemos, para finalizar, que, apesar da radicalidade da crítica – e assim como na *Sátira Contra o Luxo* – Diderot conclui aqui de maneira bastante conformista, no máximo, como um reformista comportado: "Falaremos contra as leis insensatas até que sejam reformadas; enquanto isso, submeter-nos-emos a elas".

Veremos agora como o sistema jesuítico, referido na abertura da principal contribuição de Diderot à história da ficção da sociedade ideal, nos conduz a aproximar o espírito libertário do *Suplemento* ao romance da *Religiosa*, e, nesse movimento, podemos constatar as raízes monásticas da tradição utópica. Nesse contexto, o claustro de Suzana Simonin apareceria então como o avesso da utopia – o avesso de um avesso – mais do que uma contra-utopia.

Se tomarmos como texto inaugural na história das Utopias – ou, melhor, como modelo "pré-histórico" – a *República* de Platão, podemos dizer que a instituição monástica realiza boa parte de suas aspirações:

> Vida de contemplação e estudo do mundo transcendente; ascetismo; vida comunitária e ausência de preocupação familiar; sentimento de ser uma aristocracia; desinteresse material; desejo ardente de realizar o ideal... num monastério, separado do mundo ordinário como uma ilha de espiritualidade, está-se um pouco como em Utopia; e os monges já são personagens utópicos...[15].

cas: em nenhum momento Rousseau sugere, como diz Voltaire, que é preciso voltar a andar "sobre quatro patas". As utopias clássicas não apenas criticam a sociedade atual, mas propõem alternativas concretas de organização social, se bem que não explicam como passar de uma condição para a outra. Uma questão que poderia ser levantada aqui é aquela da seriedade das intenções de More, por exemplo, quando coloca suas alternativas utópicas: a parte do humor e da ironia em *Utopia* ainda não foi suficientemente medida. Mas, em todo caso, não parece haver um paralelismo de intenções entre a constituição das duas hipóteses, a do *homem natural* e a da sociedade utópica.

15. R. Ruyer, *L'Utopie et les utopies*, Paris, PUF, 1950, p. 153.

A regra beneditina constitui, pois, uma etapa importante na história da Utopia, atualizando de certa forma o ideal platônico e constituindo-se, por sua vez, num novo modelo para as utopias modernas: tanto Thomas Morus – que viveu entre os cartuxos – quanto Campanella – um dominicano – comparam explicitamente seu mundo ideal a um monastério.

O riso libertário de Rabelais, contra-utópico na medida em que afirma a liberdade individual contra o constrangimento coletivista, lança mão de um procedimento literário utópico que consiste em virar as coisas do avesso: a abadia de Thélème é um monastério às avessas, sem muros e sem regras – a não ser: "Faz o que quiseres". Mas, ao referir-se diretamente à obra de Morus – Bebedec, mulher de Gargantua, é filha de Utopus – a sátira dos conventos passa a visar também, e talvez principalmente, as fantasias dirigistas da imaginação utópica.

Podemos então traçar uma linha imaginária, nos limites da tradição utópica, que liga a abadia rabelaisiana ao monastério de Sainte-Marie-des-Bois, dos *Infortúnios da Virtude*, passando pela *Religiosa* de Diderot. Rabelais vai ao país de Nenhum Lugar visitar uma abadia alegre, onde os homens podem satisfazer livremente seus apetites; Diderot volta à triste realidade contemporânea e mostra que não é preciso ir muito longe para constatar os efeitos perversos de uma rígida planificação social. Sade, por sua vez, ao mesmo tempo em que cruza os dois modelos – conservando a idéia rabelaisiana de satisfação sensual, mas submetendo-a à ordem hierárquica que restabelece o caráter constrangedor das utopias clássicas – rompe com o sentido humanista de ambos.

É assim que, nessa tentativa de estudar a representação do indivíduo na obra de Diderot a partir do confronto entre dois modelos literários – o romance picaresco e o romance utópico – talvez seja interessante colocar a *Religiosa* como uma exceção, até certo ponto, que confirma a regra. Ao *topos* da viagem se opõe aqui aquele do claustro, não idealizado como em Clarens ou em Silling, porém ainda revelador de como o indivíduo moderno se constrói, não só na indeterminação de sua trajetória, mas também na sua relação com um poder que o transcende.

## O ROMANCE

Já é conhecido o papel desempenhado pelos Prefácios de alguns dos romances mais criativos do século, tanto na estrutura romanesca, quanto no processo de amadurecimento de uma estética do romance. Sua importância decorre aparentemente da necessidade sentida pelos romancistas de subordinar-se às regras tradicionais da Retórica, como forma de conferir respeitabilidade a um gênero pouco considerado. Desde o século anterior, os romancistas tentam provar que o romance pode ser tão útil quanto agradável, e não apenas um amontoado de aventuras inverossímeis, boas apenas para distrair mulheres de pouco espírito. A defesa do romance, tanto do ponto de vista, como dizemos hoje, estético, quanto do ponto de vista ético, é assumida pelo romancista no seu Prefácio que, quanto mais elaborado, mais imbricado se torna na estrutura do romance que ele apresenta. Na *Nova Heloísa*, os Prefácios mimetizam o tom da oratória clássica, reivindicando uma autoridade moral que lhe poderia ser contestada em função dos escritos anteriores de Rousseau contra os romances. As dúvidas precisam ser afastadas para que nada ameace a solidez do sistema rigoroso imposto pelo *dictamen*.

No romance de Diderot, *A Religiosa*, de 1780, o tom não podia deixar de ser completamente diferente. O gosto pelo paradoxo é mais forte que o entusiasmo com a moral em ação à maneira de Richardson, e, se a jovem religiosa é parente próxima de Pamela, como Júlia de Clarissa, o enquadramento dado pelo Prefácio ao romance traz a marca da originalidade de Diderot, tanto em relação ao seu mestre inglês, quanto ao seu irmão-inimigo, Jean-Jacques. Já não se trata aqui de afastar dúvidas, mas, muito pelo contrário, de provocá-las: Diderot desconcerta e mistifica o leitor, como diz Dieckmann, através de afirmações contraditórias e de um jogo permanente entre ficção e realidade.

A ambigüidade do estatuto da ficção é uma característica do romance do século, que joga com a ilusão de autenticidade da história: o leitor, já enfastiado com as aventuras inverossímeis do romance barroco, tem a sua curiosidade despertada por uma história que poderia ser real. No romance epistolar, o Prefácio se incumbe geralmente de contar a história da descoberta das cartas, isto é, uma segunda ficção se acrescenta à primeira, na tentativa de validá-la enquanto documento autêntico. Rousseau, de sua parte, recusa aparentemente – e agressivamente – esse procedimento, mas não deixa de incorporá-lo, de maneira mais sutil, quase clandestina.

Diderot, por sua vez, inova duplamente: em primeiro lugar, ao anexar o Prefácio ao fim do romance, transtornando o seu ordenamento retórico habitual; em segundo, contrariando ainda mais os costumes, ao revelar no Prefácio invertido, não a natureza autêntica das Memórias da Religiosa, mas, ao contrário, seu caráter fictício. Porém, ao mesmo tempo em que desmascara a ficção, ele a restabelece através da história da mistificação do Marquês de Croismare, que teria dado origem ao romance da Religiosa. Não resta dúvida de que os fatos relatados têm sua base em fatos reais, mas o trabalho de criação literária, através do qual Diderot funde o Prefácio às Memórias, transforma a anedota em romance e figuras históricas em personagens[16].

## O MARQUÊS E SEUS AMIGOS

O primeiro parágrafo, sobre o qual o romance se abre, consiste numa espécie de pequena introdução que explica a natureza da narrativa, colocando ao mesmo tempo o leitor *in medias res*: ficamos sabendo que a narradora é uma jovem, infeliz por obra de algum golpe do destino, que aguarda uma resposta de seu protetor, o Marquês de Croismare. Enquanto aguarda, ela empreende a reda-

16. A história pormenorizada da gênese do romance e de sua integração com o Prefácio é muito bem resumida por G. May e H. Dieckmann, *in* Diderot, *Oeuvres complètes*, Paris, Hermann, 1975, Tome XI, pp. 3 a 21. Cf. também o artigo de L. F. Franklin de Matos, "'A Religiosa': Tragédia e Mistificação", *O Filósofo e o Comediante: Ensaios sobre Literatura e Filosofia no Século XVIII*, São Paulo, Discurso Editorial, 2000.

ção de suas Memórias, onde pretende contar "parte de seus desgostos". Nesse primeiro parágrafo, a narradora fala do Marquês de Croismare na terceira pessoa, descrevendo-o inicialmente – ou melhor fazendo o seu elogio – e, em seguida, atribuindo à narrativa a intenção de instruí-lo melhor a respeito de sua pessoa e de suas aventuras, para que ele possa determinar-se a dar-lhe sua ajuda.

O Marquês de Croismare é descrito como um *"homme du monde"*, um senhor muito respeitável, sensível, honrado, possuidor de todas as qualidades de um cavaleiro ilustrado: bem-nascido, esclarecido, espirituoso, alegre, apreciador das belas-artes e, sobretudo, original. Da narradora ficamos conhecendo sua modéstia, juventude, ingenuidade e franqueza de caráter, assim como sua dependência de seu protetor. Esses dois personagens rapidamente descritos, e que são os dois primeiros a surgir na narrativa, não diferem apenas na oposição entre uma descrição extremamente positiva num caso e estritamente negativa no outro (o Marquês parece ter todos os talentos, enquanto a jovem, nenhum), tampouco sua relação se define apenas pela natureza de dependência e subordinação da jovem desamparada ao poderoso Marquês, como veremos a seguir.

Esse parágrafo introdutório apresenta todas as características de um exórdio, a parte do discurso oratório que pretende captar a benevolência do ouvinte – com a seqüência tradicional de laudação do ouvinte (os elogios ao Marquês) e protestos de humildade por parte do orador – e, habilmente, despertar o interesse para o que se segue, ou seja, o relato da história de uma doce jovem e de suas infelicidades, cujo valor patético é sugerido com a referência à "profunda impressão" que nunca se apagará de sua memória.

No parágrafo seguinte, começa a narrativa propriamente dita, ou seja, a carta autobiográfica endereçada ao Marquês. A partir daí o foco vai-se concentrar na personagem narradora, e apenas algumas raras observações, dirigidas diretamente ao Marquês – "Oh! Senhor, o quanto essas superioras de convento são espertas!" – ainda o integram à narrativa. Assim – e aí está a principal diferença entre os dois personagens – enquanto uma se torna centro absoluto da narrativa, o outro desaparece de cena e passa a figurar como mera testemunha. É como se a narradora o mantivesse sentado e silencioso numa platéia, posição que coincide, aliás, com a do leitor do romance.

Antes, porém, que se revele a qualidade teatral, podemos perceber a forma particular que assume, no romance de Diderot, a influência das regras tradicionais do discurso retórico. Enquanto, na maioria dos romances da época, um prefácio desempenha o papel do exórdio, aqui a substituição do Prefácio por um Posfácio exige essa abertura, que parece levemente deslocada em relação à seqüência da narrativa. Por que não começar dirigindo-se diretamente ao Marquês? Qual a necessidade de começar referindo-se a ele na terceira pessoa para, logo em seguida, passar a dirigir-se a ele diretamente? Esse deslocamento de foco, que quebra a unidade do romance clássico, só se justifica retrospectivamente, quando o Prefácio retoma o personagem do Marquês, fazendo dele, por sua vez, o personagem central de uma outra história, a da "mistificação", na qual o drama da Religiosa se encaixa, alterando novamente a hierarquia entre os personagens: Suzana Simonin, que parecera tão real e comovente, se esvai diante da realidade concreta desse personagem, que não é um mero personagem de ficção, mas uma pessoa real, tal como o leitor.

O prefácio, que contém a história da mistificação, tem uma estrutura *grosso modo* semelhante à da narrativa de Suzana: também é constituído por uma breve explicação inicial (que, por sua vez, também começa com uma descrição elogiosa do *charmant marquis*), que introduz um texto de natureza epistolar; sendo que, no primeiro caso, trata-se de uma única carta autobiográfica, enquanto, no segundo, há uma troca de cartas entre o Marquês, a Religiosa e uma Mme Madin, que teria cuidado de Suzana e informa o Marquês a respeito de seu estado.

O tradicional jogo de ambigüidades – que, no romance do século XVIII, costuma se estabelecer entre ficção e realidade – aparece aqui de maneira absolutamente original. Enquanto o recurso mais comum consiste em esconder a pseudo-realidade do personagem através de asteriscos, o que faz com que os romances estejam povoados por Condes, Duques e Marquesas de \*\*\*, temos aqui um personagem conhecido da sociedade, nomeado pelo seu nome próprio, o Marquês de Croismare. Mas a principal originalidade de Diderot, aquela que estrutura a história da Religiosa de maneira realmente única, é a própria natureza da "mistificação" e a maneira pela qual ela atua, quando revelada, fazendo *pivoter* a relação entre os personagens – no eixo que opõe ficção e realidade – assim como a posição do leitor – no eixo que opõe identificação e distanciamento.

De fato, o que ficamos sabendo após a leitura da carta autobiográfica – que habilmente entretivera a ilusão de autenticidade, na tentativa de comover o leitor com o destino patético da personagem – é que, na verdade, a história de Suzana não passara de uma estratégia para trazer o Marquês de volta a Paris. Já que este se interessara pela sorte de uma jovem que protestara contra seus votos, seus amigos, saudosos, decidem fazer de conta que esta conseguira escapar de seu convento e lhe escrevera pedindo auxílio.

Segundo a explicação do Prefácio, atribuída a Grimm, um grupo de amigos se reúne, por sugestão de Diderot, para compor em conjunto as cartas da Religiosa e de uma segunda personagem, à qual se atribuiu o nome de uma senhora realmente existente, Mme Madin, a quem as cartas do Marquês deveriam ser endereçadas. A verdadeira Mme Madin, que não estaria a par do complô, fora apenas instruída a receber e entregar as cartas do Marquês enviadas de Caen.

As ditas cartas são então inseridas no Prefácio, após essa introdução, sendo que as primeiras ainda são comentadas pelo autor do Prefácio, com o intuito de explicar melhor o andamento da mistificação. Esses comentários reforçam o tom cômico, que contrasta fortemente com o *pathos* bem medido da carta autobiográfica. Porém, se a ilusão romanesca é rompida com a revelação da natureza da mistificação e se o leitor é convidado a testemunhar a feitura de uma obra de ficção, uma outra ilusão acaba sutilmente se impondo, quando cessam os comentários do autor do prefácio, entre uma carta e outra, permitindo um novo *crescendo* patético que conduz ao desenlace, ou seja, à morte da Religiosa. A última carta liga esse final do romance ao seu início, já que, nela, o Marquês pede a Mme Madin que lhe envie as memórias de Suzana, ou seja, a carta autobiográfica que abre o romance.

O leitor já fora informado, na introdução do Prefácio, de que Diderot ter-se-ia envolvido além da expectativa na redação dessas memórias de Suzana. Assim, um de seus amigos tê-lo-ia encontrado aos prantos, comovido com seu próprio conto. Essas anedotas que enriquecem a narrativa da mistificação introduzem a suspeita acerca de sua pretensa autenticidade. Assim como Diderot, ainda segundo o prefácio, teria chegado a desconfiar de seus próprios amigos e do Marquês, tomado de dúvida a respeito de quem estaria sendo verdadeiramente ludibriado, o leitor dificilmente pode estar certo do que é ficção e do que é realidade nessa história toda.

O fato é que o jogo entre ficção e realidade nunca cessa, e o romanesco está sempre à espreita, prestes a retomar seu lugar de direito, apesar da intenção aparentemente desmistificadora do prefácio. Assim vemos, por exemplo, como rápida e sutilmente a história da vida do Marquês é contada, em duas etapas: primeiro, no início do romance, através de Suzana, ficamos conhecendo o personagem, sabemos alguma coisa de suas relações mundanas e de sua tranqüila vida familiar; depois, logo no início do prefácio, ficamos sabendo de sua longa ausência de Paris (o motivo da mistificação), sua paixão pela jardinagem e a temporária e intensa devoção que o mantêm no campo. Um drama familiar, porém, o atinge no seu refúgio campestre: a morte de seus filhos, que permite a peripécia que o traz de volta a Paris. O Marquês de Croismare é, assim, apresentado da mesma maneira que qualquer personagem de ficção e, no entanto, trata-se de uma pessoa que existe de fato, e bem conhecida da sociedade.

O Sr. Diderot, por sua vez, é apresentado como um estranho personagem: primeiro, é meio diabólico, quando concebe a mistificação; depois, é um homem sensível, capaz de se emocionar com sua própria e infeliz personagem; por fim, é desconfiado, um pouco paranóico, já não sabe se, afinal, é ele o idealizador ou a vítima do complô. O fato é que, ao mesmo tempo em que Diderot aparece abertamente como o verdadeiro autor das Memórias da Religiosa, assim como o idealizador da mistificação do Marquês, ele é sutilmente desapropriado da posição de autor onipotente – primeiro quando se comove com o destino de Suzana, depois quando desconfia de seus cúmplices, e também quando discorda de um bilhete da Religiosa, concebido sem a sua participação e ainda assim enviado ao Marquês. Dieckmann chama a atenção para o caminho inverso, na criação da obra, de "apropriação" da autoria: considerando o caráter coletivo da mistificação, ele mostra como Diderot acaba atribuindo-se um papel dominante, substituindo o "nós" do texto original por "Sr. Diderot" no texto revisto. Essa informação, que diz respeito à gênese do romance, aparece como mais um exemplo da dialética da criação em Diderot: essa ação "subjetivante", a intromissão do autor na sua ficção, é seguida por um movimento inverso, que consiste na transformação do estatuto de "autor" em "personagem" e na sua subordinação a uma nova lógica romanesca.

Os diversos personagens pertencem a níveis diferentes de criação ficcional. Suzana Simonin é uma personagem fictícia, inspirada numa personagem real, que teria de fato interessado o bom Marquês, diz o Prefácio. Ainda segundo o Prefácio, a personagem da história que acabamos de ler se chama Suzana Saulier, e não Simonin, como aparece no relato e na correspondência. Seria este o nome da verdadeira religiosa, ou seu nome teria sido alterado, duas vezes, para a publicação? Sabemos hoje em dia que uma certa Marguerite Delamarre teria de fato protestado contra seus votos, chamando a atenção do Marquês de Croismare, que intervém em seu favor no Parlamento, em 1758. Mme Madin, por sua vez, é uma personagem fictícia que empresta o nome verdadeiro (e endereço) de uma senhora que desempenha o papel coadjuvante de receptadora das cartas, sem estar a par do complô. Existem, pois, duas Mme Madin: uma fictícia, que cuida de Suzana, foragida e doente em Paris, e também se corresponde com o Marquês; e a verdadeira Mme Madin, que recebe as cartas sem saber do que se trata e é responsá-

A JORNADA E A CLAUSURA

vel, sem querer, pelo *coup de théâtre* que revela ao Marquês a mistificação de que ele fora vítima.

Esse duplo estatuto do personagem de Mme Madin, que confunde ainda mais o jogo entre ficção e realidade, assim como o seu
desempenho que permite peripécia e reconhecimento na história
da mistificação, são revelados logo no início da correspondência,
após a primeira carta de Suzana ao Marquês. Ao longo da correspondência, à medida que as cartas vão reconstituindo o mesmo
*pathos* que dera o tom às memórias, os comentários do autor do
prefácio vão-se tornando mais discretos até quase desaparecerem.
Assim, a ilusão romanesca se restabelece, apesar de uma única pequena intervenção do autor, que não consegue relaxar a tensão
dramática, habilmente construída pelas referências ao estado de
saúde de Suzana. O leitor sente estar próximo de um desenlace, a
morte de Suzana, e o autor parece estar brincando com o suspense
que foi capaz de criar, zombando assim do leitor, como zomba do
crédulo Marquês.

Após a morte de Suzana, comunicada por Mme Madin numa
carta ao Marquês, este lhe escreve ainda uma vez, pedindo-lhe que
lhe envie as memórias de Suzana. Assim, o final do romance remete
ao seu início, a carta autobiográfica, que o leitor já conhece. Essa
circularidade da narrativa é um achado de Diderot, permitida pela
maneira original pela qual ele integra o Prefácio ao corpo do romance[17]. Também explica o título de Prefácio, já que, a esta altura,
é possível dizer que ele precede a narrativa. Veremos, adiante, como
a estratégia de remeter o prefácio para o fim da obra responde a
necessidades tanto éticas quanto estéticas do romance.

Cabe ao autor do Prefácio concluir a história da mistificação,
após o fim da correspondência: ele comenta o papel "tocante"
desempenhado pelo Marquês e justifica a morte súbita da Irmã
Suzana. De fato, as providências que estavam sendo tomadas pelo

17. A estrutura circular, o tema do lesbianismo e até o nome da personagem,
Suzana *Simonin*, que ecoa em Albertine *Simonet*, nos faz pensar que Marcel
Proust deve ter lido *A Religiosa* com muito interesse.

136

Sr. de Croismare para receber a jovem exigiam essa intervenção por parte dos mistificadores: a ficção estava invadindo demais a realidade e precisava ser controlada (não necessariamente revelada, já que apenas o acaso do encontro com Mme Madin permitirá ao Marquês a descoberta do complô). Assim como ficamos sabendo que o sensível Sr. Diderot muito se emocionara com as desventuras de sua personagem, também somos informados de que os membros da conspiração, tomados pelos mesmos "sentimentos de Mme Madin por essa interessante criatura", lamentaram sua morte tanto quanto seu protetor. O jogo entre ficção e realidade, mediado pela ironia, continua, pois, até o fim da narrativa.

A última palavra, no entanto, ainda fica por conta de uma "questão para a gente de Letras", curto parágrafo, que encerra finalmente o romance. A questão é colocada como uma chave concedida ao leitor: diz respeito à relação entre romanesco e ilusão, relação inextricável e paradoxal na narrativa que se encerra. Mas, até aqui, Diderot resiste a resolver. Uma questão teórica, dirigida a profissionais da escrita, é apresentada com todo o aparato da criação romanesca: vemos o Sr. Diderot compondo pacientemente longas cartas bem patéticas e, depois, "estragando-as", suprimindo tudo o que houvesse de contrário à verossimilhança. Curta cena desdobrada em dois tempos, em que comparecem outros tantos personagens: sua mulher, seus associados. Outra cena, hipotética, supõe transeuntes catando na rua as primeiras cartas e exclamando: "Isto é belo, muito belo...", enquanto outros diriam, catando as últimas: "isto é muito verdadeiro...".

O autor de *Est-il bon? est-il méchant?* apenas coloca a questão: quais são as melhores, as que teriam obtido a admiração ou as que teriam provocado a ilusão? Diderot transforma aqui uma discussão teórica, já bem batida nas discussões literárias contemporâneas, em pura poesia. Mas deixa claro para quem quer que tente ver, hoje em dia, algum manifesto anti-realista nos seus romances que a questão da ilusão se apresenta para ele, como não podia deixar de ser, como um novo valor literário, que é possível conquistar no confronto com a tradição romanesca.

## SUZANA E SEU DESTINO

Vimos como o primeiro parágrafo do romance é ligeiramente deslocado, em relação à narrativa que o segue, pela mudança de tratamento dado pela narradora ao seu protetor, da terceira para a segunda pessoa. Ao referir-se a ele na terceira pessoa, remete à abertura do Prefácio, onde outro narrador dá seqüência à história do Marquês de Croismare. Essa é uma tática que, ao destacar o personagem do Marquês, integra mais profundamente a narrativa de Suzana à história da mistificação. Mas essa descoberta é retrospectiva; pois, a partir do momento em que Suzana começa a contar a sua própria história, ela concentra tanto, e de forma tão patética, o foco em si mesma, que o leitor não consegue mais se distanciar e tende a identificar-se com esse discreto destinatário – cujo papel se reduz a testemunhar as agruras da Religiosa e a compadecer-se dela.

Numa primeira leitura do romance, a rápida apresentação dos fatos – de como Suzana, provavelmente bastarda, é destinada ao convento para não prejudicar suas irmãs, filhas legítimas e privilegiadas pelos pais – envolve o leitor na ação, de maneira que ele veja Suzana com os mesmos olhos do Marquês.

Só numa releitura, mais distanciada, percebe-se a habilidade retórica dessa jovem inexperiente, que pretende escrever sem talento e sem arte, mas consegue se apresentar ao Marquês, no contraste com suas irmãs pouco dotadas, como ornada de todos os charmes. Mas a possível inverossimilhança é prevenida por um *post-scriptum*, da própria Suzana: ela passa na frente do leitor, fazendo sua própria releitura distanciada ("acabo de... reler com a cabeça descansada..."), que a faz "desconfiar" de sua própria *coquetterie*. Ela insiste, no entanto, em deixar bem claro: não é deliberadamente que faz seu jogo de sedução; afinal, ela conhece tão pouco os homens quanto a si mesma. Em todo caso, ela certamente não pode ser responsabilizada, pessoalmente, por esse instinto, próprio de seu sexo. Afinal, se ela chega a ser *coquette*, é naturalmente e sem artifício. Aqui, chegamos ao ponto: sob pretexto de estar se defendendo contra a acusação de *coquetterie*, que, afinal, pode ser instintiva – logo, natural – temos aqui uma artificiosa reivindicação de "naturalidade".

No momento, gostaríamos apenas de destacar o papel desse *post-scriptum* na estrutura narrativa que, nesse final da carta autobiográfica, é de novo levemente deslocada, quando Suzana volta a referir-se ao Marquês na terceira pessoa, como no parágrafo de abertura. Entre o fim e o começo das Memórias, como entre o fim e o começo do romance como um todo (incluindo o prefácio), assistimos, pois, a duas grandes mudanças na natureza da narração. Em primeiro lugar, muda o narrador: Suzana começa a narrar sua história; depois, o autor do Prefácio narra a história da mistificação (partilhando esta tarefa com os personagens da correspondência, ou seja, Suzana, Mme Madin e o Marquês). Em segundo lugar, muda o narratário; não sabemos a quem Suzana se dirige quando fala do Marquês, mas o autor do Prefácio se dirige diretamente a nós, leitores. Somos convocados a desempenhar o papel de narratários, como o Marquês o fora por Suzana – sem falar na correspondência, em que os três personagens são sucessivamente narradores e narratários. Esses últimos, além de acumular estas funções de narradores e narratários, ainda atuam na intersecção das duas histórias: suas cartas revelam o andamento da mistificação do Marquês, mas também contam o desenlace trágico da história de Suzana. Vemos, pois, que a estrutura narrativa da *Religiosa*, que aparentemente é bem mais simples e linear que a de *Jacques le Fataliste*, é na verdade bastante complexa, contanto que não se ignore a fusão das Memórias com o Prefácio anexo.

Vimos como o Prefácio integra dois textos de natureza epistolar: a carta autobiográfica de Suzana e a rápida troca de cartas entre o Marquês (cartas supostamente autênticas), de um lado, e Mme Madin e Suzana (criação coletiva sob a supervisão do Sr. Diderot), de outro. Mas, enquanto essa segunda parte, a correspondência inserida no Prefácio, é capaz de rapidamente explorar todo o potencial dramático da narrativa epistolar, gênero já bem amadurecido

A JORNADA E A CLAUSURA

neste final de século, a carta autobiográfica parece hesitar entre dois pontos de vista diferentes, o das Memórias e o do diário íntimo.

De fato, a *démarche* do romance, que, segundo a fórmula feliz de Jacques Chouillet, reside na "antítese do não-saber e da descoberta retrospectiva", é particularmente bem servida pelo "fechamento de campo que rejeita todo elemento capaz de descentrar o personagem"[18]. Esse "fechamento de campo", que caracteriza antes o gênero do diário intimo do que o das Memórias – na medida em que exclui a possibilidade de o narrador reinterpretar os fatos narrados à luz de um conhecimento posterior – é, por sua vez, explorado de maneira bastante dramática, já que "reforça a impressão de solidão moral e de claustro"[19]. Todavia, ao optar pela dramaticidade de uma ação que parece simultânea à narração (própria do diário íntimo e do romance epistolar), numa narrativa que é apresentada como posterior aos acontecimentos (própria das Memórias), Diderot se expõe a uma série de pequenas contradições, já exaustivamente levantadas pelos comentadores do romance. Mas também reforça a condição de Suzana enquanto vítima sacrificial. O aspecto compensatório das Memórias, que permite ao seu autor desempenhar retrospectivamente um papel mais de acordo com seu "verdadeiro" valor, se restringe ao máximo sob a pena de Suzana, sempre incapaz de antecipar-se ao seu destino.

Enquanto a grande questão para os heróis e heroínas do romance burguês, nesse século, é a questão de sua inserção na sociedade, temos aqui uma heroína cujo único intento consiste em *subtrair-se* a uma sociedade específica, isto é, à *falsa* sociedade, à sociedade pervertida do claustro. Mas, mesmo quando tenta arrumar um lugar para si no *mundo*, após a fuga, trata-se antes de tudo de se esconder, de anular-se, ao invés de afirmar-se. As suas qualidades e talentos – o seu verdadeiro valor – têm de ser omitidos para não chamar a atenção sobre si, e sua passagem no mundo, apaga-

18. J. Chouillet, *La Formation des idées esthétiques de Diderot*, Paris, Armand Colin, 1973, p. 505.
19. *Idem, ibidem.*

I40

da. Seu papel como heroína de romance só se afirma, pois, e poderosamente, na negatividade, pelo *não* que ela diz ao claustro. Resta saber até que ponto Suzana pode ser considerada uma heroína trágica.

Não é difícil perceber a influência da tragédia clássica, sobretudo a de Racine, nos romances do Século das Luzes. Embora seja no romance de Laclos, *As Ligações Perigosas*, que talvez se manifeste com maior pureza, podemos encontrar vestígios da poesia raciniana da paixão desde as *Cartas Portuguesas* de Guilleragues até a *Nova Heloísa* de Rousseau. Mas é preciso atentar para as transformações de sentido que essa influência sofre, quando analisada dentro de cada obra específica, o que faz com que ressoe de maneiras diferentes, variando entre um tom até certo ponto realmente trágico e uma ironia mais prosaica. Um exemplo interessante de como a retórica da paixão tem o seu sinal (trágico) trocado no contato com a realidade imanente da sociedade em transformação é o da história de Manon Lescaut. René Démoris, em obra já citada, chama a atenção para a forma pela qual o cavaleiro Des Grieux abusa da linguagem raciniana e "preserva a inocência essencial do herói trágico, atribuindo aos outros a responsabilidade de suas próprias ações"[20].

No caso da *Religiosa*, é notável o efeito dramático da concentração da ação e da progressão inexorável dos acontecimentos, que permitem aproximar Suzana do mito de Ifigênia. Chouillet desenvolve esta comparação, destacando o papel do sacrifício de Suzana, que deve ser enclausurada para expiar a culpa da mãe adúltera: o altar pagão é substituído pelo altar cristão, a cerimônia dos votos monásticos é assimilada a uma morte. Chouillet vai mais longe e chega a afirmar que Diderot teria realizado, na *Religiosa*, todas as esperanças formuladas no seu projeto de reforma do teatro[21]. Não repro-

---

20. *Op. cit.*, p. 422. Vale a pena conferir essa que é uma das mais finas interpretações do romance de Prévost, que se destaca pela sua originalidade, e lança luz sobre o tão cultivado "mistério feminino" de Manon.
21. *Op. cit.*, p. 500.

A JORNADA E A CLAUSURA

duziremos aqui a sua argumentação, mas gostaríamos de chamar a atenção, não para as semelhanças entre o destino de Ifigênia e o de Suzana, mas justamente para a radical transformação no estatuto trágico de uma personagem que já não pertence à esfera mítica, mas se inscreve na realidade histórica do presente em transformação.

A idéia de uma tragédia doméstica é levantada por Diderot nos *Conversas Sobre o Filho Natural*, onde ela figura ao lado do gênero sério e do gênero cômico, sendo que o que os distingue é basicamente "o tom, as paixões, os caracteres e o interesse"[22]. O projeto de reforma do teatro, no qual a multiplicação dos gêneros ocupa um lugar da maior importância, vai ser melhor desenvolvido no *Discurso Sobre a Poesia Dramática*. Mas o que nos interessa no momento é, em primeiro lugar, a idéia segundo a qual a renovação do gênero trágico deve passar necessariamente pela "reaproximação da vida real" – isto é, pela escolha de uma temática burguesa – e, em segundo, a classificação dos personagens dos gêneros cômico, sério e trágico, de acordo com o seu maior ou menor grau de individualização: "o gênero cômico pertence às espécies e o gênero trágico aos indivíduos"[23].

O que a *Religiosa* parece ilustrar, mais do que uma adaptação bem-sucedida da teoria teatral de Diderot, é quão exíguo pode-se tornar o espaço de manobra entre o melodrama burguês e o romance filosófico, quando a representação do indivíduo moderno vem desagregar todo o sentido verdadeiramente trágico do mito. Pois, enquanto na tragédia clássica o protagonista é pensado em função de uma ordem cósmica e imutável, que ele é levado a contrariar contra a sua vontade, a nova Ifigênia de Diderot se revolta contra uma ordem histórica em mutação. E aí duas leituras são possíveis: a mais óbvia é aquela que vê na *Religiosa* um verdadeiro panfleto, um manifesto contra os conventos – e sabemos que para isso Diderot

22. D. Diderot, *Entretiens sur le fils naturel*, em *Oeuvres Esthétiques de Diderot*, Paris, Garnier, 1968, p. 141.
23. *Idem*, p. 140.

tinha tanto bons motivos pessoais[24] quanto um engajamento claro de *philosophe* contra *l'infâme*. Essa leitura, na medida em que supõe a possibilidade de transformação de uma ordem perversa, contrária à natureza, pelo progresso das Luzes, é de um otimismo que elimina toda e qualquer veleidade trágica.

Porém, além dessa inegável fachada "panfletária", o anarquismo moderado de Diderot visa muito mais do que essa excrescência periférica do *Ancien Régime*, que é a instituição do claustro. Ao representar um indivíduo inocente encurralado numa cela pelo conluio entre Igreja, Família e Poder Judiciário, uma certa inquietação diante da desigualdade das forças pode vir a perturbar o otimismo filosófico. É aí que a rede narrativa, que integra a história da mistificação às memórias de Suzana, vem corrigir um possível melodrama romântico, resolvendo de uma só vez um problema ético e um problema estético: reafirma a possibilidade de um progresso moral, através do cultivo de valores que subordinam o instinto individualista a um ideal de sociabilidade, e cria o distanciamento necessário para que o patético de câmara se abra para uma reflexão sobre verdade e ilusão na obra literária.

A história de Suzana pode ser dividida em um prólogo, três grandes episódios, marcados pela sucessão de três madres superioras – cujas características pessoais dão o tom à narrativa – e um epílogo.

Na abertura ou prólogo, após expor sua situação familiar, sua condição de filha bastarda, que motiva a rejeição de seus pais e sua condenação ao claustro, Suzana relata sua passagem por um primeiro convento, em que estão sintetizados todos os temas desenvolvidos posteriormente ao longo do romance. O noviciado é descrito como um período em que se tenta persuadir a jovem dos perigos do mundo e da tranqüilidade do claustro. Suzana, porém, não se deixa enganar, e sua reticência em aceitar o destino que lhe querem impor é confirmada pela cena impressionante da religiosa

24. Sua irmã morreu louca num convento.

enlouquecida, que consegue escapar de uma cela em que a mantinham isolada. Quando chega o momento em que deve pronunciar os seus votos – e percebendo que pretendem abrir mão de seu livre consentimento – Suzana planeja uma ação de *éclat*: finge prestar-se à cerimônia de consagração para recusar-se a ela publicamente, diante do altar e de uma vasta assistência. O escândalo é tal que o convento não pode mantê-la. Mas de nada adianta essa sua tentativa. De volta ao lar, a hostilidade de seus pais e a confirmação da suspeita de sua condição bastarda levam-na a ceder: aceita ser reconduzida ao convento; desta vez, o convento de Longchamp, já que o anterior não poderia aceitá-la após o escândalo.

Com a saída de Suzana do convento de Sainte-Marie, encerra-se o ciclo reduzido de sua história, que é também a história de seu encarceramento. Suas etapas sucessivas de sedução, revolta, fuga e abdicação repetir-se-ão no desenvolvimento do romance, que se transfere agora para o cenário do convento de Longchamp. Considerando, pois, essa primeira parte como uma abertura ou prólogo, é em Longchamp que vão-se desenrolar os dois primeiros episódios: o primeiro sob a égide da Madre de Moni e o segundo sob o jugo de sua sucessora, Irmã Sainte-Christine.

O que caracteriza a Madre de Moni é a sinceridade de seu sentimento religioso. Sua autoridade moral é reconhecida e respeitada por suas subordinadas, já que se sustenta sobre o cultivo das mais nobres virtudes cristãs. Apaziguada ou pelo menos aturdida pelas demonstrações de vigor místico daquela que se apresenta como uma verdadeira mãe, tão mais convincente quanto possível no contraste com a frieza da mãe natural, Suzana deixa-se seduzir, mas ainda anseia pela liberdade – apesar do consolo inegável experimentado pelas jovens religiosas na partilha do fervor religioso da Madre de Moni.

A peripécia desse pequeno drama é provocada pela melancolia profunda de Suzana, que é capaz de comover a Madre de Moni a ponto de suas forças a abandonarem, e ela também é tomada de melancolia. Deus "se retira": "O Deus! se é por algum erro que cometi que vos retirastes de mim, concedei-me o perdão...". Madre de

Moni morre sem conseguir libertar Suzana, que pronuncia seus votos num estado de embrutecimento comparável a uma doença prolongada.

No mesmo ano em que morre a boa madre superiora, Suzana também perde sua mãe natural e o marido desta, que passava por seu pai. Sozinha no mundo e definitivamente engajada na vida religiosa, ela terá que enfrentar a nova superiora em Longchamp, Irmã Sainte-Christine. Esta é descrita como mesquinha, pouco inteligente e supersticiosa: "ela adotava as novas idéias, conferenciava com sulpicianos, jesuítas. Ela criou aversão por todas as favoritas daquela que a tinha precedido: num momento, a casa estava toda perturbada, cheia de ódios, de maledicências, de acusações, de calúnias e de perseguições...". A uma administração conforme a um autêntico espírito religioso, mas cuja fé acaba por entrar em crise, sucede uma administração tirânica e mesquinha.

A essa altura, o sentido alegórico do romance já parece bastante evidente. Suzana Simonin é subtraída do meio familiar – sociabilidade natural, mas incapaz de ampará-la, na medida em que já foi pervertido pela moral de preconceito condenada por Orou – e submetida ao processo de socialização brutal, que encontra no claustro o símbolo mais forte da submissão do indivíduo. Assim como nas antigas moralidades, Suzana representa todo o mundo, não um destino individual e original. A alegoria laicizada ainda se sustenta, coesa, fundada no pensamento filosófico, moral e político de Diderot.

O estado de embrutecimento em que Suzana se encontra quando pronuncia seus votos, que ela compara sucessivamente ao da criança recém-nascida ("me descobri religiosa tão inocentemente quanto fui feita cristã; não compreendi mais toda a cerimônia de minha consagração do que aquela de meu batismo...") e ao de uma doença ("...é ao langor dessa convalescência que atribuo o esquecimento profundo do que se passou: como acontece com aqueles que sofreram uma longa doença..."), representa, mais do que a instituição familiar já corrompida, o estado do homem natural. No *Suplemento à Viagem de Bougainville*, Diderot já chamara a miséria e a

A JORNADA E A CLAUSURA

doença de "grandes exorcistas", que libertam provisoriamente o homem das virtudes convencionais[25]. Assim como, nesse texto, a pergunta de A – "Pois então preferiríeis o estado de natureza bruta e selvagem?" – não recebe resposta satisfatória, o embrutecimento "natural" de Suzana não é exatamente idealizado. De fato, o sentimento que prevalece é o que se expressa na resposta de Suzana à Madre de Moni: "Sou estúpida; obedeço a minha sorte sem repugnância e sem gosto; sinto que a necessidade me arrasta e deixo-me levar".

A crença de Diderot no caráter cíclico da história humana está representada na repetição, já sublinhada, de uma mesma seqüência na narrativa (sedução, revolta, fuga e abdicação) e se combina com a idéia do determinismo natural ("sinto que a necessidade me arrasta..."). Se o progresso do espírito humano, para Diderot, não coincide com a concepção, mais difundida no Século das Luzes, de progresso contínuo, podemos compreender o quanto o ideal utópico de uma sociedade estável e perfeita pode soar-lhe falso[26].

Mas o homem que disse um dia: "Imponde-me silêncio sobre a religião e o governo, e não terei mais nada a dizer"[27] sintetiza aqui, na história de uma infeliz religiosa, não só seu pensamento sobre religião, mas também sobre as diversas formas de governar os homens. A passagem, num mesmo convento, de uma situação quase tolerável, sob a bênção da boa Madre, para o martírio imposto pela sua terrível sucessora evoca tanto uma transição de natureza religiosa quanto uma transformação política. Uma primeira leitura, mais ancorada nas contingências miúdas do momento histórico em que A Religiosa é redigida, pode reconhecer a fé jansenista, encar-

---

25. Cf. F. Pruner, L'Unité secrète de Jacques le fataliste, Paris, Lettres Modernes/ Minard, 1970, pp. 24–25. Minha interpretação "alegórica" de A Religiosa é uma tentativa de adaptação desta que é talvez a mais completa e convincente análise de Jacques le Fataliste.

26. Cf. J. Chouillet, Diderot, poète de l'énergie, Paris, PUF, 1984, pp. 92–93.

27. Promenade du sceptique, Discours préliminaire, Oeuvres Complètes de Diderot, Édition Assézat, Paris, Garnier Frères, 1875, p. 184.

nada na Madre de Moni, com a qual Diderot, o ateu, quase se solidariza diante das perseguições que lhe são infligidas pela "seita molinista". O mesmo tema é tratado em *Jacques, o Fatalista*, onde o Padre Hudson introduz a tirania no seu mosteiro, sustentado pelo poder dos jesuítas – que conquistam o apoio do poder real e impõem a Bula *Unigenitus* como ortodoxia[28]. A implacável aliança entre poder religioso e poder civil, que aparece em *Jacques...* na intervenção policial e, na *Religiosa*, sob decisão judicial, é apresentada como uma violência que nada legitima. Vale destacar aqui o quão distante estamos tanto da versão rousseauniana do poder centralizado – na aliança utópica entre a autoridade legisladora de Wolmar e religiosa de Júlia – quanto da versão sadeana: a união do clérigo, do juiz, do aristocrata e do financista é tão predatória quanto a aliança que subjuga Suzana, porém, em Silling, é exaltada e não condenada.

A simpatia concedida à Madre de Moni, no contraste com a sua sucessora, parece uma concessão rara, no radical anticlericalismo de Diderot, e deve-se não só ao repúdio da tirania jesuítica, mas também a um sentimento estético, ainda sensível a manifestações de fervor místico. O nome da boa Madre já aparecera no *Sonho de d'Alembert*, atribuído a um "bom vigário, chamado le ou de Moni, bem convicto, bem imbuído de religião", que se recusa a ser amarrado para uma cirurgia e submete-se a ela serenamente, sem suspiros e sem lágrimas, amparado apenas por um crucifixo[29]. No romance, a Madre de Moni "deixou quinze meditações que me parecem, a mim, da maior beleza"[30], diz Suzana. Assim como Diderot fala, em outro lugar, da beleza dos "grandes crimes", ele é capaz de ver beleza numa fé autêntica, o que representa, no caso deste inimigo ferrenho das religiões, um sinal da inovadora dissociação entre ética e estética, mas não uma verdadeira subversão na

---

28. Cf. F. Pruner, *op. cit.*, pp. 210–211.
29. *Oeuvres philosophiques*, éd. P. Vernière, p. 351.
30. *Op. cit.*, p. 264.

ordem dos valores: a ética laicizada ainda prevalece sobre o sentimento estético.

Pois, apesar de toda a bondade e talento oratório da Madre de Moni, o fato é que é sob a sua administração que Suzana acaba por se submeter ao enclausuramento. E aí somos levados a hesitar entre duas interpretações. A primeira tende a ver, na oposição entre a Madre de Moni e a Irmã Sainte-Christine, a diferença entre uma autoridade tal como aparece definida no artigo da *Enciclopédia* – como a que é capaz de persuadir, em vez de subjugar, que supõe mérito naquele que a detém, que é capaz de fazer feliz quem a ela se submete e que merece respeito – e um outro tipo de poder, que obedece à lei do mais forte: nesse caso, "o poder que se adquire pela violência não passa de usurpação"[31]. Essa transição poderia corresponder ao momento histórico em que o absolutismo substitui o poder não-centralizado das sociedades tradicionais[32] – momento inaugural também na história do indivíduo moderno, que só se liberta da ordem corporativa na medida em que a reorganização da sociedade em torno do centralismo político o permite.

A autoridade da Madre de Moni estaria aí quase legitimada no contraste com a usurpação perpetrada pela Irmã Sainte-Christine. Mas como não podemos esquecer que Suzana perde aqui, definitivamente, sua liberdade, outro texto de Diderot pode ser invocado na interpretação alegórica da boa madre superiora. Em determinado momento de sua *Refutação do Homem*, Diderot contesta o elogio de um tirano:

---

31. Artigo "Autoridade" da *Enciclopédia, Oeuvres Complètes de Diderot*, tome XIII, Paris, Chez J. L. J. Brière, Libraire, 1821, pp. 385–386.
32. Essa comparação aparentemente legitimaria a ordem antiga, representada pela autoridade da Madre de Moni, no contraste com o poder despótico de sua sucessora. Mas, assim como no verbete *autorité* está embutido o verbete *autorité politique*, que começa de maneira bem inequívoca: "Nenhum homem recebeu da natureza o direito de comandar os outros...", veremos, na seqüência, que Diderot mantém no seu romance a estratégia oblíqua da *Enciclopédia*.

O governo arbitrário de um príncipe justo e esclarecido é sempre mau. Suas virtudes são a mais perigosa e a mais certa das seduções: elas acostumam o povo a amar, a respeitar, a servir seu sucessor quer seja mau ou estúpido. Ele tira do povo o direito de deliberar, de querer ou de não querer, de se opor até à sua vontade, quando lhe ordena o bem; no entanto, esse direito de oposição, por insensato que seja, é sagrado: sem o quê os súditos se assemelham a um rebanho cujas reclamações se desprezam, sob pretexto de que o levam a gordas pastagens...[33]

Mais uma vez, porém, a comparação da Madre de Moni com o déspota esclarecido que seduz os seus súditos de maneira a fazê-los abdicar de sua liberdade, entregando-os indefesos aos seus piores sucessores, vale até certo ponto. É preciso considerar ainda a crise que abala a fé da boa Madre – que pouco se coaduna com a suficiência esclarecida do déspota moderno e remete novamente ao fenômeno mais global da laicização da sociedade européia.

Vários sentidos estão sedimentados, pois, nessa bela figura. Já sua sucessora, a Irmã Sainte-Christine, parece talhada numa peça só: tirânica, cruel, mesquinha, é a própria encarnação, na sua filiação jesuítica, da aliança entre o Estado e a Igreja, contra a qual o indivíduo isolado pouco ou nada pode.

A descrição dos suplícios comandados pela nova superiora justifica a comparação entre o destino de Suzana e o de Justine[34]. Porém aqui não se trata de justificar a conduta perversa do homem que se eleva acima das leis morais, através da representação de uma Providência maléfica. O que está ilustrado é que o estado de guerra de todos contra todos, a ferocidade dos homens, não constitui tanto uma disposição natural que um governo despótico seria capaz de controlar, mas, pelo contrário, um estado induzido pelo próprio déspota – pois, como dizia a Madre de Moni: "Entre todas essas

---

33. *Réfutation suivie de l'ouvrage d'Helvétius intitulé l'Homme, Oeuvres Complètes de Diderot*, Éd. Assézat, tome II, Paris, Garnier Frères, 1875, p. 381.
34. "Para encontrar uma determinação semelhante das forças maléficas, é preciso esperar a *Justine* de Sade." J. Chouillet, *La Formation des idées esthétiques de Diderot*, Paris, Colin, 1973, p. 504.

criaturas que vedes ao meu redor, tão dóceis, tão inocentes, tão doces, pois bem! minha filha, praticamente não há nenhuma de quem eu não possa fazer uma besta feroz..."[35].

Vimos como Suzana é incorporada na sociedade do claustro de maneira brutal: aqui, a representação simbólica do contrato social apresenta-o como ilegítimo, não livremente consentido, como bem o lembra a jovem religiosa, que, repetidas vezes, insiste no estado de alienação em que se encontrava durante a cerimônia dos votos. A segunda grande transição, no destino de Suzana, ilustra, como também já vimos, a passagem de uma sociedade tradicional, em que o poder está assentado sobre a autoridade religiosa, para a concentração absoluta do poder na figura de um déspota – transformação radical, antecipada nos traços que aproximam a figura da Madre de Moni da representação do déspota esclarecido. Uma terceira transição é agora anunciada através do processo de Suzana, simbolizando o papel transformador da teoria do Direito, que, convocada para dar sustentação ao poder absoluto, acaba por contribuir para a liberalização da sociedade.

Para melhor compreendermos o sentido alegórico do processo movido por Suzana na tentativa de conquistar a sua liberdade, gostaríamos de relembrar rapidamente o papel desempenhado pela escola jusnaturalista como coadjuvante na formação do Estado Moderno, ou, como diria Norberto Bobbio, como "reflexo teórico e ao mesmo tempo projeto político da sociedade burguesa em formação". Ainda segundo Bobbio,

[...] todas as filosofias políticas que se enquadram no âmbito do jusnaturalismo têm como característica distintiva comum a tentativa de construir uma teoria racional do Estado [...] seu projeto culmina na teoria do Estado, não só porque o Estado, e em geral o direito público, constitui a parte final da teoria do direito e era até então a parte teoricamente menos desenvolvida, mas também porque é aquela a que os próprios jusnaturalistas deram maior destaque, e que deixou atrás de si maiores marcas, tanto que

35. *Op. cit.*, p. 292.

o jusnaturalismo foi geralmente considerado como uma corrente de filoso-fia política[36].

Se considerarmos que a teoria do Direito natural fundamenta a legitimidade do poder do Estado na figura do indivíduo, do indi-víduo abstrato tomado no "estado de natureza", desligado das su-bordinações tradicionais, e lembrando que toda a filosofia política no século XVIII se constrói a partir de uma tomada de posição em relação ao modelo jusnaturalista, justifica-se que este modelo seja invocado na interpretação de um romance que representa a difícil relação do indivíduo com um poder administrativo que o submete, cerceando a sua liberdade.

O "direito de resistência" que o jusnaturalismo postula – ape-sar de suas primeiras formulações investirem na defesa do Absolu-tismo contra o dogma do direito divino – é a reivindicação que transparece na atitude de Suzana, quando constitui um advogado, o Sr. Manouri, cuja eloqüência se dirige, no entanto, mais à autori-dade civil que à autoridade religiosa, como bem observa Georges May[37]. A refutação da soberania por direito divino já está tão assi-milada no pensamento político de sua época que Diderot pôde dar-se ao luxo de representar a Madre de Moni – cuja autoridade se assentava na sua relação privilegiada com o Todo-Poderoso, até o momento em que falha a sua Fé – como uma figura benévola que destaca a crueldade da Irmã Sainte-Christine. O verdadeiro inimigo para Diderot, a essa altura, e sobretudo depois do golpe de Estado de Maupéou, que o leva a radicalizar o seu discurso político, é sem-pre o déspota que concentra o poder de tal forma que nada o pode legitimar. É aqui que se constata um movimento de transição entre a defesa talvez não muito convicta da monarquia absoluta (cujo mo-delo idealizado é o reinado de Henrique IV e que se opõe à figura

---

36. N. Bobbio, "O Modelo Jusnaturalista", *Sociedade e Estado na Filosofia Po-lítica Moderna*, São Paulo, Brasiliense, 1987.
37. *Diderot et "La Religieuse"*, Connecticut/Paris, Yale University Press/Presses Universitaires de France, 1954, p. 182.

A JORNADA E A CLAUSURA

do déspota, cujo poder é ilegítimo) das páginas da *Enciclopédia*[38] e o apelo à insurreição das páginas da *História das Duas Índias*[39].

O relatório do Sr. Manouri é transcrito indiretamente e de uma maneira em que parecem confundir-se três vozes: a de Suzana, a do advogado e mesmo a do autor – que, pela primeira vez, parece fazer-se ouvir, como se aproveitasse o momento crucial em que se concentra a força do requisitório representado pelas memórias da Religiosa, para dar vazão à sua revolta pessoal – imiscuindo-se, com sua retórica incompatível com a da personagem, na transcrição do relato do Sr. Manouri.

Suzana começa desanimada: o caso ia mal, o relatório não causou sensação, "era muito espirituoso, não suficientemente patético, quase desprovido de razões"; mas, após um desabafo contra as limitações da justiça nos tribunais, onde "o hábito e o tédio dos casos não permitem quase que se examinem com algum escrúpulo os mais importantes", falando ainda aparentemente por si mesma – "parece-me, no entanto, que num Estado bem governado..." –, o tom de repente começa a se inflamar numa série de curtas interrogações que vão num crescendo patético, como se a própria Religiosa estivesse assumindo a sua defesa onde falhara o advogado. Mas, na medida em que o *pathos* se aprofunda, a verossimilhança cede, deixando lugar para a retórica do autor:

> Esses votos, que ferem a inclinação geral da natureza, será que podem ser bem cumpridos a não ser por algumas criaturas mal organizadas, nas quais os germes das paixões feneceram, e que se poderiam classificar entre os monstros, se nossas luzes nos permitissem conhecer tão facilmente e tão bem a estrutura interior do homem quanto sua forma exterior?

---

38. Cf. J. Proust, *Diderot et l'Encyclopédie*, Paris, A. Colin, 1967.
39. Cf. Y. Benot, *op. cit.* Nessa transição parece apagar-se a distinção sutil entre o *déspota* e o *monarca absoluto*. Podemos observar essa mesma evolução em relação ao absolutismo num texto de 1774, endereçado a Catarina II, as *Observations sur le Nakaz*.

I 5 2

O ápice do requisitório parece ser atingido no momento em que, por detrás de um convencional apelo aos direitos da natureza, percebe-se a revolta pessoal do irmão de Angélique, a irmã louca:

> Onde é que a natureza, revoltada por um constrangimento para o qual não foi feita, rompe os obstáculos que se lhe opõem, torna-se furiosa, joga a economia animal numa desordem contra a qual não há mais remédio?

O que é digno de nota neste trecho não é tanto o apelo às imagens patéticas ("Que necessidade tem o esposo de tantas virgens loucas?"), mas justamente essa breve indefinição quanto ao sujeito do discurso, que desnorteia o leitor. Suzana toma a palavra e, de repente, uma outra voz parece falar mais alto, como se Diderot, escondendo-se até então atrás da representação verossímil de sua personagem – cuja retórica para ser eficaz devia se manter nos limites estreitos do decoro, das famosas *bienséances* – perdesse momentaneamente o controle de sua criação. Alguma travessura do diafragma, talvez, diria o leitor do *Paradoxo do Comediante*. Mas na realidade trata-se, como dissemos acima, de uma concentração de força que libera, no requisitório de Manouri, toda a energia contida e controlada na fabulação romanesca, ao longo das memórias de Suzana: dois requisitórios, um dentro do outro, nesse momento se encontram e multiplicam sua força.

A série de interrogações, que hesitávamos em atribuir a Suzana ou ao próprio autor, acaba por encadear-se no discurso do advogado: "Onde é [...]? Onde estão [...]? Onde estão [...]? Onde é [...]? Não se sabe a história desses asilos, dizia em seguida o Sr. Manouri na sua defesa, não se sabe". Para terminar, um trecho entre aspas pontifica:

> Fazer voto de pobreza é engajar-se por juramento a ser preguiçoso e ladrão; fazer voto de castidade é prometer a Deus a infração constante da mais sábia e da mais importante das suas leis; fazer voto de obediência é renunciar à prerrogativa inalienável do homem à liberdade. Se esses votos são cumpridos, comete-se um crime; se não são cumpridos, comete-se perjúrio. A vida enclausurada é coisa de fanático ou de hipócrita.

A JORNADA E A CLAUSURA

Isolado assim, o resumo da acusação remete à teoria dos "três códigos", cuja formulação podemos encontrar, por exemplo, no *Suplemento à Viagem de Bougainville* e, segundo a qual, vivemos sob três códigos: o código civil, o código religioso e o código da natureza – na impossibilidade de conciliá-los reside a infelicidade da vida social.

A semelhança dos argumentos estabelece a passagem entre os dois temas: do tema mais restrito, e evidente, da vocação religiosa forçada ao tema mais amplo, não de uma vaga "fábula da liberdade humana", mas de uma relação particular do indivíduo com formas sucessivas de sociedades políticas.

O fato é que, apesar do apelo vigoroso ao "direito natural", ou, como diz Manouri, à "prerrogativa inalienável do homem", à liberdade, Suzana não vence seu processo. Eis o momento de pensarmos um pouco até que ponto a representação alegórica da relação entre indivíduo e Estado assimila o modelo jusnaturalista e em que pontos se distancia do mesmo.

Na verdade, logo de início, Diderot rompe com a teoria clássica do Direito Natural, por adotar antes o modelo aristotélico da sociabilidade natural do que a constituição contratualista da sociedade civil: esse é, inclusive, um dos pontos em que ele se distancia radicalmente da perspectiva rousseauniana, que não aceita a idéia de um "instinto" de sociabilidade que reúne naturalmente os homens a partir dos núcleos sociais mais restritos – familiares, comunais... – até às sociedades mais complexas. Porém é preciso lembrar a distância que separa o *Contrato Social*, tal como é formulado no texto assim chamado por Rousseau, em que ele o concebe como norma absoluta de organização social – onde as associações "naturais" se desfazem, completando a transformação do indivíduo num perfeito cidadão – e a hipótese genealógica que reconstitui a história da origem da sociedade civil, tal como se teria dado de fato, num passado longínquo, e que coincide com a origem da desigualdade. É o contrato ideal, utópico, de Rousseau que Diderot rejeita, e não o *Discurso Sobre a Origem da Desigualdade*, provavelmente o texto de Rousseau que mais agradou a Diderot.

Vimos como a entrada de Suzana no monastério não depende de um ato voluntário, individual, pois ela aí é conduzida pela sua família. Mas justamente, em relação a outros textos de Diderot, em que a idéia de sociabilidade natural – ideal que Diderot opõe à "utopia" de Rousseau – parece garantir o otimismo filosófico das Luzes, aqui um tom mais sombrio, a própria violência que enclausura Suzana, permite o cruzamento com a constituição da sociedade civil tal como aparece no *Discurso Sobre a Origem da Desigualdade*. Nesse texto, a crítica de Rousseau ao contrato de Hobbes, de Grotius ou de Pufendorf desmascara-o enquanto justificativa da dominação da maioria por uns poucos, basicamente dos pobres pelos ricos, crítica esta que parece incorporada por Diderot, quando este atribui a derrota de Suzana, deserdada, à pressão de suas irmãs mais ricas. A questão delicada da propriedade privada que, como vimos, Diderot ora defende ardorosamente, ora reconhece como obstáculo à felicidade social – e que o próprio Rousseau ora considera "sagrada", ora rejeita como a pior calamidade infligida ao gênero humano, questão que aparece ora abstraída, ora como tema privilegiado nos textos utópicos, e sobre a qual assenta todo o desenvolvimento liberal do jusnaturalismo, é aqui, como no *Suplemento à Viagem de Bougainville*, representada bem dentro do espírito do *Discurso*.

Afirmamos acima que o principal inimigo de Diderot é o despotismo, encarnado no romance pela cruel Sainte-Christine. É nesse momento que Suzana quase perde a vida, em decorrência das torturas que lhe são infligidas, e, também, por pouco não se mata, para escapar às perseguições. É difícil, pois, concordar com os comentadores que vêem na seqüência de episódios uma progressão contínua e gradual das desgraças, que só se encerram no desenlace. Na verdade, se perde o processo que poderia libertá-la, ela consegue, no entanto, graças à intervenção do Sr. Manouri, mudar-se para outro convento, cuja atmosfera é bem mais branda. Insegura e imprevisível, como sua madre superiora, porém até certo ponto alegre, animada por garrafas de licor e por uma série de pequenos luxos que incluem frutas, doces, festinhas particulares e outros mimos. Essa transição representa, no esquema alegórico de Diderot, a transformação de uma concentração despótica do poder em uma organização social liberal – transformação efetuada dentro da escola jusnaturalista por Burlamaqui e Barbeyrac, e, sobretudo, por Locke, que, ao elevar o direito à propriedade à categoria de direito natural, completa a legitimação da sociedade burguesa.

No entanto, esse ambiente mais relaxado também está viciado, e a comparação do romance com a crítica social de Rousseau ainda pode ser esclarecedora. Para começar, é preciso ficar claro que estamos bem longe da Abadia de Thélème. Os muros ainda estão aí, cumprindo a função mínima de coesão social, e o comando imprevisível da madre superiora, que não parece obedecer a nenhuma regra a não ser a do próprio capricho, não remete ao imperativo libertário do "Faz o que quiseres", mas antes ao apelo de Mandeville ao cultivo dos vícios privados: a liberdade de St.-Eutrope é a liberdade do *laissez-faire*.

De fato, entre a abadia de Thélème e o Convento de Saint-Eutrope, devemos inserir, na história da ficção antiutópica, a *Fábula das Abelhas*, de Mandeville: uma alegoria que pretende demonstrar que os vícios privados revertem em benefício público, isto é, em prosperidade econômica, enquanto o rígido moralismo utópico conduz ao empobrecimento da sociedade.

A colméia, descrita por Mandeville na sua fábula, prospera enquanto imperam a desigualdade, a desonestidade e a cupidez. Quando as abelhas, insatisfeitas, apesar de tudo, começam a amaldiçoar os seus governantes, clamando aos deuses por virtude, Júpiter, indignado, faz com que a desonestidade desapareça da colméia. Imediatamente começa a inexorável decadência da nação, e a moral da história conclui:

> Cessai, pois, de vos queixar: apenas os tolos se esforçam
> Por fazer de uma grande colméia uma colméia honrada
> Querer gozar dos benefícios do mundo
> Ilustrar-se na guerra e viver com conforto
> Sem grandes vícios, é uma vã

Utopia, instalada no cérebro
[...] O vício é tão necessário ao Estado,
Quanto a fome para fazê-lo comer.
Esplendorosamente; aqueles que quiserem reviver
Uma idade de ouro devem livrar-se
Da honradez, assim como das bolotas de carvalho
que alimentavam seus antepassados[40].

A Fábula, publicada na Inglaterra em 1714, provoca o maior escândalo. Os moralistas reagem indignados, Mandeville é comparado aos "infames" Hobbes e Maquiavel, e a polêmica não esmorece ao longo do século: teólogos, panfletários e até Berkeley e Hutcheson entram na controvérsia.

Na França, a resposta a Mandeville aparece de maneira mais ou menos explícita na obra de vários autores. No *Discurso Sobre a Origem da Desigualdade*, falando da Piedade, "única virtude natural", Rousseau acredita que o autor da *Fábula das Abelhas* é "forçado a reconhecer" esse mérito no homem – mais ou menos como Diderot, em algum lugar, diz que a virtude é tão bela que até os criminosos se comovem diante de sua representação. No Prefácio ao *Narciso*, o tom é menos condescendente:

> Os Hobbes, os Mandeville e mil outros empenharam-se em se destacar da mesma forma entre nós; e sua perigosa doutrina frutificou tanto que [...] é espantoso ver até que ponto nosso século raciocinante provocou nessas máximas o desprezo pelos deveres do homem e do cidadão.

Montesquieu, que faz uma referência muito breve a Mandeville no *Espírito das Leis*[41], constrói a história dos Trogloditas, nas *Cartas Persas*, no exato contraponto da *Fábula das Abelhas*: a sociedade desregrada e viciosa sucumbe pela própria maldade e só renasce,

---

40. *La Fábula de las Abejas – O los vicios privados hacen la prosperidad pública*, Comentário crítico, histórico e explicativo de F. B. Kaye, tradução de José Ferrater Mora, México, Fondo de Cultura Económica, 1982.

41. Numa nota do Capítulo 1 ("Du luxe") do livro VII.

A JORNADA E A CLAUSURA

próspera, graças à retidão de coração dos poucos trogloditas remanescentes.

Também Morelly, cujo *Código da Natureza* chegou a ser atribuído a Diderot, parece referir-se ao modelo de Mandeville, quando denuncia o que ele chama de "política vulgar", baseada na defesa da propriedade privada. Quem desenvolve uma comparação interessante entre os dois é P.-F. Moreau, que mostra como na base dos dois sistemas está o mesmo "dispositivo individualista" que permite o funcionamento do "automatismo social"[42] – uma etapa no raciocínio que o leva a equiparar os fundamentos do pensamento utópico aos da teoria do Direito natural.

Quanto a Diderot, já vimos que ele se distancia justamente da maioria dos seus contemporâneos por adotar o modelo aristotélico da origem da sociedade – contra o individualismo do contrato social; porém, também sabemos que, como bom discípulo de Shaftesbury, seu pensamento antiutópico caminha numa direção certamente oposta à de Mandeville. De fato, o pensamento moral expresso por Shaftesbury no seu *Characteristicks* (*Ensaio Sobre o Mérito e a Virtude*, na tradução de Diderot) se opõe radicalmente ao de Mandeville, justamente quanto à questão do individualismo: enquanto o primeiro subordina o indivíduo ao Todo, o último destaca o indivíduo, já que o Todo toma conta de si mesmo[43].

Mais uma vez buscamos a mediação do *Discurso Sobre a Origem da Desigualdade*, para tentar demonstrar que a passagem de Suzana pelo convento de St.-Eutrope representa alegoricamente uma etapa na história das sociedades políticas em que, após a desagregação do poder absoluto, a sociedade se reorganiza em função da concorrência e da desigualdade.

De fato, a crítica social de Rousseau não incide tanto sobre o Ancien Régime, já condenado a seus olhos, quanto sobre a nova

---

42. *Le Récit utopique – Droit naturel et roman de l'État*, Paris, Presses Universitaires de France, 1982.
43. Cf. F. B. Kaye, *La Fábula de las Abejas*, op. cit., p. xvii.

158

ordem que deve substituí-lo e que é caracterizada, "não por poderes atribuíveis de maneira precisa a pessoas e instituições, mas por uma desigualdade que só remetia a ela mesma, que não tinha outro conteúdo ou outro sentido senão ela mesma"[44]. É esse, inclusive, o terreno em que Rousseau deve confrontar-se com os *philosophes*, mais ou menos comprometidos com essa nova ordem burguesa, e cuja reação nunca se expressou tão claramente quanto na anotação de um raivoso Voltaire, nas margens do *Discurso Sobre a Desigualdade*: "eis a filosofia de um pé-rapado que gostaria que os ricos fossem roubados pelos pobres".

Quanto à ruptura com Diderot, e para além das intrigas e mal-entendidos, seriam antes o rigor da moral de Rousseau, assim como seu espiritualismo, que os teriam afastado. Se, para ele, a luta contra o despotismo ainda era uma prioridade, isso não quer dizer que fosse insensível aos vícios congênitos da sociedade em formação – o que podemos constatar antes nas obras de ficção, como *A Religiosa* ou *O Sobrinho de Rameau*, do que nos escritos políticos propriamente ditos.

A representação da homossexualidade da madre superiora de St.-Eutrope poderia inscrever esse episódio na longa tradição da literatura libertina, que sempre se inspirou nos segredos recônditos da vida monástica. Todavia, Diderot parece ter resolvido sua vocação libertina nas páginas das *Jóias Indiscretas,* assim como acertara suas contas com a moral sexual da época no *Suplemento à Viagem de Bougainville*. O tema sexual pode ser interpretado aqui literalmente apenas num nível mais superficial de leitura, ou seja, enquanto panfleto contra o claustro, que "contraria a natureza". Mas, para além disso, a sexualidade da madre se combina com outros traços de sua personalidade que tendem a caracterizá-la como um "estranho no ninho", um *oiseau rare*, uma figura que destoa do ambiente Ancien Régime da instituição monástica – ao contrário, por exemplo, do Pa-

---

44. Pierre Manent, *História Intelectual do Liberalismo: Dez Lições*, Rio de Janeiro, Imago, 1990, p. 102.

A JORNADA E A CLAUSURA

dre Hudson, do *Jacques, o Fatalista*, tratado de maneira mais convencional na caracterização do superior debochado.

Muito reveladora é a comparação da madre com o personagem de *O Sobrinho de Rameau*: a mesma vivacidade, a mesma sensibilidade irrequieta, até o mesmo talento musical ("Ela preludiou, tocou coisas loucas, bizarras, descosturadas como suas idéias; mas eu vi, através todos os defeitos de sua execução, que ela tinha a mão infinitamente mais leve que a minha"[45]). Mas, sobretudo, a mesma inconstância de caráter:

> Ela é às vezes íntima a ponto de dizer *tu*, às vezes imperiosa e orgulhosa até o desdém; seus momentos de dignidade são curtos; ela é alternativamente compadecida e dura. Sua aparência descomposta marca todo o desarranjo de seu espírito e toda a desigualdade de sua personalidade; dessa forma a ordem e a desordem sucediam-se na casa[46].

A descrição evoca também a teoria do *Sonho de d'Alembert* em que o "estado vaporoso" de uma mulher, atribuído ao "desarranjo orgânico", e decorrente da fraqueza da "origem do feixe"[47] (no sono, como na doença, "...cada filete da rede se agita, se move, transmite à origem comum uma multidão de sensações freqüentemente disparatadas, descosturadas, perturbadas..."[48]), é equiparado a uma situação política de anarquia. Mas voltaremos a essa questão da "naturalização" da metáfora política, ou da "politização" da metáfora orgânica, mais tarde, para destacar a originalidade de Diderot em relação ao sistema rousseauniano.

Antes, porém, gostaríamos de comparar finalmente a representação da vida social tal como aparece na *Fábula das Abelhas* com aquelas do *Discurso Sobre a Desigualdade* e do convento de St.-Eutrope.

45. *A Religiosa, op. cit.,* p. 146.
46. *Idem,* p. 140.
47. Cf. *Le Rêve de d'Alembert*, Paris, Garnier/Flammarion, 1965, pp. 136–139.
48. *Idem,* p. 153.

A "loucura favorita" das abelhas viciosas é a inconstância, suas leis, como suas roupas, viviam sujeitas à variação, "aquilo que um dia estava bem / em seis meses convertia-se num delito"[49]; exatamente como em St.-Eutrope, onde "nunca se sabe o que lhes agradará ou desagradará, o que é preciso evitar fazer; não há nada regrado: ou se é profusamente servido, ou morre-se de fome..."[50] e, como no Estado fundado sobre a desigualdade, onde "O Governo nascente não tinha uma forma constante e regular... o Estado político permaneceu sempre imperfeito, porque ele era praticamente obra do acaso..."[51].

A falsidade das relações entre as religiosas, a rivalidade, a competição pelas atenções da madre superiora ("Eu cantei, pois... [...] e todas bateram palmas, me louvaram... [...] gracinhas falsas, ditadas pela resposta da superiora, praticamente não havia ali nenhuma que não me tivesse arrancado a voz e quebrado os dedos, se pudesse"[52]) ilustram o estado em que Rousseau observa o quanto "esse desejo universal de reputação, de honras e de preferências, que nos devora a todos, exerce e compara os talentos e as forças, tornando a tal ponto todos os homens concorrentes, rivais, ou antes, inimigos, causa todos os dias transtornos, sucessos e catástrofes de toda a espécie fazendo travar a mesma luta a tantos pretendentes..."[53]: a inveja e a vaidade que, assim como a cupidez e o luxo, contribuíam, na colméia de Mandeville, para o progresso econômico.

Com um pouco de dificuldade, devido às limitações do cenário, Diderot consegue introduzir no convento de St.-Eutrope a idéia de desigualdade de condições: "Eu trato de fazer a felicidade de todas, mas algumas eu estimo e amo mais do que as outras, porque são mais amáveis e estimáveis"[54]. A principal função simbólica da

49. *La Fábula de las Abejas, op. cit.*, p. 15.
50. *A Religiosa, op. cit.*, p. 140.
51. *Discours..., op. cit.*, p. 180.
52. *A Religiosa*, p. 145.
53. *Discours...*, p. 189.
54. *A Religiosa*, p. 187.

sexualidade da madre consiste em instaurar o regime dos privilégios no igualitarismo forçado do convento.

Para simbolizar a primazia do econômico, Diderot apela para uma sugestão da madre superiora de que Suzana reivindique, por via judicial, o seu dote retido no convento anterior: "Nós empreenderemos o processo em vosso nome contra a casa de Longchamp; a nossa pagará as despesas, que não serão consideráveis, já que bem parece que o Sr. Manouri não recusará encarregar-se desse caso; e se ganharmos, a casa dividirá convosco, meio a meio, o fundo ou a renda"[55]. A precisão é quase balzaquiana.

A comparação sugere, pois, que o episódio de St.-Eutrope reedita o Discurso rousseauniano sobre a desigualdade, sendo que ambos não podem deixar de referir-se ao modelo de Mandeville – citado explicitamente no texto de Rousseau, evocado indiretamente no romance de Diderot.

Da simbologia de Mandeville Diderot retém aqui o significado – apenas muda o sinal de valor. No *Sonho de d'Alembert* é o significante que comparece, a própria colméia, convocada pelo materialismo vitalista de Diderot para demonstrar a unidade da natureza, ou seja, "que a sensibilidade é uma propriedade universal da matéria". O que mais nos interessa aqui, no uso desta metáfora – como no exemplo, citado acima, da "mulher vaporosa" – é a maneira pela qual ela explica tanto a "organização" biológica de um organismo individual quanto aquela das sociedades humanas. O exemplo da comunidade monástica se cruza com a imagem da colméia:

> Eu digo que o espírito monástico se conserva porque o monastério se refaz aos poucos e, quando entra um monge novo, aparece uma centena de velhos que o levam a pensar e a sentir como eles. Uma abelha vai-se embora, ela é sucedida no enxame por outra que logo se põe a par.

Enquanto a crítica social de Diderot – formulada alegoricamente nas memórias de Suzana – parece coincidir com a do *Discurso*

---

55. *Idem*, p. 175.

Sobre a Origem da Desigualdade, fica difícil conciliar a concepção naturalista da vida social, expressa metaforicamente no Sonho de d'Alembert, com a versão rousseauniana da constituição da sociedade civil.

Talvez seja apenas no encaixe das memórias de Suzana na história da mistificação do Marquês de Croismare que poderemos compreender como o individualismo pessimista é capaz de se reintegrar num ideal de sociabilidade, que não passa, absolutamente, como queria Rousseau, pela desnaturalização que conduz à verdadeira cidadania.

## RUMO A LAMPEDUSA

> Ah! meus amigos, se fôssemos algum dia em
> Lampedusa, fundar longe da terra, no meio das ondas
> dos mares, um pequeno povo bem-aventurado!
>
> Conversas Sobre o Filho Natural

A metáfora da abelha e sua colméia serve, pois, na passagem citada do Sonho de d'Alembert, para representar a dinâmica em que o indivíduo é inexoravelmente absorvido numa rede de relações previamente determinadas, uma vez que o determinismo natural que rege o universo se reproduz de alguma forma no determinismo social que regula as transformações políticas. De fato, a distribuição das forças, que passam de forças centrípetas – onde a "origem do feixe" não comanda suas ramificações – até o excesso contrário – em que a "origem do feixe" mantém um controle férreo sobre elas, alterna-se progressivamente, numa metáfora que flui livremente entre a organização do corpo humano e aquela do corpo social: "E o animal está sob o despotismo ou sob a anarquia", conclui Mlle de Lespinasse das observações fisiológicas do dr. Bordeu, evoluindo na comparação, sugerida por ela mesma (entre a colméia e o convento), do corpo humano para o corpo social.

A JORNADA E A CLAUSURA

Herbert Dieckmann mostrou[56] que foi o próprio Bordeu quem forneceu a Diderot a figura da abelha e da colméia como representação do corpo humano. Mas a evolução final da metáfora, que transita entre a fisiologia e a política até alcançar a dimensão metafísica, ele não a deveria a ninguém, segundo Vernière, a não ser a si mesmo. A passagem, no diálogo imaginário entre Mlle de Lespinasse e Bordeu, da colméia-corpo humano ou da colméia-sociedade humana para esse "imenso oceano de matéria", onde "nenhuma molécula parece com outra molécula, nenhuma parece consigo mesma mais de um instante", onde o leibnizianismo (como o spinozismo) é absorvido numa vasta corrente heracliteana, é criação original de nosso inspirado "intérprete da natureza"[57]. A exaltação a que a imagem do "grande fluxo perpétuo" induz o sonhador leva-o a exclamar, num dos momentos mais altos do diálogo:

[...] E falais de indivíduos, pobres filósofos! Deixai aí vossos indivíduos e respondei-me. Há na natureza algum átomo rigorosamente semelhante a outro átomo?... Não... Não concordais que tudo está ligado na natureza e que é impossível que haja um vazio na corrente? O que quereis então dizer com vossos indivíduos? Não os há, não, não os há... Só existe um único grande indivíduo, é o todo.

Mais uma vez, vemos como o individualismo, que está na base da renovação do pensamento político moderno – e que encontra expressão literária na ascensão inglesa do romance realista – depara-se, no imaginário de Diderot, com os limites que o sentimento cósmico sabe impor.

56. Segundo P. Vernière em nota às *Oeuvres philosophiques*, p. 291.
57. Ainda que, na sua singularidade, o "fenômeno Leibniz" já reatasse, segundo Chouillet, com o pensamento pré-socrático: "se bem que discípulo de Descartes, ele reata com uma tradição que remonta aos atomistas gregos, se bem que idealista, ele inspira a escola materialista do século dezoito, se bem que cristão ele toma posições de combate que parecem colocar em questão a tese criacionista..." *Diderot, poète de l'énergie*, Paris, PUF, 1984.

I 6 4

Mas a metáfora da abelha aparece também, em *Da Interpreta-ção da Natureza*, desvinculada de maiores metafísicas. Antes pelo contrário, retomada literalmente de Francis Bacon, ela vem representar, para Diderot, a força da filosofia experimental que se contrapõe aos grilhões da tradição.

Paul Vernière destaca a influência determinante do Chanceler inglês sobre o enciclopedista, que teria sido, segundo Grimm, o "instaurador do baconismo" na França. A própria empresa enciclopédica já estaria contida na *Historia naturalis*, imaginada por Bacon, ainda segundo Vernière, que acumula as provas dessa influência, mais do que evidente na obra que ele chama de apêndice filosófico da *Enciclopédia*, ou seja, *Da Interpretação da Natureza*[58].

Tanto o título da obra[59] quanto a própria concepção do intérprete como aquele que percebe analogias e estabelece conexões entre objetos distantes, conjeturando a partir dos limites da experiência, sem antecipar-se a ela, vêm de Bacon, como a comparação que segue, tirada do *Novum Organum*:

Aqueles que têm lidado com as ciências, têm sido homens de experiência ou homens de dogmas. Os homens de experimento são como a formiga; eles apenas coletam e usam; os especuladores parecem-se com aranhas, que fabricam teias a partir de sua própria substância. Mas a abelha toma uma direção intermediária, ela colhe o seu material das flores do jardim e do campo, mas o transforma e digere por um poder que é seu. A verdadeira tarefa da filosofia não é muito diferente disso: pois ela não conta somente ou principalmente com os poderes da mente, nem toma a matéria que ela reúne da história natural e de experimentos mecânicos e a deposita toda na memória tal como a encontra, mas a deposita no entendimento alterada e digerida. Portanto de uma associação mais íntima e mais pura entre essas duas faculdades, a experimental e a racional (tal como nunca ainda foi feito), muito se pode esperar[60].

---

58. Cf. Introdução a *Oeuvres philosophiques*, Garnier, 1956, pp. 169–171.
59. *Cogitata et visa de interpretatione naturae* (1607).
60. *Novum Organum*, XCV, em Edwin A. Burtt (ed.), *The English Philosophers from Bacon to Mill*, New York, The Modern Library, 1994, p. 72.

A JORNADA E A CLAUSURA

Na versão de Diderot:

Os homens mal começaram a sentir o quanto as leis da investigação da verdade são severas e quanto o número de nossos meios, limitado. Tudo se reduz a voltar dos sentidos à reflexão e da reflexão aos sentidos: voltar-se para dentro e sair sem cessar. É o trabalho da abelha. Explorou-se muito terreno em vão, se não se entra na colméia carregada de cera. Acumulou-se muita cera inútil, se não se sabe com ela formar os favos.

Entre o tipo ideal de cientista e a comunidade ideal de cientistas, o passo não parecia muito longo, e Bacon não deixa de dá-lo, na direção de sua Nova Atlântida, onde os homens vivem felizes, isolados do mundo, sob a sábia direção da Casa de Salomão, cujos doutos dirigentes são escolhidos periodicamente para governar a ilha, além de passar algumas temporadas viajando pelo mundo para trazer as últimas descobertas científicas – que ainda não tenham antecipado, no seu isolamento.

Maria das Graças de Souza mostra de que maneira a idéia de uma nova ciência aparece condicionada, no projeto baconiano, por aquela de restauração e reforma dos costumes humanos. Assim o compreenderiam os seus herdeiros setecentistas, que não podiam conceber a idéia de progresso científico, que estava na base do projeto enciclopédico, sem a sua face complementar de transformação da sociedade – e não de contenção da mesma, tal como aparece na concepção positivista da história. Maria das Graças historiciza assim a idéia de Progresso[61], mais ou menos como Cassirer já o fizera com a idéia de Razão, no seu *O Mito do Estado*, respondendo talvez a interpretações um tanto obscurantistas do pensamento das Luzes.

Porém, no caso de Diderot, não parece que o mesmo otimismo que anima um Condorcet, por exemplo – que prevê o dia em que "o sol só iluminará homens livres, que não reconhecerão nenhum se-

61. Conferência da Ampof – 2000.

nhor a não ser sua própria razão"[62] – o tenha levado a compartilhar, além de um ideal de ciência baconiano, alguma previsão de progresso ininterrupto ou de perfeição social, atingível num futuro certo.

O que a leitura alegórica de *A Religiosa* sugere, apoiada nos textos esparsos em que Diderot manifesta sua opinião sobre o curso da história, é que o indivíduo está mais ou menos fadado a suportar algum tipo de pressão por parte do conjunto da sociedade, que tende a se organizar na direção do despotismo, até o momento em que uma súbita revolução reinstaura a anarquia que, por sua vez, evolui no sentido da centralização do Poder. E assim, sucessivamente. Essa concepção "cíclica" da história das instituições não permanece imune às esperanças de Progresso – ou algum tipo de "perfectibilidade" – que, se não é inexorável e ininterrupto, não deixa de opor alguma resistência à decadência periódica de todas as coisas.

Frank e Fritzie Manuel encontraram, na correspondência de Diderot com Catarina, uma passagem em que o filósofo parece entregar-se a devaneios utópicos: "Estabeleceria na Sicília uma colônia de homens livres, muito livres, como os suíços, por exemplo, e vigiá-la-ia atentamente para conservar suas liberdades. O resto, deixá-lo-ia ao tempo e a seu exemplo... Paulatinamente esta flor e elite mudariam toda a massa de gente, e seu espírito tornar-se-ia o espírito geral"[63].

Também nas *Conversas Sobre o Filho Natural*, o ideal siciliano é evocado por Dorval, que conta como, um dia, no teatro, pensando sobre a utilidade do teatro e o pouco cuidado com a formação das companhias, ele exclamara:

---

62. *Esquisse...*, *apud* Maria das Graças de Souza, *Ilustração e História: O Pensamento Sobre a História no Iluminismo Francês*, livre-docência USP, 1999, p. 165.

63. *El Pensamiento Utópico en el Mundo Occidental – El Auge de la Utopia: La Utopia Cristiana – Siglos XVII-XIX*, Madrid, Taurus Ediciones, 1981, p. 305.

A JORNADA E A CLAUSURA

Ah! meus amigos, se fôssemos algum dia em Lampedusa, fundar longe da terra, no meio das ondas dos mares, um pequeno povo bem-aventurado! Serão esses nossos pregadores; e nós os escolheremos, sem dúvida, segundo a importância de seu ministério. Todos os povos têm seus sabás, e nós também teremos os nossos. Nesses dias solenes, representar-se-á uma bela tragédia, que ensine os homens a temer as paixões; uma boa comédia que lhes ensine seus deveres, e que lhes inspire o gosto pelos mesmos.

Reconhecemos, no fim da citação, a empresa didática que Diderot levava muito a sério[64] e da qual não parece nunca ter-se desiludido. Mas uma certa nostalgia no tom, ou mesmo a melancolia que caracteriza o personagem de Dorval, não permite que leiamos esses breves devaneios como uma semente possível de algum projeto utópico, à maneira de Condorcet. É curioso notar também, de passagem, não só a referência aos suíços na carta a Catarina, como a caracterização de Dorval, que lembra tanto Rousseau, nos seus entusiasmos súbitos diante da Virtude e da Natureza[65] e que faz aqui uma defesa de um teatro virtuoso.

O ideal de sociabilidade, que pode se opor ao determinismo social, abrindo espaço para a livre expressão do indivíduo, Diderot não precisou viajar muito para encontrá-lo: pelo menos por um tempo, ele deve ter acreditado na sua atualidade, dentro dos limites estreitos da *coterie holbachique*, como bem o notam Frank e Fritzie Manuel:

[...] Contribuir com a *Enciclopédia* e pertencer à sinagoga holbachiana foi, em si, uma utopia. Seus membros viviam no Eliseu da imaginação já que trabalhavam para granjear a admiração das gerações futuras... [...] uma certa folga, abertura, generosidade, e a tolerância de suas próprias inconsistências, os salvou do espírito punitivo de uma seita protestante [...] aquele foi um momento afortunado: experimentaram sua utopia e inclusive puderam rir-se da mesma...

64. Que "prolonga", como diz Franklin de Matos, a tarefa da *Enciclopédia*. Cf. "Entre a Enciclopédia e a Comédia", em *O Filósofo e o Comediante*, São Paulo, 1999.
65. Paul Vernière chama a atenção para esta semelhança, na sua Introdução a *Oeuvres esthétiques*, Garnier, 1968, p. 74.

É esse espírito afortunado que parece fluir na correspondência anexa à *Religiosa*, rompendo o círculo sufocante do destino individual, representado em cores sombrias na história de Suzana Simonin.

A respeito da comunidade científica da Nova Atlântida, J. C. Davis percebe uma certa inconsistência por parte de Bacon, que teria hesitado entre a representação de uma autêntica utopia e a república moral perfeita, ou seja, entre um projeto que aceita a insuficiência moral dos homens e idealiza as instituições que os devem controlar, e outro que pressupõe reformada a natureza moral dos governantes e dos governados, prescindindo, portanto, de uma legislação muito rígida. Assim, as virtudes dos Padres da Casa de Salomão, segundo o ideal baconiano, não são apenas intelectuais mas também morais. Ao mesmo tempo, continua Davis, "Bacon tinha clara consciência da influência corruptora do poder" e prevê que essa elite possa sofrer a tentação da mentira e da tergiversação; no entanto, acaba não colocando a possibilidade da exploração, deixando, afinal, muita coisa por resolver[66].

No seu devaneio siciliano, Diderot também parece hesitar, talvez, entre uma sociedade ideal do tipo arcádico, mais primitivista, e a república moral perfeita, liderada por uma elite moral e intelectual, sendo que a idéia da vigilância se coaduna mais com a legislação utópica: "... e vigiá-la-ia atentamente para conservar suas liberdades...". Por outro lado, a lembrança de Rousseau, na representação de Dorval, o idealizador da colônia de Lampedusa, leva a pensar o quanto pode ter sido dolorosa, para Diderot, a ruptura entre os dois homens, afinados no entusiasmo pela virtude e pela sabedoria. Jean-Jacques reconhecia a corrupção avançada na pequena república ideal da Enciclopédia, personalizada sobretudo na figura traiçoeira de Grimm, o que seu amigo não poderia perdoar.

---

66. *Utopia y la Sociedad Ideal: Estudio de la Literatura Utópica Inglesa, 1516–1700*, México, Fondo de Cultura Económica, 1985, pp. 124–125.

Vimos como a *Religiosa* dialoga com o *Discurso Sobre a Origem da Desigualdade*, sem contradizê-lo, enquanto que a *Sátira Contra o Luxo* transforma-se, em algumas passagens, em sátira aos ideais de Rousseau. De fato, eles parecem compartilhar da mesma representação mítica das origens da sociedade, mas não, aparentemente, do mesmo mito do *télos*: retomando aqui a distinção de Northrop Frye entre as duas concepções sociais "que podem ser expressas apenas em termos de mito. Uma é o contrato social, que apresenta um relato das origens da sociedade. A outra é a utopia, que apresenta uma visão imaginativa do *télos* ou fim visado pela vida social". Lembrando que, no caso de Rousseau, seu *Contrato Social* pertence ao imaginário utópico, podemos supor que Diderot, cujo individualismo sabe se curvar à sabedoria estóica do determinismo natural, mas mantém exigências individualistas frente às instituições (como mostra seu plano para a Universidade de Catarina), deve ter-se arrepiado de horror diante da exigência rousseauniana de "alienação total de cada associado com todos os seus direitos a toda a comunidade"[67]. No entanto, há quem reconheça, no nosso homem dos paradoxos, uma disposição para um certo tipo de alienação "viril", que "despossua" o sujeito da alienação passiva e "feminina" das paixões: é mais ou menos o tema abordado num artigo de Philippe Lacoue-Labarthe[68], que cita a frase de Diderot para Mme Riccoboni: "Eu também sei me alienar, talento sem o qual não se faz nada que preste".

A discussão sobre o estatuto do ator é o teatro onde se prolonga a contenda com o ex-amigo que primeiro o traiu, abandonando-o na seleta companhia enciclopédica pela solidão do campo, e depois o traiu novamente, atacando, na *Carta a d'Alembert*, mais um de seus ideais.

---

67. *Du Contract Social*, Pléiade, p. 360.
68. "O Paradoxo e a Mimese", *A Imitação dos Modernos – Ensaios sobre Arte e Filosofia,* org. V. A. Figueiredo e J. C. Penna, São Paulo, Paz e Terra, 2000, pp. 159–179.

Mas, quanto à representação do indivíduo, respeitando as diferenças irredutíveis, ainda é possível dizer que ambos compartilham de categorias comuns, herdadas da mitologia cristã: alienar-se de Deus ou alienar-se do mundo transforma-se para Rousseau e para Diderot na alternativa entre alienar-se da Natureza, a Grande Cadeia dos Seres, ou alienar-se do *Grand Monde*, ou seja, a sociedade corrompida em que vivem.

Nos dois capítulos anteriores, vimos como, na prosa rousseauniana, a alegoria é revitalizada pelo lirismo filosófico – que, no caso das *Confissões*, ocupa livremente o espaço que Agostinho reservara, nas suas próprias, à louvação divina – enquanto, na *Nova Heloísa*, a forma alegórica sustenta tenuemente a exploração também lírica da paixão, de longínqua inspiração trovadoresca. Em ambos os casos, a sustentação alegórica quase se desvanece sob o fluxo poderoso da interioridade redescoberta, ruptura na superfície de uma corrente que chega, caudalosa, às páginas de Proust.

Outra forma de realismo se cruza com a alegoria nos romances de Diderot. Veremos como em *Jacques, o Fatalista* a inserção de narrativas curtas no trajeto picaresco, que cumprem seu papel na demonstração filosófica determinista, ainda podem ser lidas, isoladamente, como exercícios da técnica realista que deverá ser amplamente explorada no vasto painel da sociedade balzaquiana. Em *A Religiosa*, uma construção mais bizarra, que faz das memórias de Suzana e do Prefácio-Anexo uma unidade orgânica, tanto permite a leitura alegórica de um destino humano, quanto se exercita em experiências sutis de ilusão: desde as técnicas dramáticas que concentram, em algumas cenas, o foco num personagem que tenderia a se esvair na representação emblemática, até o tratamento romanesco dado a personagens reais, no Prefácio-Anexo, estabelecendo, como diz Franklin de Matos, "uma mistificação de segundo grau, que daria a impressão de denunciar a ilusão, mas acaba por assentá-la de modo mais seguro"[69]. Por um lado, o naturalismo à

---

69. *Op. cit.*, p. 100.

A JORNADA E A CLAUSURA

maneira de Zola poderá encontrar inspiração em alguns episódios da história de Suzana; por outro, o experimentalismo de outra era, que volta a "suspeitar" do romance, por outros motivos que não os dos séculos XVII e XVIII, poderá, de fato, encontrar inspiração nessa "pré-história" do romance realista[70].

O verbete "Alegoria" da *Enciclopédia* – que não deve ter sido escrito por Diderot, mas deve refletir mais ou menos a opinião geral dos *philosophes* – rejeita num primeiro momento esse recurso (dos espíritos estéreis, dirá o narrador de Jacques), por sua associação com a teologia:

> A maior parte dos teólogos encontra o antigo testamento cheio de alegorias & de sentidos típicos, que eles remetem ao novo; mas há de se convir que o sentido alegórico, a menos que esteja fundado numa tradição constante, não forma um argumento seguro, como o sentido literal. Sem essa sábia precaução, cada fanático encontraria na Escritura onde apoiar suas visões. Com efeito, é em matéria de religião sobretudo que a alegoria é de maior uso.

Mas, assim como os padres apologetas cedo aprendem a escrever romances, usando as armas do inimigo para combatê-lo em seu próprio terreno, também os *philosophes* descobrem a força da imagem alegórica na transmissão da mensagem iluminista e aprendem a empregá-la na sua obra romanesca. Numa época em que nada pode ser dito às claras, como descobre Diderot através de sua *Carta Sobre os Cegos*, vale descobrir o caráter oblíquo desse "discurso que significa outra coisa do que ele enuncia", ainda segundo o mesmo verbete. Pode "conter mistérios" ou, talvez, servir antes "para se fazer entender melhor" do que "se esconder". Uma tradição, enfim, que não está necessariamente comprometida com a ortodoxia cristã, já que "Os Platônicos sobretudo cultivavam este

---

70. O equívoco, denunciado, entre outros por Franklin de Matos ("As Armadilhas Fatais de Denis Diderot", *Folha de S. Paulo, Mais!,* 18-VII-93), consiste em tentar entender o romance setecentista a partir de experimentos posteriores, e não o contrário.

método", sendo que a imitação dos mesmos chegou a gerar, nos primeiros séculos da Igreja, várias heresias.

Na *Table Pancoucke*, o verbete "*Allégorie*" se aprofunda na descrição de seus usos e efeitos: "O efeito da alegoria é de apresentar idéias abstratas sob uma forma sensível a nosso espírito, & de dar a seu objeto maior vivacidade". Vale comparar essa passagem com algumas observações de Diderot sobre Richardson, no elogio que pode ser considerado um manifesto a favor do realismo na literatura. Ao lado da ênfase na descrição minuciosa de objetos cotidianos (contra o romance de aventuras ou o romance clássico), a idéia do romance como forma de apresentar "idéias abstratas sob forma sensível" é um dos predicados que mais entusiasmam Diderot: "Uma máxima é uma regra abstrata e geral de conduta, cuja aplicação nos cabe assumir. Ela não imprime por si mesma nenhuma imagem sensível no nosso espírito: mas aquele que age, nós o vemos, nos colocamos no seu lugar..."[71]. Em outro trecho da *Enciclopédia* (*Belles-Lettres*), onde se fala "do estilo alegórico empregado às vezes pelo filósofo", observa-se que "é a esta faculdade de captar as relações de uma idéia abstrata com um objeto sensível que se deve toda a beleza da mitologia dos gregos". Ou então, continua a *Enciclopédia*, falando agora de Pintura: "a alegoria consiste, aqui, na representação de uma idéia geral, por meio de um fato particular. Ela se torna como que uma língua universal, ao alcance de todo homem que reflete".

Retomando a distinção aristotélica, Diderot continua o seu elogio nos seguintes termos: "Ó Richardson! Ousarei dizer que a história mais verdadeira é cheia de mentiras, e que teu romance é cheio de verdades. A história pinta alguns indivíduos; tu pintas a espécie humana: a história atribui a alguns indivíduos o que não disseram nem fizeram; tudo o que atribuis ao homem ele o disse e o fez...", e assim por diante, revelando a vocação universalista do romance idealizado por ele, que pouco tem a ver com o empirismo psicológico e o individualismo que devem formar o romance realista, se-

71. "Éloge de Richardson", *Oeuvres esthétiques*, ed. P. Vernière, Paris, Garnier, 1968, p. 30.

# A JORNADA E A CLAUSURA

gundo Ian Watt. Há quem diga que o próprio Richardson se inspirou bastante na "aventura metafísica" do padre Prévost, o que equivaleria a dizer que Diderot talvez estivesse, inconscientemente, elogiando aqui uma tradição gaulesa cuja "elegância" ele faz questão de rejeitar publicamente[72].

Em todo caso, é preciso reconhecer, na originalidade do romance francês, um destaque concedido à moralidade que contém o individualismo nascente, que não é para todos os gostos. Mas, tão logo a burguesia triunfante se livre dessas pesadas exigências, os modelos estão aí, de formas distintas de realismo, ora mais centrado na representação da interioridade, ora mais centrado na representação da sociedade, mas que só espera libertar-se da tutela pouco confortável da alegoria, para florescer no esplendor adamascado das cortesãs de Paris.

---

72. Falando mal da tradução "elegante" que Prévost deu de Richardson, Diderot talvez esteja cedendo às intrigas de Grimm, como veremos no próximo capítulo.

174

# 4

## *Jacques, o Fatalista*

### INTRODUÇÃO

No segundo capítulo, pudemos observar como o mito picaresco original responde ao modelo agostiniano do *homo viator*, com a perplexidade do indivíduo frente ao mundo subitamente esvaziado de seu sentido providencial. Qualquer que seja o esforço moralizador que, porventura, tente explicar as desventuras picarescas dentro do quadro da ortodoxia contra-reformista – como aquele, por exemplo, que alterna *consejos* e *consejas* no *Guzmán de Alfarache* – é antes o acaso, ou a fatalidade, que parece reger o destino do pícaro: daí o caráter fragmentário e descontínuo de sua experiência que nenhuma metafísica é capaz de redimir.

Na medida em que, ao longo da história da literatura, vemos o pícaro proteiforme adaptar-se às transformações da sociedade moderna, abrindo caminho para sua inserção social, o gênero se liberta da religiosidade difusa que ainda subordinava o indivíduo à representação alegórica da criatura decaída e passa a explorar as potencialidades do realismo formal. De fato, é preciso distinguir entre os traços "realistas" da picaresca original, ou seja, a descrição da vida vulgar, em contraposição ao idealismo maravilhoso do romance de cavalaria, e a orientação individualista que confere ao romance do século XVIII, na Inglaterra sobretudo, o sentido de uma

A JORNADA E A CLAUSURA

experiência singular, lançando as bases para o que se convencionou chamar de "realismo" na literatura.

Ao neoplatonismo que determinou, por muitos séculos, as convenções literárias vigentes Ian Watt opõe a revolução cartesiana e destaca, sobretudo, a influência direta ou indireta da filosofia do empirismo no romance inglês do século XVIII: assim, este pode ser considerado como o marco inaugural do romance moderno, na sua ênfase sobre o particular, na descrição circunstancial de personagens perfeitamente individualizados, no encadeamento causal dos acontecimentos que confere unidade e coesão à narrativa. Já o romance francês, segundo Watt, permaneceria à margem da grande tradição realista, devido à sua ênfase na elegância e na concisão, impostas pela orientação clássica, ainda em vigor do outro lado da Mancha[1].

No caso do romance de Lesage, contudo, e apesar de um certo preciosismo da linguagem, que tivemos a oportunidade de comentar num capítulo anterior, não parece que a representação do indivíduo destoe muito, na sua reinterpretação do mito picaresco, daquela proposta por Defoe, em *Moll Flanders*, parente muito próxima e contemporânea do *Gil Blas de Santillana*. O cenário é outro, e enquanto uma evolui entre pequenos comerciantes, ladrões e vagabundos nas ruas estreitas de Londres, o outro convive, freqüentemente, com os Grandes da corte de Espanha. Ainda assim, a evolução de cada um deles reflete a mesma orientação individualista, e o que muda basicamente é a natureza dos obstáculos que cada um encontra no processo de sua inserção social, de acordo com o progresso mais ou menos avançado da burguesia de cada lado da Mancha: o tino comercial de Moll Flanders ocupa livremente o lugar do talento cortesão de Gil Blas. Trabalhando dentro do registro cômico, em que se combinam tanto a influência de Molière quanto a de La Bruyère, Lesage ultrapassa suas origens seiscentistas assim como Gil Blas supera sua condição picaresca, evoluindo em

---

1. I. Watt, *A Ascensão do Romance*, São Paulo, Companhia das Letras, 1996, pp. 29–30.

176

direção a uma representação realista da ascensão social do personagem.

Mas se, de um lado, já é possível nesse começo do século, para um autor como Lesage, dar expressão ao ideal moderno do individualismo econômico, de maneira mais ou menos semelhante à dos romancistas ingleses, de um modo geral, a batalha filosófica contra o Ancien Régime mantém os autores franceses ainda ligados a um modelo literário que subordina a expressão individual a uma ordem do mundo que o transcende. Ou seja, enquanto a burguesia inglesa vive plenamente o seu "momento maquiavélico", dissociando virtude pública de virtude privada – dissociação que aparece, por um lado, na preocupação exclusiva com a moral sexual nos romances de Richardson e, por outro, no liberalismo econômico desenfreado dos heróis de Defoe – os *philosophes* franceses ainda estão empenhados numa luta política que passa pelo esforço de laicização da ética do cristianismo. Assim, a representação do indivíduo não se cristaliza ainda de forma estritamente autônoma, e sua trajetória no mundo parece retratar antes "a vida através dos valores" do que a "vida através do tempo", segundo a classificação de E. M. Forster[2], que opõe a preocupação mais antiga da literatura ao tratamento realista da passagem do tempo.

A concepção cristã de um mundo perfeitamente ordenado segundo os desígnios providenciais já se debatia, desde a polêmica agostiniana contra os maniqueus, com o problema do mal, físico e moral, justificado ora como provação para os justos, ora como punição para os maus. A fragilidade do equilíbrio alcançado, pela ortodoxia católica, entre graça e livre-arbítrio é rompida e torna-se matéria para controvérsias, não só para a Igreja reformada e para a Contra-Reforma, como também para os fiéis da Igreja Romana, divididos, na França, entre a interpretação mais severa, de inspiração agostiniana, dos jansenistas e o partido jesuíta, acusado de fazer muitas concessões ao espírito mundano.

---

2. Citado por I. Watt, *A Ascensão do Romance, op. cit.*, p. 22.

A JORNADA E A CLAUSURA

Por outro lado, para os *esprits-forts*, e após o balanço de Bayle que abre para um novo maniqueísmo, a contradição entre um Deus bom e um mundo mau é eludida por um ideal de sabedoria filosófica que, recuperando e conciliando epicurismo e estoicismo, procura adaptar-se, com certa complacência, à medida do homem e às determinações de sua natureza, preservando-o assim das incertezas da Fortuna. Variando de um vago deísmo ao mais absoluto ateísmo, as diversas versões da sabedoria filosófica dificilmente satisfazem o homem comum, órfão de uma ordem mais reconfortante, que só a Fé é capaz de garantir, no cuidado individual do criador com cada um de seus filhos e na sua promessa de justiça e redenção final[3].

O problema do mal no mundo, tão arduamente explicado pela teologia, e que só uma Fé inabalada era capaz de assimilar, torna-se tanto mais escandaloso quanto mais progride a laicização da sociedade e da moral do cristianismo. Enquanto, na Inglaterra, a burguesia bem-sucedida encontra conforto espiritual numa religião que favorece o espírito do capitalismo e acomoda-se com uma filosofia avessa às grandes questões metafísicas – tudo contribuindo, enfim, para a harmonia social e para o triunfo do individualismo econômico – na França retardatária, os conflitos da burguesia insatisfeita predispõem tanto a um questionamento mais radical da subordinação da ética à religião quanto a uma reflexão mais rica sobre os limites da responsabilidade moral do homem.

Dessa forma, enquanto as facções filosóficas discutem os novos fundamentos de uma ética das Luzes, divididos entre uma moral do sentimento e uma moral do interesse bem-compreendido, entre a existência de idéias inatas da virtude e o papel da educação, um vasto público se forma para os romances que unem o útil ao agradável, ou seja, que divertem enquanto desenvolvem a reflexão moral. O tema das provações da virtude é privilegiado e floresce na literatura francesa com maior exuberância do que no romance in-

---

3. Cf., a esse respeito, a monumental síntese de J. Ehrard, *L'Idée de nature en France dans la première moitié du XVIII^ème siècle*, Paris, Albin Michel, 1994, Parte III, capítulo X: "Nature et Providence".

I 7 8

glês – que não deixa de fornecer o modelo puritano das heroínas de Richardson – reforçando o *pathos* da trajetória picaresca: o tema do destino individual, abordado com certo humor pessimista no mito original, é reinterpretado das mais diversas maneiras, que variam entre o tom trágico e folhetinesco de Prévost e a sátira de Voltaire, passando pelo otimismo iluminista de Diderot e desembocando na ferocidade crua do Marquês de Sade.

O papel que desempenha, nesse contexto, o *Cândido* de Voltaire é dos mais significativos, e vale a pena relembrar rapidamente as circunstâncias de sua gênese. Mais de uma vez nos referimos ao *Poema Sobre o Desastre de Lisboa*, que representa uma ruptura no otimismo relativo do antigo admirador de Pope: ao entusiasmo das *Cartas Filosóficas* sucede a revolta precipitada pelo relato dos horrores em que mergulha a cidade portuguesa, após o terremoto de 1755. Nos versos deste *Poema*, que soam como um grito de assombro, Voltaire cobre de escárnio a doutrina de Leibniz, batizada pelos *Mémoires de Trévoux* de sistema do Otimismo[4], em que o filósofo alemão tentava de certa forma sustentar racionalmente a idéia providencial, inocentando Deus da existência do mal e resguardando a liberdade do homem.

Para responder a Voltaire, Rousseau mobiliza uma sóbria eloqüência em defesa da idéia providencial, deslocando a questão de maneira a sustentar na Fé o otimismo metafísico, ao invés de "provar a existência de Deus pelo sistema de Pope", sem deixar de, simultaneamente, demarcar-se da teologia, que ignora a ordenação natural dos acontecimentos. Contra a Religião ortodoxa e o materialismo, Rousseau defende uma Providência naturalizada e, seguindo a senda de Malebranche, sugere o primado do universal sobre o particular, garantia de que, além das pequenas misérias individuais, "o todo é Bom". Rousseau relata no livro IX das *Confissões* como veio

---

4. "Em termos da arte, ele (Leibniz) a chama a razão do melhor, ou, mais sabiamente ainda, e teologicamente tanto quanto geometricamente, o sistema do *Optimum* ou Otimismo" (fevereiro de 1737). (Os *Mémoires de Trévoux* formavam a "imprensa oficial" dos jesuítas.)

# A JORNADA E A CLAUSURA

a receber o poema sobre o desastre de Lisboa e como foi levado a responder-lhe, numa carta prudentemente confiada ao dr. Tronchin; afirma, também, que a réplica de Voltaire só viria mais tarde, justamente com a publicação do *Cândido*.

O tema do destino ou da Providência já tinha sido tratado em *Zadig*, o primeiro conto de Voltaire, onde o problema do mal e da injustiça, que o jovem virtuoso enfrenta ao longo de um atribulado itinerário, acaba se resolvendo de maneira bastante tranqüilizadora. Sabemos que, sem querer validar os dogmas da ortodoxia religiosa, o patriarca de Ferney tampouco se mostrava decidido a abrir mão da idéia de uma força remuneradora e vingadora que pudesse garantir de alguma forma os fundamentos de uma moral laica: em nome da utilidade social, parecia-lhe fundamental deixar aos homens o temor e a esperança[5]. No entanto, qualquer que seja o fundo do pensamento de Voltaire sobre esta questão, e mesmo que ele tenha mantido até o fim uma posição contrária ao ateísmo, as palavras do anjo Jesrad, que aparece *ex machina*, num furor intempestivo, para clarear o destino de Zadig, soam mais como uma sátira à Providência naturalizada do que como uma sua defesa: "Os maus são sempre infelizes: eles servem para submeter à provação um pequeno número de justos espalhados sobre a terra, e não há mal do qual não nasça um bem" – afirma o anjo após incendiar uma casa e afogar uma criança.

O fato é que a fórmula do conto voltairiano serve melhor ao ataque que à defesa e é tanto mais eficiente quando o alvo é mais claro e as ambigüidades desaparecem. Assim, a pequena obra-prima que é o *Cândido* ultrapassa a indefinição do *Zadig* e fixa a posição de Voltaire na chamada "querela do otimismo"[6].

---

5. A esse respeito, cf. J. Domenech, *L'Éthique des lumières – Les fondements de la morale dans la philosophie française du XVIIIème siècle*, Paris, Vrin, 1989, Cap. IV: "Un Dieu rémunérateur et vengeur", p. 127.
6. Dois bons resumos dessa polêmica podem ser encontrados em P.-L. Assoun, "La Querelle de l'Optimisme dans 'Candide' et ses enjeux philosophiques", em *Analyses et Réflexions sur "Candide" de Voltaire*, Paris,

DENIS

Além de satirizar o Otimismo segundo Leibniz e seu herdeiro intelectual, Wolff, assim como a versão inglesa de Pope, Voltaire engloba na sua crítica, de um modo geral, todo sistema filosófico que tenha a ambição de dar respostas inverificáveis às grandes questões da condição humana – do tipo: Quem sou eu? De onde venho? Para onde vou? – ou seja, o que ele chama de "o país dos romances" da metafísica. Por outro lado, lançando, como diz Assoun, um "projétil devastador num boliche filosófico considerável"[7], ele atinge também a arte menor dos romances propriamente ditos, nos seus excessos fantasiosos de aventuras extraordinárias, engrossando o coro já quase unânime que vinha determinando, desde o fim do século anterior, uma renovação da narrativa romanesca, no sentido de um maior realismo.

Sintetizando com mais talento a sátira desenvolvida pelo padre Bougeant, no seu *Viagem Maravilhosa do Príncipe Fan-Feredin na Romância*, Voltaire talvez vise, como este, o *Cleveland* de Prévost, cuja "metafísica do sentimento"[8] parece reeditar, no contrafluxo da psicologia empirista admirada por Voltaire, a velha fórmula do romance barroco, transformando-a de mera história de aventuras numa indagação apaixonada sobre o sentido do destino humano[9].

Ellipses, 1982, pp. 26–46; e na introdução de Maria das Graças de Souza à sua tradução da *Carta de Rousseau* sobre a Providência (tradução utilizada aqui nas citações da *Lettre à Voltaire*). Muito útil também é o comentário, assim como o *dossier* levantado por Pierre Chartier (*Pierre Chartier commente "Candide" de Voltaire*, Paris, Folio-Gallimard, 1994).

7. *Op. cit.*, p. 35.
8. É assim que Jean Sgard chama a psicologia de Prévost, que nada deve à observação ou descrição, mas se aproxima de uma busca espiritual, trocando os particularismos pelo caráter exemplar das personalidades. Cf. J. Sgard, *Prévost Romancier*, Paris, Corti, 1968.
9. Sobre a "metafísica" de Prévost, ver também J. Ehrard, *op. cit.*, p. 630: "Seria a Providência ou a Fatalidade que regula o destino humano? Esta questão angustiante, que se colocam, mais dia menos dia, quase todos os personagens do padre Prévost, dá à sua obra romanesca sua verdadeira dimensão: não mais aquela de um banal relato de aventuras, mas de uma pesquisa apaixonada que submete a ficção romanesca a uma busca metafísica".

De fato, ao contrário de Rousseau, que compreendia e admirava Prévost e lera apaixonadamente o *Cleveland*, tirando dele mais um modelo de identificação, Voltaire, como o clã da Enciclopédia, voltara as costas para aquele que foi o grande romancista do século[10]. Assim, não é surpreendente que o romance de Prévost pareça caricaturado no conto de Voltaire, que faz o seu Cândido atravessar o mundo, como o infeliz Cleveland, em busca de sua amada, enfrentando as aventuras mais incríveis, raptos, separações, mortos que reaparecem vivos, reconhecimentos e outras peripécias. Que a sátira do romance barroco, no *Cândido*, esteja visando, de fato e precisamente, o filho temporão de um gênero em vias de extinção é o que poucos ousam sugerir[11]. Mas, em todo caso, de um modo geral, parece inegável que a paródia romanesca, no conto de Voltaire, completa o processo dos romances da metafísica com aquele da metafísica dos romances.

Nesse segundo aspecto, Voltaire apenas aperfeiçoa, na concisão elíptica de seus contos, uma tendência bastante difundida, desde o sucesso das primeiras traduções do *Dom Quixote*, em superar a crise do romance pela elaboração do anti-romance, ou seja, de um novo romance, que desloca a antiga mitologia romanesca através de recursos paródicos e satíricos. Nesse período de transição, de maturação do romance realista, a paródia e a alegoria parecem disputar o que lhe coube da divisão dos gêneros: de um lado, o riso demolidor, saudado por Bakhtin como a principal via de formação do romance moderno; de outro, a seriedade da alegoria filosófica,

---

10. Jean Sgard conta como a partir de 1755 a *Correspondance littéraire* de Grimm passa a denegrir sistematicamente Prévost, que se torna assim mais uma vítima (como Rousseau) da maledicência e das intrigas desse obscuro personagem, que teve, infelizmente, quase até o fim da vida, muita influência sobre Diderot e os outros enciclopedistas, *op. cit.*, p. 555.
11. Como R. Pomeau (edição crítica de *Candide*) ou H. Coulet (*Le roman jusqu'à la révolution*). Jean Sgard, por outro lado, acha que há mais semelhança do que paródia entre os dois textos, mesmo porque ele reconhece, no próprio *Cleveland*, uma condenação das quimeras romanescas.

englobada aparentemente na definição proposta, ainda por Bakhtin, do "patético barroco", apologético e polêmico[12].

Comparado à clareza e eficiência do *Cândido*, o *Zadig* é um exemplo de como pode ser difícil separar, no conto filosófico, a seriedade alegórica da paródia satírica: o anjo Jesrad é convocado para provar a insensatez do argumento finalista, ou para defender alguma idéia de ordem moral da natureza, laicização da Providência divina? Nesse momento que antecede a ruptura do *Poema Sobre o Desastre de Lisboa*, ainda é possível hesitar entre as duas interpretações. Ou, então, perceber, na sucessão que leva Voltaire do *Zadig* ao *Cândido*, passando pelo *Babouc* e pelo *Memnon*, a evolução de um pensamento hesitante, que se desprende aos poucos de suas ilusões. Rousseau, de sua parte, não nota nenhuma ambigüidade, quando, na sua defesa da idéia providencial, invoca a lição de *Zadig* contra o futuro autor do *Cândido*: "Aprendi em *Zadig*, e a natureza me confirma a cada dia, que uma morte rápida não é sempre um mal real e que, às vezes, ela pode passar por um bem relativo".

Quase que simultaneamente a Rousseau, a *Correspondance littéraire* também responde a Voltaire, numa dura resenha do *Poema Sobre o Desastre de Lisboa*[13]. Provavelmente redigida por Grimm, não deixa de refletir a posição de Diderot, cuja *Carta a Landois* figura ao lado da resenha no mesmo exemplar de julho de 1756 da *Correspondance littéraire*.

Com efeito, a mesma profissão de fé materialista e "fatalista" que anima o texto de Diderot combate o suposto antropocentrismo do Poema de Voltaire e defende a existência de leis gerais e harmonia preestabelecida, contra a ameaça do caos, quebra arbitrária da

---

12. Sobre a paródia e o "anti-romance", ver A. Kibedi Varga, "Le roman est un anti-roman", *Littérature*, n. 48, déc. 1982, e sobre as duas linhas estilísticas do romance, segundo M. Bakhtin, *Questões de Literatura e Estética*, São Paulo, Hucitec/Unesp, 1988.

13. O *Poema*, concluído em novembro de 1755, foi publicado em março de 1756. A Carta de Rousseau, impressa apenas em 1759, é datada de 18 de agosto de 1756. A resenha da *Correspondance littéraire* sai em 1º de julho de 1756.

A JORNADA E A CLAUSURA

cadeia dos acontecimentos. É curioso notar como, às vésperas de uma ruptura definitiva, Rousseau e o clã dos *philosophes*, cada um de seu lado, reagem imediata e severamente contra o desabafo de Voltaire. O fato é que este último parece invalidar todo o progresso, alcançado nas últimas décadas, no sentido de laicizar a ordem reconfortante da Providência divina, demolindo numa só tacada não apenas a versão dogmática mas também a sua naturalização, que se apresenta como determinismo universal[14].

"Abandono Platão e rejeito Epicuro. / Bayle sabe mais do que todos; eu vou consultá-lo: / Com a balança na mão, Bayle ensina a dúvida...": o retorno ao ceticismo de Bayle, a essa altura, em que Diderot parece estar amadurecendo sua visão "neospinozista"[15] vagamente leibniziana, da "grande cadeia dos seres" e da ordenação do "grande Todo", só pode soar como retrocesso. Porém, é evidente que a resposta simultânea não reconcilia em absoluto duas posições tão irredutíveis quanto as de Diderot e Rousseau: a *Carta a Landois* responde tanto a Voltaire quanto ao autor da *Nova Heloísa*, quando esvazia o sentido da palavra liberdade, entendida como liberdade moral, noção da qual Rousseau nunca quis abrir mão[16].

Afirmando, pois, sua moral materialista contra a consciência, instinto divino, de Jean-Jacques, Diderot também retoma sua anti-

14. "Ou o homem nasceu culpado, e Deus pune sua raça, / Ou tal amo absoluto do ser e do espaço, / Sem ira ou piedade, tranqüilo, indiferente, / Dos primeiros decretos segue o eterno tormento; / Ou a matéria informe, a seu amo rebelde / Traz em si os defeitos necessários como ela; / Ou então Deus nos testa, e a estadia mortal / É mera e estreita passagem para o mundo eterno" (*Mélanges*, Pléiade – Gallimard, p. 307).

15. Ver, a esse respeito, o excelente livro de Paul Vernière, *Spinoza et la pensée française avant la Révolution*, Paris, Presses Universitaires de France, 1982.

16. É o que sugere Georges Roth, nas suas notas à *Correspondance* de Diderot, em que ele lembra que este último poderia ter tido acesso ao seguinte trecho do romance de Rousseau: "Ouço com freqüência raciocinarem contra a liberdade do homem e desprezo todos esses sofismas, porque um sofista bem pode me provar que eu não sou livre, o sentimento interior, mais forte que todos os argumentos, os desmente sem cessar..." (Paris, Éditions de Minuit, 1955, vol. I (*1713–1757*), p. 213.)

184

ga discussão com Voltaire, iniciada anos antes, na resposta desse último à leitura da *Carta Sobre os Cegos*: "eu vos confesso que não concordo absolutamente com Saunderson, que nega um Deus porque nasceu cego..."[17]. Em 1749, Diderot já invoca, contra o deísmo de Voltaire, os mesmos argumentos deterministas que ele invocará, indiretamente, na *Correspondance littéraire* de 1756, contra o ceticismo revoltado do *Poema Sobre o Desastre de Lisboa*. Saunderson, imagina ele, poderia ter dito: "se nunca tivesse havido seres, nunca os teria havido; pois, para dar-se a existência, é preciso agir, e para agir é preciso ser...". E assim segue, na sua carta a Voltaire, atribuindo a Saunderson, como muitos já notaram, as mesmas palavras do personagem "spinozista" Oribaze, da *Caminhada do Cético*.

Nessa breve reconstituição da polêmica despertada pelo poema de Voltaire, podemos perceber como, apesar do processo avançado de laicização do pensamento filosófico, nesse meio de século, as mesmas antinomias com que se confrontavam, no século anterior, as diversas versões teológicas da idéia de Providência, ainda dividem, como diz Jean Ehrard, num resumo muito claro do debate, os filósofos da Natureza, a partir do momento em que a existência do Mal já não pode ser negada.

Chegamos também, remontando da Carta a Landois de 1756 à Carta a Voltaire de 1749, ao texto de Diderot em que ele dá os primeiros passos no sentido de elaborar um sistema materialista, inspirado numa leitura um tanto vaga de Spinoza e que deve desabrochar, alguns anos mais tarde, na trilogia do *Sonho de d'Alembert*. Contudo, a maior curiosidade a respeito da *Caminhada do Cético* nem é tanto a simpatia manifesta pelas idéias spinozistas, que Diderot deve continuar reafirmando em muitos outros textos, mas a sua forma pura de alegoria, que ele jamais retomará de maneira tão explícita.

Nessa representação de uma humanidade peregrina, que evolui em três caminhos distintos, a *Aléia dos espinhos* da religião, a *Aléia*

17. *Correspondance*, *op. cit.*, p. 74.

*das castanheiras* dos filósofos e a *Aléia das flores* dos mundanos – mais um jardim do que um caminho – Diderot encena o confronto de todos os sistemas, distribuindo entre os diversos personagens a defesa de cada um deles. As dificuldades de uma fórmula ainda condicionada pela tradição retórica medieval se evidenciam na composição dessas criaturas que, como diz J. Chouillet, não são nem exatamente homens, nem exatamente idéias[18]. A partir desse esquema básico da alegoria, no entanto, Diderot amadurece sua técnica romanesca que, como vimos no capítulo precedente, quebra a rigidez da estrutura alegórica ao cruzá-la experimentalmente com formas incipientes da narrativa realista. Em *A Religiosa*, isto se dá pela inserção do Prefácio-Anexo, no qual os personagens são tratados como indivíduos singulares, e não como entidades emblemáticas, como parece ser o caso nas Memórias de Suzanne. Tentaremos compreender agora de que maneira alegoria e realismo se entrecruzam, de forma mais complexa, na estrutura de *Jacques, o Fatalista* (1778).

## O ROMANCE

O leitor acostumado com a narrativa fluida do chamado "grande realismo" tende a reconhecer, nas memórias de Suzanne Simonin, aliviadas do confuso Prefácio-Anexo da *A Religiosa*, a representação realista, talvez algo melodramática, de uma trajetória individual. A surpresa maior do leitor de Diderot fica por conta de *Jacques, o Fatalista*, romance que contrasta com a história da infeliz religiosa, não apenas na oposição entre o *topos* da clausura e o da estrada aberta, nos moldes da picaresca, como também no experimentalismo aparentemente mais assumido, que faria dele um precursor muito precoce das vanguardas literárias do século XX. Na

---

18. *La Formation des idées esthétiques de Diderot*, Paris, Armand Colin, 1973, pp. 69–86.

verdade, vimos no capítulo anterior como, provavelmente, o realismo de *A Religiosa* não se encontra exatamente onde a ilusão retrospectiva nos induz a identificá-lo, e tentamos destacar a contaminação romanesca da alegoria filosófica por um experimentalismo que deve servir ao amadurecimento da narrativa realista, e não à desagregação de um estilo literário ainda em formação. Assim como no *Jacques*, teríamos aqui – como diz Franklin de Matos, respondendo definitivamente ao anacronismo de certas leituras do romance – antes um "capítulo da pré-história do romance realista" do que um "precoce exemplo de narrativa contemporânea"[19].

Por outro lado, a complexidade da estrutura narrativa de *Jacques, o Fatalista* é tal que o comentador chega a acreditar na inexistência de um plano, como se os episódios se sucedessem ao sabor do acaso e das associações de idéias do autor: inscrevem-se nessa linha tanto interpretações mais sensatas, que insistem na aproximação do romance de Diderot com o *Tristram Shandy* de Sterne, quanto as mais delirantes, que fazem do enciclopedista um precursor da escrita automática do surrealismo. Essas explicações, contudo, podem não satisfazer um leitor cismado, que, como Goethe[20], acredita num princípio organizador, no meio desse caos de episódios aparentemente desconexos, onde o único padrão parece ser o da ruptura. De fato, a leitura de *Jacques*, quase tão divertida quanto a do *Shandy*, causa um certo desconforto, acentuado pelas interpelações provocativas e impertinentes do narrador, por deixar a impressão de que alguma coisa se esconde por trás da sucessão dos episódios, acenando às vezes para o leitor, chamando-lhe a atenção e deixando pistas, entre um episódio e outro, como as inúmeras referências literárias, sem que nenhuma pareça conclusiva.

---

19. "As Armadilhas Fatais de Denis Diderot" (especial para o caderno *Mais!* da *Folha de S. Paulo*, edição de 18-VII-93).
20. Que teria lido *Jacques le Fataliste* no exemplar da *Correspondance littéraire* do Duque de Saxe-Gotha (cf. introdução de Paul Vernière à edição de bolso da Garnier/Flammarion, Paris, 1970).

A JORNADA E A CLAUSURA

O entrelaçamento dos três temas – da viagem picaresca, do fatalismo e dos amores de Jacques – sugere a Paul Vernière a comparação com o *Cândido* de Voltaire, para melhor destacar o choque entre "duas estéticas e duas filosofias": nesse último, a mesma combinação de viagem, amores e tema filosófico "faz o jogo da continuidade absurda", enquanto Diderot "prefere a descontinuidade"[21]. Essa "continuidade absurda" de que fala Vernière é analisada por Starobinski, num ensaio sobre o *Cândido*, de uma maneira muito esclarecedora para quem quer entender as relações intertextuais entre as duas obras. Segundo ele, no *Cândido*, "a história se desenvolve em breves episódios, onde funciona uma causalidade curta". Ou seja, "segundo uma tomada de posição de empirismo radical, que nada quer conjeturar do que escapa à constatação, considera-se aqui apenas a causa próxima e o efeito subseqüente. Assim, a razão suficiente se reduz à mera causalidade eficiente". O "encolhimento do campo causal" isola o acontecimento de maneira a reduzi-lo ao absurdo, e a "grande cadeia dos seres e dos acontecimentos" desaparece, ou aparece sempre interrompida[22].

A narrativa não se fragmenta nem se multiplica em vários níveis que se cruzam, como no *Jacques*, e segue, de maneira mais linear, como cabe a um conto, o percurso do personagem. Porém, a concisão mais clássica que barroca não trai a estratégia do autor, que faz a narrativa parecer minada pela ausência de um sentido metafísico – ausência evidenciada, porém, assim como na picaresca original, onde a orientação providencial só se faz presente na constatação da sua ausência. Enquanto um autor como Lawrence Sterne completa a transformação da narrativa romanesca, libertando-a dos esquemas alegóricos e sustentando-a no empirismo psicológico (é a subjetividade shandyana que garante a coerência e a continuidade entre episódios e extrapolações incongruentes do *Tristram*

---

21. *Op. cit.*, p. 14.
22. J. Starobinski, "Candide et la question de l'autorité", *Essays... in Honour of Ira Wade*, Droz, 1977 (citado por J. Goldzink, Collection Texte et contexte, Magnard).

*Shandy*), falta ao *Cândido* um princípio organizador: o jardim – que é preciso cultivar – parece bem exíguo após a falência estrondosa dos romances da metafísica e da metafísica dos romances.

Assim como a carta a Landois de 1756 (onde Diderot parece dirigir-se tanto a Rousseau quanto a Voltaire) responde, simultaneamente, à resenha de Grimm, ao *Poema Sobre o Desastre de Lisboa*, alguns anos mais tarde, quando redige a história de Jacques e seu amo, Diderot deve ter em mente o *Cândido*, reedição romanceada do poema de Voltaire. De fato, é possível estabelecer uma continuidade entre a *Carta a Landois* e *Jacques, o Fatalista*, paralela àquela constatada entre o *Poema* de Voltaire e o seu *Cândido*.

> E mais, não parece que toda a natureza conspira contra vós, que o acaso reuniu todos os tipos de infortúnios para derramá-los sobre vossa cabeça? Onde diabos tomastes este orgulho? Meu caro, estimais-vos demais, concedeis-vos demasiada importância no universo.

Diderot diz aqui, a Landois, exatamente a mesma coisa que Grimm, na sua resenha, contra Voltaire:

> Que orgulho é este de contar-vos por alguma coisa na imensidão e de atacar a ordem geral pelo aniquilamento de alguns seres aos quais vos interessais por um retorno involuntário sobre vós e vossa fraqueza...?

A necessidade de preservar a idéia de uma ordem geral impõe restrições ao individualismo que ainda não se afirmou, como na Inglaterra, integrando-se à nova ordem do capitalismo nascente. A fragmentação na cadeia dos seres e dos acontecimentos não preocupa o herói de Sterne, por exemplo, solidamente ancorado na sua subjetividade, nem o de Defoe, perfeitamente adaptado às leis do mercado.

Mas, ao mesmo tempo em que a *Carta a Landois* e a resenha de Grimm marcam posição contra o empirismo radical de Voltaire, elas avançam na construção de um sistema materialista, que, "trocando o tom do pregador pelo do filósofo", visa tanto o deísmo de Rousseau quanto a ortodoxia cristã:

A JORNADA E A CLAUSURA

Mas, se bem que o homem que faz o bem ou que faz o mal não seja livre, o homem ainda é um ser que é possível modificar; é por essa razão que é preciso destruir o malfeitor em praça pública. Daí os bons efeitos do exemplo, dos discursos, da educação, do prazer, da dor, das grandezas, da miséria, etc.; daí uma espécie de filosofia cheia de comiseração, que provoca atração pelos bons, que tampouco irrita contra o mau quanto contra um furacão que nos enche os olhos de poeira.

É todo um programa que a *Carta a Landois* defende aqui e que a "filosofia misericordiosa" deve impor como tarefa ao romancista: contra o sentimento do absurdo que a ruptura da "grande cadeia dos seres" deixa no indivíduo desamparado, e contra o idealismo moral do autor da *Nova Heloísa*, a ética materialista de Diderot pretende evidenciar as conexões internas que a lei geral da natureza garante e à qual é preciso submeter-se com sabedoria.

É assim que se dá a passagem da "continuidade absurda" do *Cândido* à "descontinuidade" do *Jacques*: enquanto Voltaire desmonta, na narrativa romanesca, a integridade do sistema do Otimismo, quebrando os elos da grande cadeia, de forma mais contundente que nos verbetes do *Dicionário Filosófico*[23], Diderot parte do aparente caos para reproduzir, entre os episódios desconexos da jornada de Jacques e seu amo, a ordem secreta do mundo, uma ordem sempre em movimento e sujeita a revoluções, flexível e forte o suficiente para resistir à desintegração dos dogmas e sistemas[24].

23. Cf. edição Garnier/Flammarion, Paris, 1964, p. 110: "[...] Mas parece-me que abusam estranhamente da verdade desse princípio. Dele se conclui que não há o menor átomo cujo movimento não tenha influído no arranjo do mundo inteiro; que não há o menor acidente, entre os homens ou entre os animais, que não seja um elo essencial da grande cadeia do destino" (verbete "Cadeia dos Acontecimentos").
24. Cf. na *Carta Sobre os Cegos*: "O que é esse mundo, Senhor Holmes? Um composto sujeito a revoluções, que indicam todas uma tendência contínua à destruição; uma sucessão de seres que se seguem, se empurram e desaparecem; uma simetria passageira, uma ordem momentânea" (*Oeuvres philosophiques*, Paris, Garnier Frères, 1956, p. 123).

Essa ordem secreta do romance, "espelho que ele passeia ao longo da estrada", que tantos desde Goethe foram capazes de intuir, nunca foi melhor demonstrada quanto na cuidadosa exegese de Francis Pruner em *L'Unité secrète de Jacques le Fataliste*[25]. Passo a passo, ele revela a rigorosa construção do romance, onde cada passagem e cada ruptura é significante e remete à filosofia de Diderot, com toda a coerência que é possível esperar de uma análise que não quer ceder às ilusões retrospectivas. De nossa parte, pretendemos deter-nos em apenas alguns trechos do romance, onde melhor se percebe a transformação do itinerário errante do pícaro pela descoberta romanesca da ordem natural do mundo.

A crença no encadeamento causal dos acontecimentos segundo um plano invariável não requer necessariamente a adesão à metafísica dos romances e aos romances da metafísica, segundo a tradição romanesca: é o que fica claro, logo no primeiro parágrafo de *Jacques, o Fatalista*, quando a questão relativa ao destino último do homem é descartada sem cerimônia com um "Sabe-se lá onde se vai?". Por outro lado, a representação do indivíduo, assim como no *Cândido*, ainda não renuncia ao esquema alegórico em favor do tratamento realista dos personagens, evidenciando – pelo contrário – a alegoria, na indefinição espacio temporal da situação romanesca. "Como se chamavam? Que vos importa?" Enquanto o romance realista, à maneira de Richardson, tão admirado por Diderot, (que graças aos pequenos fatos verdadeiros convence o leitor) tende a personalizar suas criaturas por meio de nomes próprios, aqui, um dos personagens principais do périplo picaresco não chega a ter nome, como o amo, e o outro tem um nome que, tradicionalmente, simboliza todo camponês francês. Nada menos individualizante do que essa dupla, Jacques e seu amo, que desdobra, como já fizera Cervantes, a figura itinerante em dois personagens que dependem um do outro.

25. Paris, Lettres Modernes/Minard, 1970.

A resposta à primeira pergunta ("Como se encontraram? Por acaso como todo o mundo") costuma ser invocada pelos comentadores que se recusam a levar a sério a profissão de fé determinista, atribuída ao antigo capitão de Jacques ("O amo não dizia nada; e Jacques dizia que seu capitão dizia que tudo o que acontece com a gente de bom ou de mau, aqui embaixo, estava escrito lá em cima"). O reconhecimento do acaso transforma-se para eles na defesa da liberdade – o fatalismo de Jacques sendo interpretado como sátira do determinismo – e o romance todo vira um hino à liberdade metafísica do homem. Ora, não parece necessário que o determinismo segundo Diderot exclua sem restrições toda noção de acaso, já que as duas idéias convivem pacificamente desde as suas raízes epicuristas.

Mas o fato é que a grande matéria para controvérsias, entre os comentadores do romance, reside justamente no sentido que é possível atribuir ao "fatalismo" de Jacques, ou de seu capitão. Há quem leve a sério o mote fatalista e veja no romance a defesa mais extremada de uma posição perigosa, rigorosamente condenada pelas autoridades eclesiásticas, e há quem, pelo contrário, perceba no "grande rolo", sempre invocado por Jacques, onde "tudo está escrito", uma nítida intenção satírica, nos moldes do "tudo está bem" do *Cândido*. A comparação parece fácil, posto que Jacques repete o refrão fatalista, pontuando a narrativa, da mesma forma que Cândido invoca a máxima do dr. Pangloss, a cada nova calamidade que lhe acontece. No entanto, a construção mais complexa do romance de Diderot não permite uma leitura tão transparente quanto a do conto voltairiano. A não ser que se tome como exemplo a ambigüidade, comentada acima, da intervenção do anjo Jesrad, no *Zadig*, onde é possível hesitar entre a seriedade da alegoria e a sua paródia.

Mas nem só de Voltaire vive o "país dos romances" segundo Diderot. A evolução dos personagens não transcorre, é verdade, entre a Alta Romância e a Baixa Romância do padre Bougeant, mas as referências muito claras a algumas obras específicas marcam o itinerário romanesco com balizas próprias, capazes de articular as idéias do *philosophe* com a flexibilidade literária que falta aos sistemas. Assim, uma das lembranças mais vivas na viagem de Jacques e seu amo é, provavelmente, aquela de Dom Quixote e Sancho Pança, que, como dissemos acima, completa a transição entre a picaresca original e a reinterpretação do gênero por Diderot.

Sabemos que Cervantes não simpatizava muito com o gênero picaresco, que servia freqüentemente de matéria para seu talento paródico – em algumas das *Novelas Exemplares* – assim como os romances de cavalaria lhe serviram no *Dom Quixote*. Vale lembrar que o pícaro percorre um caminho paralelo ao do herói cavalheiresco, na medida em que seu destino também depende do acaso dos encontros[26], assim como representam, ambos à sua maneira, a figura do indivíduo desprendido de relações comunitárias, que conta, na sua jornada, apenas consigo mesmo e com suas qualidades morais próprias. De fato, não somente o pícaro e o cavalheiro são ambos dotados, simultaneamente, de uma boa dose de ingenuidade e esperteza, como também encontram na alegoria – gloriosa, no caso do cavalheiro, e degradada, no caso do pícaro – a forma de expressão de sua interioridade, assim como sua integração num princípio universal[27]. O que muda, além da mancha, simbólica, do nascimento do pícaro, é a representação de uma realidade vulgar que contrasta com o mundo maravilhoso dos heróis cavalheirescos e que impõe a degradação dos valores tradicionais.

Mas, como insiste Démoris, na obra citada, se a picaresca pode ser considerada como resposta ao romance de cavalaria, nunca faz a sua paródia[28]. Só no *Dom Quixote* o cruzamento do idealismo

---

26. E não do trabalho, nota Démoris (*op. cit.*, p. 16), que continua a comparação, dizendo do pícaro: "e a conformidade que demonstra não deixa de lembrar o neo-estoicismo em que se refugia a ética aristocrática às voltas com uma sociedade que está mudando". A respeito da dívida de *Dom Quixote* para com a novela picaresca e das relações entre o pícaro e o cavalheiro, ver também a boa síntese de Franklin de Matos, *O Leitor Quixotesco, o Leitor de D. Quixote* (Tese de doutoramento, USP, 1979), pp. 12–14.
27. A respeito da reflexão alegórica na épica cavalheiresca, cf. A. Gurevich, *op. cit.*, cap. 7: "Knights and Merchants".
28. Cf. *op. cit.*, p. 18.

## A JORNADA E A CLAUSURA

cavalheiresco com o mundo prosaico da vida cotidiana vai abalar o prestígio literário de um gênero ultrapassado e mudar a relação do leitor com a representação alegórica do indivíduo no romance. De fato, ao substituir o narrador solitário da aventura picaresca pelo diálogo entre dois personagens e dois pontos de vista contrastantes e complementares – procedimento recorrente na ficção cervantina, tanto na sua obra-prima, quanto nas novelas de tema picaresco – Cervantes relativiza o discurso unívoco do pícaro, permitindo uma representação mais aberta da realidade e envolve o leitor, através do procedimento do romance dentro do romance, numa perspectiva literária bem mais complexa[29]. O indivíduo passa a definir-se, então, muito mais na sua relação com o outro, o seu semelhante, que partilha suas aventuras na Cidade terrestre, do que pelo lugar que ocupa na Criação e no plano providencial. Por outro lado, suas relações passam a ser mediadas, não mais pela palavra das Escrituras, mas pela ficção romanesca, quer a épica cavalheiresca, a pastoral quer a picaresca.

Vimos que Jean-Jacques, nas suas *Confissões*, estabelece um diálogo com a tradição picaresca através da versão de Lesage – do pícaro que ascende socialmente – mas acaba redescobrindo alguma coisa do sentido transcendente do mito original. No meio do caminho, no entanto, algo se interpõe e não permite que a possibilidade de Redenção – desenlace original da aventura picaresca – se concretize: a perversão de uma sociedade desnaturada, é certo, mas também seus reflexos na subjetividade do jovem herói, levado a romancear equivocamente os dados de sua existência.

O quixotismo de Jean-Jacques serve, pois, para ilustrar o sistema filosófico de Rousseau, que opõe à ortodoxia da religião uma interpretação não menos idealista do *homo viator*. No caso do ro-

---

29. Cf. o artigo de C. B. Aguinaga, "Cervantes and the Picaresque Mode: Notes on Two Kinds of Realism", em *Cervantes, a Collection of Critical Essays*, ed. by Lowry Nelson, Jr., Twentieth Century views, Prentice-Hall, Inc., Englewood Cliffs, New Jersey, 1969. Ver também a obra citada de L. F. Franklin de Matos.

mance de Diderot, a influência de Cervantes abre muito mais para a experimentação realista, mesmo que a expressão alegórica a serviço da filosofia ainda conserve a sua eficácia. Ou seja, a superposição narrativa que cruza as várias histórias nos diferentes níveis da narração (os amores de Jacques, os amores do amo, assim como os episódios narrados pelos personagens secundários têm vida própria e contêm, potencialmente, todos os predicados desenvolvidos posteriormente pelo grande realismo) não deixa de referir-se a uma ordem geral que transcende a mera ordem literária. Após o processo da metafísica dos romances, levado a cabo no *Cândido*, versão reduzida e negativa da exuberância quixotesca, Diderot estabelece seu diálogo com a tradição picaresca pela via cervantina da paródia, mas não faz obra de demolição como Voltaire, permitindo ainda à literatura falar de algo maior que o próprio jardim.

A dupla formada por Jacques e seu amo reproduz o esquema dialógico da narrativa cervantina, mas troca de certa forma os papéis, fazendo do servidor o protagonista com idéias próprias e do amo, a voz do senso comum. Porém, enquanto Dom Quixote representa a encarnação do idealismo romanesco, que é preciso combater, o motivo filosófico em questão no *Jacques*, ou seja, o fatalismo, vem carregado de valores positivos. Assim, a crise da representação alegórica do *homo viator*, que se abre na picaresca original – resolvendo-se provisoriamente na obra cervantina, através dos recursos paródicos – acaba completando, no romance de Diderot, o seu processo de laicização romanesca, na medida em que o destino individual passa a ser regido por leis naturais de encadeamento causal e não mais por um plano providencial[30].

---

30. Um grande estudioso da obra cervantina, Américo Castro, atribui ao próprio *Dom Quixote* a moral naturalista e determinista, de origem estóica, da qual Diderot será o grande divulgador. Acreditamos, no entanto, na relevância das restrições a essa interpretação feitas por parte de Luis Rosales no seu *Cervantes y la Libertad* (Madrid, Ed. Cultura Hispánica, 1985, 2 vols.), ainda que talvez este último insista demasiadamente sobre a ortodoxia do pensamento teológico num romance que parece passar meio por cima dos artigos de Fé.

A linearidade da confissão picaresca é rompida pela inserção de relatos secundários – que interrompem a narrativa dos amores de Jacques – assim como pelos comentários do narrador, que evidenciam os artifícios romanescos tradicionais, propondo como alternativa o "espelho que ele passeia ao longo da estrada". Entre um episódio e outro, o trajeto dos dois personagens reproduz a cadeia ininterrupta dos acontecimentos, partindo, como que por acaso, do tiro no joelho de Jacques, recebido na batalha de Fontenoy, e sem o qual ele não teria se apaixonado, nem ficado manco. Seria também por acaso que a batalha onde Jacques lutara, ao lado de seu capitão (que dizia que "tudo estava escrito..."), é a mesma onde também fora ferido o narrador da *Caminhada do Cético*? Forçado, como Jacques, a convalescer nos fundos de uma província solitária, ele acaba    evocando a lembrança de Cléobule, seu guia nos caminhos da sabedoria. O diálogo entre o ancião e Ariste – esse narrador que bem poderia ser o capitão de Jacques, ou algum de seus amigos – reprozido no Discurso preliminar, caracteriza o personagem de Cléobule como o velho e prudente filósofo, que teme divulgar a verdade entre os homens, por receio não só das represálias das autoridades políticas e religiosas, mas também das conseqüências no comportamento moral do homem comum, liberto dos preconceitos e dos freios que a religião impõe. O antagonismo respeitoso e ligeiramente irônico que opõe o jovem e entusiasmado Ariste ao seu interlocutor não pode deixar de lembrar a relação entre duas gerações de *philosophes* e, mais particularmente, o diálogo entre Diderot e Voltaire[31]. Já comentamos, a propósito da *Caminhada do Cético*, como o debate que opõe as diferentes seitas da aléia das castanheiras parece resolver-se a favor do determinismo neospinozista – que encontra expressão popular no grande rolo de Jacques. Também notamos que a continuidade entre os dois textos ainda pode ser reconhecida no amadurecimento da forma alegóri-

---

31. Aproximação já sugerida por F. Venturi (Assézat-Tourneux, I, 114 – citado por J. Chouillet, *La Formation...*, p. 77).

ca, que ganha flexibilidade e vitalidade no romance, ao absorver parcialmente os recursos da narrativa realista. Finalmente, a citação aparentemente fortuita da batalha de Fontenoy, na abertura do romance, remete não só ao *Discurso Preliminar* da *Caminhada do Cético*, como também, no diálogo ininterrupto com Voltaire, ao poema deste último em louvação aos grandes feitos militares do rei. A guerra, do ponto de vista dos feridos (Ariste e Jacques), nem é motivo de glória, como defende Voltaire no *Poema de Fontenoy*[32], nem prova a vitória do caos sobre a boa ordem do mundo, como no *Poema Sobre o Desastre de Lisboa*[33]: é apenas um elo a mais na cadeia, um mal de onde pode surgir um bem, como demonstra o exemplo de Jacques, que não teria se apaixonado se não se tivesse ferido.

Enquanto conversam, ou, melhor, enquanto Jacques tenta contar a história de seus amores, sempre interrompida por encontros casuais, que dão origem a inúmeras digressões, assim como pelos comentários do narrador, ele e seu amo avançam no caminho que deve levá-los não se sabe aonde – já que a pergunta insistente do leitor é sempre afastada pelo narrador: "Se eu começo o assunto de sua viagem, adeus os amores de Jacques...". Francis Pruner desvenda o sentido oculto das etapas dessa viagem, no que ela reproduz, alegoricamente, a trajetória do homem no mundo, desde sua origem hipotética, do estado de natureza anterior às leis (a primeira noite, em que Jacques e seu amo dormem a céu aberto, e a segunda, onde vão parar numa perigosa hospedaria) até o estabelecimento das leis civis (a terceira noite, em que se hospedam na casa do "Magistrado"). Assim não é por acaso, afinal, que a narrativa se inicie com a lembrança de Jacques, "entranhado sob o monte de mortos e feridos" da batalha de Fontenoy – que remete, de acordo com Pruner, ao estado de natureza segundo Hobbes, por exemplo.

---

32. Onde ele diz coisas do tipo: "O mais amado dos Reis / é também o Maior"...
33. Cf. artigo citado de Starobinski (a propósito dos dois poemas de Voltaire).

A JORNADA E A CLAUSURA

Não se trata de resumir aqui a exegese de Francis Pruner, cujo método tentamos aplicar, no capítulo anterior, ao romance da *Religiosa*. Mas tampouco podemos ignorar esse valioso guia, que mapeia com precisão o itinerário de nossos personagens. Gostaríamos, no entanto, de lembrar como o mapa alegórico da viagem de Jacques e seu amo se desdobra, na paródia literária, de maneira que a alegoria seja capaz de falar não só do mundo, da ordem geral dos acontecimentos, mas de alguma forma também de si mesma, introduzindo uma reflexão estética que se desprende da metafísica materialista do *Jacques, o Fatalista*.

A passagem que melhor revela a estratégia inovadora do romance, enquanto exposição de idéias filosóficas, comparada à construção estritamente alegórica da *Caminhada do Cético*, é justamente aquela do castelo, onde uma alegoria das mais convencionais é apresentada e questionada com ironia. Trata-se de um episódio em que, ao fugir de uma tempestade, Jacques e seu amo se deparam com um castelo imenso, no frontispício do qual se lê a seguinte inscrição: "Não pertenço a ninguém e pertenço a todos. Vós aqui estáveis antes de aqui entrar, e ainda aqui estareis quando daqui sairdes"[34]. A inscrição do frontispício, reproduzida entre aspas, se encontra isolada entre duas seqüências de curtas interrogações que aceleram o diálogo entre o leitor curioso e o narrador meio insolente. Podemos citar, como exemplo da irreverência do narrador, na seqüência interrogativa que antecede a inscrição, "E que diabos tendes com isso?", a respeito da eterna curiosidade do leitor hipotético quanto ao destino dos viajantes, e, na seqüência que sucede a inscrição, as brincadeiras com os paradoxos lógicos: "Eles entraram nesse castelo? – Não, pois a inscrição era falsa, ou já estavam nele antes de entrarem". A postura provocante do narrador, assim como o ritmo acelerado do diálogo, nesses trechos, contrastam com a majestade cerimoniosa da inscrição do frontispício, isolada fantasmagoricamente da vivacidade do diálogo. A crise da metafísica dos

34. *Idem*, p. 35.

romances exige uma tomada de posição diante de seus "recursos ordinários", ainda que o romancista não esteja pronto para abrir mão deles completamente. Aqui, a paródia da alegoria é a fórmula eficaz, encontrada por Diderot, para manter a subordinação da forma literária a uma idéia do mundo, ao mesmo tempo em que revela o potencial romanesco para a representação realista. De fato, a seqüência da narrativa evidencia a tensão que caracteriza uma literatura de transição. Após a quebra da rigidez alegórica, representada pelo diálogo vivaz com o leitor, a alegoria é retomada, sem maiores pudores, nem ironia:

> O que mais chocou Jacques e seu amo foi encontrar uma vintena de meliantes, que se tinham apropriado dos mais suntuosos apartamentos, onde quase sempre se sentiam apertados, que pretendiam, contra o direito comum e o verdadeiro sentido da inscrição, que o castelo lhes tinha sido legado com plena propriedade; e que, com a ajuda de um certo número de colhudos a seu serviço, convenceram outro grande número de colhudos a seu serviço, prestes por uma moedinha a enforcar ou a assassinar o primeiro que ousasse contradizê-los; contudo, no tempo de Jacques e seu amo, ousavam-no de vez em quando. Impunemente? – Depende.

Nada parece comprometer a transparência da imagem, e não vemos motivo para rejeitar a interpretação de Francis Pruner, que vê no castelo o questionamento da "ordem social fundada sobre a riqueza e a polícia"[35]. Por outro lado, tendo passado seu recado de forma inequívoca, Diderot distancia-se novamente, reassumindo abertamente a ironia:

> Dir-me-eis que me zombo, e que, não sabendo mais o que fazer com meus dois viajantes, me lanço na alegoria, o recurso ordinário dos espíritos estéreis. Sacrificar-vos-ei minha alegoria e todas as riquezas que dela poderia tirar, concordarei com tudo que desejardes, contanto que não mais me aborreçais a respeito do paradeiro último de Jacques e seu amo...

35. *Op. cit.*, p. 23.

O leitor bem poderia responder ao narrador que, na verdade, ele não pode "se lançar na alegoria", já que, como diz a inscrição do frontispício, já estavam nela antes de entrarem e continuarão nela até o paradeiro último, qualquer que seja ele, de Jacques e seu amo. Quanto às possibilidades da narrativa realista, elas parecem consideradas na longa enumeração de situações pitorescas que encerra o episódio:

> [...] quer tenham atingido uma cidade grande e tenham dormido com raparigas; quer tenham passado a noite com um velho amigo que os festejou o melhor que pôde; quer se tenham refugiado entre monges mendicantes, onde foram mal alojados e mal nutridos pelo amor de Deus; quer tenham sido acolhidos na casa de um nobre, onde lhes faltou todo o necessário, em meio a tudo o que é supérfluo; quer tenham saído de manhã de uma grande estalagem, onde lhes fizeram pagar muito caro uma ceia ruim servida em baixela de prata [...] quer tenham se embriagado com vinhos excelentes, comido fartamente e tido uma indigestão como se deve numa rica abadia de Bernardinos...

Como para provar a fecundidade espirituosa do narrador, acusado injustamente pelo leitor de lançar mão de um "recurso ordinário dos espíritos estéreis". Mas o fato é que, "se bem que tudo isso vos pareça igualmente possível, Jacques não compartilhava dessa opinião, nada havia de realmente possível senão aquilo que estava escrito lá em cima"[36]. Como num caleidoscópio, o leitor tem a oportunidade de imaginar rapidamente uma série de combinações possíveis, de reflexos variados da estrada do mundo; mas, para que Jacques e seu amo possam prosseguir no seu caminho, é preciso retomar a seqüência determinada de acontecimentos que não se dobra livremente à fantasia romanesca. Toda a estratégia narrativa do romance se encontra resumida nesse trecho de duas páginas em que se cruzam a alegoria, as possibilidades do realismo e os comentários críticos do narrador: é a movimentação desses três elementos que vai orientar o trajeto de Jacques e seu amo dentro dos limi-

36. *Idem*, p. 36.

tes precisos de uma aventura humana que desconhece a solidão picaresca.

De fato, ao contrário do pícaro original, que acaba se perdendo entre a Cidade dos homens e a Cidade de Deus, Jacques multiplica suas ligações com o mundo: "Acreditamos conduzir o destino, mas é sempre ele quem nos conduz; e o destino para Jacques era tudo o que o tocava ou o aproximava, seu cavalo, seu amo, um monge, um cachorro, uma mulher, uma mula, uma gralha" – e se vê sempre implicado em inúmeras situações exemplares, que interrompem a história de seus amores, assim como as intervenções do narrador, que comenta essa mesma história, sublinhando seu caráter realista, na oposição ao romanesco tradicional. É o que acontece na seqüência, quando Jacques consegue recuperar o relógio do amo e a bolsa, roubados na última etapa da viagem: situação tipicamente picaresca, mas que se resolve com a ajuda do magistrado, provando a necessidade (e eficácia relativa) das instituições legais. Que a justiça nem sempre prevalece, quando fere os interesses das instituições viciadas, é o que demonstra o episódio do bom irmão Ange e de Jean, o irmão (não tão inocente) de Jacques, que devem fugir das perseguições dos outros monges e acabam – piscadela irônica para Voltaire – esmagados no terremoto de Lisboa. Não é trágico nem absurdo o destino dos dois, mas mera decorrência do cruzamento fortuito de duas séries causais igualmente determinadas: de um lado, as conseqüências que podem ser previstas e evitadas, mediante as reformas institucionais ("o homem ainda é um ser que é possível modificar..."), de outro, as catástrofes naturais, que, como a morte, o destino último de cada um, devem ser aceitas com a resignação do sábio, que não se atribui um valor desmedido na ordem do mundo.

Enquanto os personagens interrompem, recuam e prosseguem o seu caminho, revelando no seu trajeto a grande cadeia dos seres e dos acontecimentos, o narrador interrompe, questiona e prossegue a narrativa, provando sua fidelidade necessária à verdade. É assim que, em determinado momento, ele encerra a conversa do

A JORNADA E A CLAUSURA

cirurgião com os camponeses que hospedam Jacques ferido, sugerindo outro desenlace, mais "romanesco", para o episódio:

[...] que outro colorido poderia ter-lhe dado, introduzindo um celerado entre essa boa gente? [...] Jacques ter-se-ia visto, ou vós teríeis visto Jacques, no momento de ser arrancado de sua cama, lançado numa estrada ou num charco. – Por que não morto? – Morto não. Eu bem poderia chamar alguém para socorrê-lo, esse alguém teria sido um soldado de sua companhia, mas isso teria fedido a *Cleveland* até a náusea.

Antes de atingir, de passagem, o autor do *Cândido*, na citação do terremoto de Lisboa, Diderot dirige sua ironia para o pobre Prévost, uma das principais vítimas da sátira de Voltaire, como para mostrar a originalidade de sua posição, que não se alinha nem com a metafísica dos romances, nem com o ceticismo estéril dos espíritos ordinários. "A verdade, a verdade; a verdade, dir-me-eis vós, é com freqüência fria, comum e chata" – argumenta o leitor hipotético de romances, que dialoga com o narrador, invocando o lado "picante" da representação literária da realidade, à maneira de Molière, Regnard, Richardson, Sedaine. O nome de Cervantes, que não é citado aqui, fica nas entrelinhas, na lembrança de algumas passagens do *Dom Quixote*, que parecem evocadas no trajeto de Jacques e seu amo.

Como dizíamos acima, o destino de Jacques era tudo que o tocava: por exemplo, seu cavalo. Como o Cavaleiro da Triste Figura, que deixava que Rocinante o levasse para onde quisesse, certo de que onde quer que fosse alguma aventura o aguardava, Jacques também deixava seu cavalo "ir segundo seu capricho, pois achava tão inconveniente pará-lo quando galopava, quanto apressá-lo quando marchava lentamente". Ou seja, a mesma imagem, do cavalo conduzindo seu cavaleiro, serve para mostrar ora a insensatez do idealismo romanesco, ora a sabedoria do indivíduo que se submete às determinações de seu destino. Poupando aborrecimentos desnecessários, Jacques acaba chegando ao seu lugar, junto a seu amo, conduzido com segurança por seu cavalo.

202

Mas a vida, como os romances mais realistas, também reserva surpresas. O narrador se recusava, dizia ele, a forçar os acontecimentos para torná-los mais romanescos, e eis que o cavalo de Jacques tem opiniões próprias e se lança, de repente, justamente num charco (o que o narrador não queria fazer, dizia ele) e, pior do que isso, num pequeno morro, entre forcas patibulares. Se Jacques fosse conseqüente no seu fatalismo, como diz o amo, lembrando-lhe sua doutrina, não haveria por que antecipar ou se preocupar: se estiver escrito lá em cima que ele há de ser enforcado, não há o que fazer para evitá-lo. Mas Jacques "permanece povo na sua conversa", e sobretudo supersticioso; a seqüência dos acontecimentos deve provar que nenhuma razão sobrenatural conduzia o seu cavalo, mais de uma vez, em direção ao patíbulo, e sim o hábito, já que o cavalo pertencera, como se descobre mais tarde, ao carrasco da cidade próxima.

O tema do destino individual e as implicações éticas que lhe estão associadas, desde a formulação agostiniana do *homo viator* – cidadão peregrino da *Civitas Dei* – se transforma, entre a versão picaresca, a paródia cervantina e romance filosófico, num sentido que não favorece necessariamente a expressão individualista. Enquanto o primeiro distanciava-se dos ideais cívicos da Antigüidade, afirmando-se como portador de uma verdade superior, adquirida na relação direta com o Criador, lançando, pois, as bases morais do individualismo moderno, o pícaro já representa uma crise, que sucede bem de perto ao renascimento humanista das forças individuais, após o longo domínio da escolástica. A incompatibilidade entre os valores cristãos e a experiência do homem no mundo não favorece a representação positiva do indivíduo, que se define no romance picaresco negativamente, como joguete do destino e da fortuna. Essa visão sombria é corrigida na versão cervantina, que lhe opõe a experiência cômica do indivíduo que tenta adequar sua existência aos valores ultrapassados da ética cavalheiresca: a alienação deixa de ser condição inevitável do destino humano, como aparece na picaresca, para qualificar a idiossincrasia rara de um indivíduo tresloucado. Quando Diderot se apropria do modelo quixotesco da

A JORNADA E A CLAUSURA

dupla itinerante e da paródia romanesca, ele redescobre, por sua vez, e como Rousseau através de Lesage, a dimensão metafísica da picaresca original, mas, ao contrário de Rousseau, que desmonta a estratégia arrivista do indivíduo burguês, acaba lhe conferindo uma dignidade cósmica. De fato, a "ordem do mundo", que absorve e absolve toda alienação particular, é reproduzida no trajeto de Jacques e seu amo como o inventário enciclopédico da experiência burguesa às voltas com novos padrões morais, mais flexíveis que a ética – contrária à natureza – da religião.

Entre a metafísica dos romances à maneira do *Cleveland* e a verdade "fria, comum e chata" do realismo vulgar, o romance deve escolher o caminho de uma "imitação mais rigorosa da natureza", sem a qual, segundo as sextas conjeturas da *Interprétation de la nature*, as produções da arte serão "comuns, imperfeitas e fracas". Nesse texto, que parece fazer a defesa irrestrita da filosofia experimental, Diderot mostra que de alguma forma continua seduzido pela "tentação metafísica", nem que seja através da admiração literária[37]. Essa admiração se expressa com maior entusiasmo no artigo *Ecletismo* da *Enciclopédia*, onde a comparação entre o gênio poético e o espírito de sistema completa a reabilitação estética da Metafísica[38], ao mesmo tempo em que reafirma a função utilitária

37. Como observa Paul Vernière, comentando uma passagem da *Interprétation de la nature* (*Oeuvres philosophiques*, Garnier, 1956, p. 192).
38. "Essas semelhanças (entre Plotino e Leibniz) serão menos surpreendentes a partir do momento que se conhecerem melhor o andamento desordenado e as divagações do Genio poético, do Entusiasmo, da Metafísica e do espírito sistemático. O que é o talento da ficção num poeta senão a arte de encontrar causas imaginárias para efeitos reais ou dados, ou efeitos imaginários para causas reais e dadas? Qual é o efeito do entusiasmo no homem que está enlevado senão o de fazê-lo perceber, entre seres distantes, relações que jamais alguém tinha visto ou suposto? Onde não poderia chegar um metafísico que, abandonando-se inteiramente à meditação, se ocupasse profundamente com Deus, com a natureza, com o espaço e com o tempo? A que resultado não seria conduzido um filósofo que perseguisse a explicação de um fenômeno da natureza através de um longo encadeamento de conjeturas?" (*apud* J. Chouillet, *op. cit.*, p. 409).

204

da literatura. A passagem entre a "imitação da natureza" segundo os cânones clássicos e a sua "interpretação" de acordo com as novas aquisições da ciência experimental não se dá, pois, através de uma verdadeira ruptura, mas antes, e graças às ousadias da imaginação, que permitem a descoberta de relações ocultas entre objetos distantes, através de uma "imitação mais rigorosa". Podemos entender esse maior rigor como a tentativa de reproduzir o encadeamento oculto dos acontecimentos, suprindo a ignorância inevitável das causas e efeitos dos fenômenos inumeráveis, por conjeturas, aparentes extravagâncias, como aquelas proferidas por d'Alembert adormecido. O projeto de "imitar a natureza" não muda, o que muda é a natureza, cujo movimento ininterrupto – ou "vicissitudes perpétuas" – só pode ser reproduzido através de um exercício da imaginação, definida como "memória das formas e das cores"[39], que se eleva acima da "verdade fria comum e chata", em busca de uma objetividade maior – mantendo a analogia entre poética e investigação científica. A contradição entre a natureza "fluxo perpétuo" de tipo heracliteano e a natureza "princípio de verdade", de tipo aristotélico, que se confrontam aqui, trazendo problemas tanto estéticos quanto éticos[40], parece resolver-se provisoriamente na "ordem momentânea" da obra literária, que não escamoteia a tendência de todas as coisas a passar e mudar – num mundo que está sempre se acabando e recomeçando.

A idéia de uma ordem geral da natureza encontra, a partir da *Carta Sobre os Cegos*, uma definição que contradiz a versão agosti-

---

39. *Le Rêve de d'Alembert*, Oeuvres philosophiques, ed. P. Vernière, Garnier, p. 367.
40. Analisados por Jacques Chouillet na obra citada (cf. p. 394). Franklin de Matos remete a Panofsky para pensar o conceito de "modelo ideal" segundo Diderot e formula com sutileza a dificuldade em questão como "a ligeira tensão platônico-aristotélica do conceito diderotiano". ("As Caretas de Garrick – O Comediante Segundo Diderot", em *O Filósofo e o Comediante: Ensaios Sobre Literatura e Filosofia no Século XVIII*, São Paulo, 1999). Ver também "A Cadeia e a Guirlanda", na mesma obra de Franklin de Matos, p. 56.

A JORNADA E A CLAUSURA

niana, de origem neoplatônica, da ordem providencial como estrutura fixada – hierárquica e eternamente – no plano divino. Mas a ordem momentânea de que fala Saunderson supõe uma desordem também momentânea, uma simetria que tende a se reconstituir. Nesse "composto sujeito a revoluções"[41], o mal físico e moral não representa o elo ausente que compromete qualquer tentativa reconfortante de explicação: ele é naturalizado e passa a integrar a ordem necessária dos acontecimentos, restabelecendo, assim, a harmonia rompida do providencialismo. Como o anjo, que diz para Agostinho *tolle, lege*, permitindo-lhe reordenar a sua existência na revelação do plano divino, alguém diz ao jovem leitor de *Da Interpretação da Natureza*: toma e lê[42], habilitando-o a medir suas forças e a investigar a natureza.

O conceito de livre-arbítrio era essencial, em teologia, para explicar a existência do mal e garantir a moral: se o homem pode escolher entre uma boa ou má ação, ele se responsabiliza, individualmente, por ela e tranqüiliza sua consciência no exercício da confissão e do perdão, mantendo-se no caminho da Cidade de Deus. Assim, as conseqüências morais do determinismo têm de ser consideradas num sistema que pretende fundar uma nova ética que não dependa das sanções religiosas. Desde a *Carta a Landois*, Diderot propõe a substituição das idéias de vício e virtude por aquela de beneficência e maleficência:

Mas, se não há liberdade, não há ação que mereça louvor ou reprovação; não há nem vício nem virtude, nada pelo qual seja necessário recompensar ou castigar. O que distingue então os homens? A beneficência e a maleficência. O malfeitor é um homem que é preciso destruir e não punir; a beneficência é uma sorte e não uma virtude[43].

41. Cf. acima, p. 190, nota 24.
42. "Jovem, toma e lê. Se puderes chegar ao fim desta obra, não serás incapaz de compreender outra melhor. [...] Alguém mais hábil te ensinará a conhecer as forças da natureza; bastar-me-á ter-te feito experimentar as tuas. Adeus" (*Oeuvres philosophiques*, ed. P. Vernière, Garnier, p. 175).
43. *Correspondance*, ed. Roth, p. 214.

Aqui, toda a moral do sentimento, fundada numa adesão imediata a uma ordem boa da natureza, se desvanece em proveito de uma moral social que vê nas recompensas e nos castigos "meios de corrigir o ser modificável que chamam de mau e de encorajar aquele que chamam de bom"[44]; já que, afinal, "o homem ainda é um ser que é possível modificar"[45].

As conseqüências dessa tomada de posição são, em primeiro lugar, uma retração do individualismo fundado na moral da intenção, à maneira de Abelardo, e, de outro, a elevação a uma posição privilegiada (ocupada pelo livre-arbítrio na ética cristã) da idéia de perfectibilidade. É essa idéia otimista que transparece na jornada de Jacques e seu amo, conduzindo-os entre as etapas do caminho, como entre as conjeturas de um pensamento moral relativista mas seguro.

Retomando o roteiro proposto por Francis Pruner, ou, nas suas palavras, "o fio de Ariadne" que pode nos conduzir no labirinto de Diderot, lembramos que ele divide o romance em três etapas. Na primeira, que transcorre rapidamente entre a lembrança do ferimento de Jacques na batalha de Fontenoy e a passagem pela hospedaria sinistra – situada em terras desoladas e sem lei, onde Jacques enfrenta um grupo de bandidos perigosos – Pruner reconhece a alegoria do "estado de natureza", com toda a insegurança que este supõe. A segunda grande etapa corresponderia aos quinto e sexto dias de viagem, que formam um todo (assim como os três primeiros e os três últimos), colocado sob o signo da lei civil e das noções correlativas do justo e do injusto[46].

Nessa segunda etapa da viagem de Jacques e seu amo, que já começamos a comentar acima, desde a alegoria do castelo até o cavalo do carrasco, outros episódios são narrados, sempre de maneira a apresentar o tema da justiça, a partir de um ponto de vista que relativiza o conflito ético do indivíduo, tradicional na narrativa

44. *Le rêve de d'Alembert* (*Oeuvres philosophiques*, ed. Vernière, p. 365).
45. *Lettre à Landois*, p. 214.
46. *Idem*, p. 35.

picaresca, de maneira a reintegrá-lo numa ordem moral mais vigo-
rosa que aquela transgredida pelo pícaro original.

O episódio dos dois monges, irmão Ange e irmão Jean, opostos
complementares desde o nome, que simbolizam a idéia de virtude
e vício, não serve apenas para denunciar as instituições contrárias
à natureza, mas também para zombar da idéia de Providência: tanto o espertíssimo e ambicioso irmão Jean quanto o bom irmão Ange
encontram exatamente o mesmo destino no terremoto de Lisboa.
Por outro lado, a moral do cristianismo, cuja hipocrisia se revela
nesse episódio, com as perseguições infligidas, com ou sem razão,
pelos monges invejosos, é reabilitada sob a forma da caridade de
M. le Pelletier, que dá o exemplo da beneficência que é preciso esti-
mular – opondo-se por sua vez à honra maleficente do militar, per-
sonificada pela atitude do capitão de Jacques, prestes a desafiar em
duelo qualquer um que contrarie seus princípios.

A injustiça do destino, que leva a inocência perseguida a su-
cumbir sob o terremoto de Lisboa, só provoca indignação no deísta
desiludido, como Voltaire. A sabedoria robusta de Jacques, que
ensina à sua maneira pouco heróica a resignação, não tira conseqüências trágicas das iniqüidades que o atingem. Como o leitor de
um romance de Prévost, o amo se aflige, quando Jacques lhe conta
o episódio em que é atacado por ladrões, após entregar generosamente suas poucas moedas a uma mulher miserável e desesperada.
Jacques então o acalma, lembrando-lhe que "não se sabe de que
alegrar-se, nem de que afligir-se na vida. O bem traz o mal, o mal
traz o bem. Nós andamos, na noite, abaixo do que está escrito lá em
cima, igualmente insensatos nos nossos desejos, na nossa alegria e
na nossa aflição"[47]. O fato é que a desventura de Jacques acaba se
transformando em boa fortuna, quando o senhor do castelo das
redondezas toma conhecimento do ocorrido e resolve recompensar a sua generosidade. Só devemos descobrir essa seqüência dos
acontecimentos muitas páginas mais tarde; mas os episódios inter-

47. *Idem*, p. 99.

calados entre a causa e o efeito – entre o dom desinteressado das últimas moedas de Jacques e o pagamento de suas dívidas por uma terceira pessoa – reproduzem o mesmo padrão que faz suceder um bem a um mal, ou um mal a um bem.

Como se sabe, tanto o movimento "digressivo e progressivo", que interrompe a narrativa dos amores de Jacques com a inserção de episódios intercalados, como o próprio enredo básico dos amores de Jacques foram diretamente inspirados pela leitura do romance de Sterne, *A Vida e as Opiniões do Cavalheiro Tristram Shandy*. Veremos agora como, a partir de um episódio que figura, na obra de Sterne, como uma digressão a mais, entre tantas, Diderot cria o fio condutor de sua própria narrativa, ordenando os episódios de uma maneira que transforma o sentido da construção romanesca, aparentemente equivalente nas duas obras.

É apenas no oitavo volume de seu romance que o cavalheiro Tristram Shandy resolve relatar a já anunciada história dos amores de seu tio Toby com a viúva Wadman, história que, no calor do diálogo entre Toby e seu fiel criado, o cabo Trim, acaba evocando os amores deste último.

> O Rei Guilherme era da opinião, permita-me vossa senhoria, disse Trim, de que tudo nos estava predestinado neste mundo, tanto assim que costumava dizer aos seus soldados "toda bala tem seu recado". – Ele era um grande homem, disse o meu tio Toby. – E eu acredito, continuou Trim, até hoje, que o tiro que me aleijou na batalha de Landen foi apontado para o meu joelho tão-só com o propósito de afastar-me do serviço ativo e colocar-me a serviço de vossa senhoria, onde minha velhice estaria bem amparada. – Nunca será ele, Trim, interpretado de outro modo, disse o meu tio Toby[48].

Assim começa a narrativa de um episódio sobre o qual a história dos amores de Jacques parece perfeitamente calcada – como observa, em determinado momento[49], o próprio narrador de *Jacques*,

---

48. *A Vida e as Opiniões do Cavalheiro Tristram Shandy*, tradução de José Paulo Paes, Rio de Janeiro, Nova Fronteira, 1984, p. 549.
49. Cf. p. 317.

*o Fatalista*. Deixado no campo de batalha entre tantos outros feridos, com o joelho estraçalhado por uma bala, como Jacques, Trim deve esperar o dia seguinte para que uma carroça o leve para algum hospital. O mesmo desconforto da carreta e os buracos da estrada, a perda de sangue e a dor no joelho fazem nossos dois heróis desembarcar na casa de um camponês, decididos a antes morrerem numa cama que prosseguirem um trajeto tão doloroso.

Ao contrário de Jacques, no entanto, Trim consegue acabar de contar a sua história, nas quatro páginas seguintes, onde, cuidado por uma formosa Beguina, ele descobre o amor, "em conseqüência de dois ou três afagos mais demorados que os anteriores": a mesma manobra que deve levar Jacques a se apaixonar por Denise, como o leitor só descobre após um sem-número de interrupções e digressões interpostas entre a bala no joelho e a descoberta do amor.

Em *Tristram Shandy*, a forma autobiográfica e o esquema narrativo, com sua seqüência solta de episódios, podem ser relacionados com o modelo picaresco, assim como o humor peculiar da paródia deve muito, segundo D. W. Jefferson, à tradição medieval do *learned wit*, cuja sobrevivência na Inglaterra do século XVIII é parcialmente atribuída à tradução inglesa de Rabelais, publicada entre 1653 e 1693[50]. O experimentalismo formal de Sterne se enraíza, pois, numa vasta erudição literária e, assim como o de Diderot, não ganha muito com a comparação anacrônica com as vanguardas literárias do século XX. Por outro lado, o que faz a singularidade de Sterne, capaz de impressionar o leitor contemporâneo com sua evidente modernidade (que não atribuímos, por exemplo, a Swift, outro *virtuose* do *learned wit*), é a aplicação subjetivizante dos recursos paródicos, que parece explodir os limites de uma representação ordenada do mundo, como a que ainda subjaz à narrativa rabelaisiana – ou mesmo a de Swift, que faz figura de conservador em matéria literária.

---

50. D. W. Jefferson, "Tristram Shandy and the Tradition of Learned Wit", em *Laurence Sterne, a Collection of Critical Essays*, edited by John Traugott, Englewood Cliffs (New Jersey), Prentice-Hall, Inc., 1968.

Desvinculada desta visão de mundo em que o particular e o universal mantinham uma correspondência imediata, a vitalidade do riso rabelaisiano não deixa de se manifestar, nas páginas do *Tristram Shandy*, onde a "totalidade" da vida ainda é apresentada no seu caráter contraditório e regenerador. Nisso, o realismo de Sterne se opõe à sátira de Voltaire, de acordo com a distinção levantada por Bakhtin, falando do "enfraquecimento do pólo positivo da imagem ambivalente" nos imitadores de Rabelais: "Quando o grotesco é usado para ilustrar uma idéia abstrata, sua natureza é inevitavelmente distorcida. A essência do grotesco consiste precisamente em apresentar uma totalidade contraditória e dúplice da vida"[51].

Sabemos que no Templo do Gosto a obra rabelaisiana só entra "corrigida e reduzida pela mão das Musas", com certeza abreviada de todas as grosserias, desprezadas severamente nas *Cartas Filosóficas*[52]. Diderot, por sua vez, no enciclopedismo comedido de seu imaginário romanesco, parece quase tão distante quanto Voltaire da anarquia pantagruélica, e talvez não seja insensato ponderar que é apenas através de Sterne que ele redescobre o humor de Rabelais — reabilitado, no entanto, pelo narrador de *Jacques, o Fatalista*, numa passagem que parece mais uma provocação ao patriarca de Ferney:

O que vai ser de nós? – Francamente, não faço idéia. Bem que seria o caso de interrogar a diva Bacbuc ou o Cantil sagrado; mas seu culto está em decadência, seus templos estão desertos. Assim como no nascimento de nosso divino Salvador os oráculos do paganismo cessaram, na morte de Gallet, os oráculos de Bacbuc emudeceram; foram-se, pois, os grandes poemas, foram-se aqueles trechos de uma eloqüência sublime, foram-se aquelas produções marcadas pela embriaguez e pelo gênio; tudo se tornou lógico, compassado, acadêmico e chato[53].

---

51. M. Bakhtin, *Rabelais and his World*, trad. de H. Iswolsky, The Massachusetts Institute of Technology Press, 1968, p. 62.
52. Cf. Voltaire, *Mélanges, Le Temple du goût*, p. 152, *Lettres philosophiques*, p. 95, Editions de la Pléiade, 1961.
53. *Jacques le Fataliste*, p. 252.

A JORNADA E A CLAUSURA

Aquele que Voltaire despreza como o "primeiro dos bufões [...]
um filósofo bêbado que só escreveu durante sua bebedeira"[54] é
valorizado, no contraste com o acadêmico Templo do Gosto, nessa
longa passagem em que o elogio de um serve, antes de tudo, para
atacar o outro.

"Amo Rabelais, mas amo mais a verdade que Rabelais", exclama Jacques, invocando, na sua embriaguez, o soberano pontífice
do cantil[55]. A mesma fórmula célebre é parodiada por Sterne, de
uma maneira que revela a distância entre o humor *philosophique* e o
humor shandyano: "*Amicus Plato*, isto é, DINAH era minha tia – *sed
magis amica veritas* – mas a VERDADE é minha irmã"[56]. A excentri-
cidade de tia Dinah, que se casara com um cocheiro e dele engra-
vidara, servia ao pai de Tristram para ilustrar sua teoria a respeito
da influência dos nomes de batismo sobre a personalidade de seus
portadores; o que sempre envergonhava o pudico tio Toby, levan-
do seu irmão a defender a VERDADE – na sua qualidade de "genuí-
no filósofo, – especulativo, – sistemático", como o define Tristram.

Enquanto, de fato, para Diderot – amigo de Rabelais, mas mais
amigo da "verdade" – a paródia acaba servindo uma idéia abstrata
– do determinismo universal – no romance de Sterne não importa
muito se, ao fim e ao cabo, o mundo é absurdo ou participa de alguma ordem cósmica, como nota John Traugott: "estamos sempre
conscientes da intenção do autor de nos fazer ver como todo sentido é dado – ou achado – pela sensibilidade individual"[57]. Diante
dos protestos sentimentais do tio Toby, Mr. Shandy ainda replica:
"Que é o caráter de uma família diante de uma hipótese?" Mas sempre entre a hipótese e a Verdade se interpõe alguma tia Dinah, com
as idiossincrasias de seu caráter e a singularidade de seu destino.

Ao escolher um episódio entre outros do *Tristram Shandy* para
transformá-lo no fio condutor de sua própria narrativa, isto é, fa-

54. *Lettres philosophiques*, *op. cit.*, p. 95.
55. *Jacques le Fataliste*, pp. 250–251.
56. *Tristram Shandy*, p. 103.
57. Na sua introdução da coleção citada, p. 18.

2 1 2

DENIS

zendo da história dos amores de Trim-Jacques o ponto de partida e de chegada de uma viagem pseudopicaresca – em que a experiência individual se vê reintegrada num sistema de forças que se equilibram, na ordem cósmica sempre reconstituída – Diderot aproveita em primeiro lugar a deixa de Sterne: *Non enim excursos hic eius, sed opus ipsum est*[58], mas muda o sentido de sua estratégia digressiva.

No relato shandyano, qualquer digressão vem enriquecer o ponto de vista do narrador dramatizado, é sempre a ele que se volta, é sempre dele que se fala. O narrador de *Jacques, o Fatalista*, ao contrário, por mais que intervenha na sua narrativa, nunca chega a delinear-se enquanto indivíduo. Muito pouco se sabe a seu respeito. Suas intervenções no diálogo com o leitor parecem estar sempre tentando provar a sua imparcialidade, sua fidelidade à verdade, que não cede à tentação romanesca. Na única passagem em que ele desempenha um papel que não o de mera testemunha e relator de fatos observados, suas características individuais permanecem na abstração, o único traço evocado de sua personalidade sendo a autoridade que lhe atribuem em matéria literária. Trata-se da história do poeta de Pondichéry, que o procurara, certa feita, para ouvir sua opinião a respeito de seus versos. "Após os elogios de praxe sobre meu espírito, meu gênio, meu gosto, minha beneficência e outros assuntos dos quais não acredito em palavra alguma, se bem que já faça mais de vinte anos que os repetem e talvez de boa fé, o jovem tira um papel de seu bolso: são versos, me diz..." A falsa modéstia não o impede de julgar os versos do pobre poeta de maneira peremptória: "Não somente vossos versos são ruins, mas está demonstrado que jamais fá-lo-eis bons". Mais uma vez, nesse episódio, a extravagância do narrador – que discute sem cerimônias com seu leitor, desrespeitando as convenções romanescas como Tristram Shandy já fizera, "neste límpido clima de fantasia e transpiração, onde cada idéia, sensível e insensível, encontra vazão" – a

---

58. Epígrafe ao livro VII (p. 465): "Pois esta é a própria obra, não uma digressão dela" (trad. de J. P. Paes).

213

A JORNADA E A CLAUSURA

extravagância, pois, do narrador de *Jacques, o Fatalista* acaba consistindo em trocar uma norma por outra, mais tortuosa que a da estética clássica, mas ainda assim firmemente atrelada a uma noção de verdade objetiva. De fato, a lembrança do poeta sem talento de Pondichéry surge no meio de uma "discussão estética" entre narrador e leitor, a propósito da qualidade da "verdade" que o relato deve conter. Mas se, por um lado, na comparação com a liberdade maior de Sterne, na condução de seus episódios, Diderot parece submeter a composição literária a um sistema filosófico que a antecede, fazendo do narrador um mero intermediário, cujo papel se resume em revelar, além das convenções romanescas, um encadeamento de fatos que o ultrapassam, a transparência alegórica é deliberadamente obscurecida pelo autor que quase se revela mas nunca chega a confundir-se com o narrador. Ao longo do diálogo que este mantém com o leitor personificado, podemos perceber que, mesmo que um conduza o outro, aparentemente segundo seu capricho, como o amo conduz seu criado, como o amo é ele mesmo conduzido pelo seu próprio amo e assim indefinidamente.

[...] Jacques seguia seu amo como vós o vosso; seu amo seguia o seu como Jacques o seguia – Mas quem era o amo do amo de Jacques? – Bom, será que faltam amos nesse mundo? O amo de Jacques tinha cem amos em vez de um, como vós. Mas entre tantos amos do amo de Jacques, era preciso que não houvesse um que prestasse; pois de um dia para o outro ele os trocava. – Ele era homem. – Homem apaixonado como vós, leitor...

Da mesma forma, entre o narrador e o leitor, a relação de forças também varia, como conseqüência inevitável de sua mútua dependência. A premissa básica é: tudo tem sua causa e efeito perfeitamente determinados, mas nunca se sabe para onde se vai – e as aparências enganam. Em princípio, o amo conduz Jacques, mas rapidamente a relação parece inverter-se e Jacques conduz seu amo... pelo menos até o desenlace em que vai preso no lugar do amo. Se o leitor cobra-lhe um movimento mais romanesco, o narrador invoca a fidelidade à verdade que não pode ceder às fantasias extravagantes, mas, contrariando sua presumida onisciência, Jacques aca-

2 I 4

ba, conduzido por seu cavalo, num charco e no cenário muito barroco de forcas patibulares. Fazendo do leitor o seu cúmplice, o autor parece brincar com seu narrador, assim como este brinca com o leitor, reproduzindo a mesma estratégia (des)mistificadora do Prefácio-Anexo da *Religiosa*. A sólida sabedoria burguesa do crítico literário – que, por um breve momento, vislumbramos trajado com o roupão de estimação de Diderot, examinando com impaciência os versos do pobre poeta de Pondichéry – não deixa de lembrar um outro conselheiro, não menos sábio, cujas palavras, no Discurso Preliminar da *Caminhada do Cético*, ainda que determinadas por uma preocupação política e não estética, refletem da mesma maneira os valores de uma sociedade onde, como diz Rousseau, o indivíduo só vive pelo olhar dos outros.

Meu caro Aristo, ocupais um posto elevado no mundo; carregais um nome conhecido; servistes com distinção; provastes vossa probidade; ninguém ainda teve a idéia, nem a terá, acredito, de negar-vos boa aparência e espírito brilhante: é preciso mesmo reconhecê-lo e vos conhecer para estar na moda. Na verdade, a reputação de bom escritor acrescentará tão pouco a essas vantagens que poderíeis negligenciá-la. Mas pensastes bem sobre as conseqüências daquela de um autor medíocre? Sabeis que mil almas baixas, invejosas de vosso mérito, esperam com impaciência que deis um passo em falso, para embaçar impunemente todas as vossas qualidades? Não vos exponhais a dar este miserável consolo à inveja. Deixai-os vos admirar, morrer de inveja e calar.

Sabemos que, no fundo, é o conservadorismo político de Cleobulo que dita seus conselhos ("A religião e o governo são assuntos sagrados nos quais não é permitido tocar"). A posição do narrador de Jacques, por sua vez, quando aconselha o jovem poeta, desprovido do prestígio social e da fortuna de Aristo, a retirar-se na sua província e ficar rico antes de fazer versos ("E ides juntar à pobreza o ridículo de mau poeta; tereis perdido toda vossa vida, sereis velho. Velho, pobre e mau poeta, ah! Senhor, que papel!"), parece diferente. Qualquer que seja o grau de conservadorismo na sua avaliação crítica, o que ele marca, no desaparecimento da referência política

A JORNADA E A CLAUSURA

entre o texto precoce de Diderot e o romance de maturidade, é (além da vitória próxima dos valores burgueses) a possibilidade adquirida de um julgamento estético autônomo. Seria, pois, simplesmente a falta de gênio do poeta de Pondichéry a condená-lo diante dos "deuses e dos homens", e não o conteúdo contestador de sua obra, como no caso de Aristo. *O Sobrinho de Rameau* encerra de certa forma esta seqüência, iniciada pelo Aristo da *Caminhada*, e continuada pelo pobre e mau poeta de *Jacques, o Fatalista*, oferecendo uma síntese possível da figura do intelectual como o verdadeiro pícaro[59] da nova ordem, como veremos adiante.

Em todo caso, à primeira vista, e apesar da arrogância difusa do narrador do romance, sempre provocante na sua relação com o leitor, nada poderia induzir este último a suspeitar de alguma falha na sua onisciência – relativa, é claro, já que nunca sabemos para onde vamos, e ele tampouco parece saber para onde vão Jacques e seu amo; mas, quanto aos valores imanentes, éticos, estéticos, políticos, nada sugere insegurança, nem da parte do narrador, nem da parte do amo que o conduz (provisoriamente?): o autor. Apenas uma sombra de auto-ironia, que chega a confundir autor e narrador, em toda a sabedoria que parecem atribuir-se ("Após os elogios de praxe sobre meu espírito, meu gênio, meu gosto, minha beneficência e outros assuntos dos quais não acredito em palavra alguma, se bem que já faça mais de vinte anos que os repetem, e talvez de boa fé, o jovem tira um papel de seu bolso..."), liberta por um breve momento o leitor de sua irritante autoridade. Ironia bastante comedida, havemos de convir, perto daquela que anima de ponta a ponta, irrefletida e generosamente, a narrativa do Tristram Shandy – ou mesmo daquela, mais ácida e inquietante, que percorre o diálogo do *Sobrinho de Rameau*.

Na seqüência da segunda etapa da viagem de Jacques e seu amo, Francis Pruner analisa a estadia na estalagem do Grand-Cerf

---

59. Rameau como símbolo do novo intelectual é a figura sobre a qual Paulo Eduardo Arantes reflete, no seu ensaio "Paradoxo do Intelectual", em *Ressentimento da Dialética*, São Paulo, Paz e Terra, 1997.

DENIS

como ilustração alegórica da idéia do equilíbrio das forças, nos episódios em que a justiça falha dos homens acaba sendo parcialmente restabelecida, ora pelo movimento espontâneo e natural da generosidade humana, ora como conseqüência imprevisível da cadeia dos acontecimentos, que permite que de um mal possa nascer um bem. No primeiro caso, já citamos o exemplo de Desglands, o Senhor do Castelo, querendo recompensar Jacques pelo seu ato de bondade, ainda que sua condição aristocrática não o predisponha necessariamente a uma conduta sempre coerente com a moral cristã laicizada – que transforma caridade em beneficência. Outro exemplo de movimento solidário, que tenta reparar o abuso das más instituições, é o episódio (relatado ao Narrador por Gousse, um conhecido seu) em que um executor legal acaba corrigindo, através de um estratagema, a injustiça de uma *lettre de cachet*, que permitiria a um intendente traiçoeiro pôr na prisão o marido de sua amante[60].

O mesmo Gousse acabara na prisão, onde conhecera o tal intendente após tornar-se vítima de seu próprio estratagema, que visava destituir sua esposa de todos os seus bens em favor de uma amante com a qual pretendia estabelecer-se. A amante, mais esperta, acaba se apossando de tudo e livrando-se do pretendente incômodo, provando que a justiça, mesmo que incompleta (Gousse é punido mas a amante não), pode acabar se impondo através do encadeamento necessário de causas e efeitos, que, mais uma vez, prova que de um mal pode surgir um bem.

Mas o ponto alto da passagem por essa estalagem é, sem dúvida, a história da Marquesa de la Pommeraye, relatada, entre algumas interrupções, pela boa estalajadeira. Trata-se de um dos episódios mais conhecidos e comentados do romance, que se destaca, sobre a narrativa pseudopicaresca de *Jacques, o Fatalista*, como um verdadeiro romance autônomo, a ponto de Schiller, por exemplo, ter sugerido a possibilidade de considerar apenas esse episódio,

60. *Idem*, pp. 109–113.

A JORNADA E A CLAUSURA

livrando-se de todo o resto da obra. A maneira pela qual a nobre viúva, seduzida por um Marquês apaixonado mas inconstante, o Sr. des Arcis, resolve vingar-se de forma terrível é narrada com gosto e talento pela boa mulher, que entretém Jacques e seu amo, entre instruções domésticas e outros intervalos. A presença do próprio Marquês na estalagem, hospedado em companhia de seu secretário, não inibe seu relato que descreve o plano da Marquesa: levar o amante ingrato a se apaixonar por uma moça decaída, disfarçada de beata, a ponto de casar-se com ela – e só revelar a sua identidade após o fato consumado. O que a terrível mulher não pudera prever é que um amor verdadeiro nasceria entre os dois e que, ao tentar desgraçar a vida de seu ex-amante, ela garantiria, para além dos preconceitos sociais, a sua felicidade. A fábula da *Gaine* e do *Coutelet*, contada por Jacques, numa das saídas da estalajadeira, vem provar a insensatez das exigências de fidelidade nas relações amorosas, assim como o episódio do Sr. de Guerchy zomba do conceito de honra aristocrática e de sua ritualização da vingança no costume do duelo – mantendo a afinidade temática com a situação particular criada pela Marquesa de la Pommeraye. O final da história, opondo-se à moral convencional – o rapaz de boa família não deveria casar-se com a prostituta – restabelece a ordem da moral natural num mundo pervertido pelos costumes e instituições que contrariam a natureza humana.

Jacques Chouillet analisa o conceito de energia que desempenha um papel fundamental na psicologia de Diderot[61]: numa sociedade que atribui "idéias morais a ações físicas que não as comportam"[62], a energia contida "destrói o indivíduo interiormente" ou então "se libera e é a ocasião das grandes ações, das grandes obras, ou mesmo dos grandes crimes"[63]. No caso de Mme de la Pommeraye – cuja conduta se mantém austera até a sedução do

---

61. J. Chouillet, *Diderot, poète de l'énergie*, Paris, PUF, 1984.
62. *Supplément au Voyage de Bougainville*, *Oeuvres philosophiques*, éd. P. Vernière, Paris, Garnier, 1956, p. 455.
63. J. Chouillet, *op. cit.*, p. 12.

Marquês – a energia se libera, num primeiro momento, na paixão amorosa pelo amante, às custas de transformar-se, quando contrariada, na vingança espetacular (grande obra e grande crime), que causa tanto a admiração quanto a indignação. Culpá-la sem restrições por seu plano diabólico seria desconsiderar o condicionamento necessário de seu comportamento: assim as opiniões divergem, entre a narradora da história e seus ouvintes, que relativizam a lição moral do episódio.

Outra figura da energia contida é apresentada por Jacques, que conta, entre um intervalo e outro da história de La Pommeraye, como, na sua infância, fôra submetido à mordaça, durante longos anos, por seu avô – o que explica, segundo o próprio Jacques, a sua fúria tagarela. Francis Pruner destaca a conotação política da restrição à liberdade de expressão do indivíduo, condenado a se calar diante do absurdo do despotismo – que, por força da lei natural segundo a qual nada dura eternamente, ainda deve encontrar uma contraforça capaz de reverter a situação. A metáfora política ainda volta à cena, algumas páginas mais tarde, findo o episódio Pommeraye, na disputa de autoridade entre um Jacques insolente e um amo descontrolado, que tenta recuperar a superioridade de sua condição, abalada pela vitalidade verborrágica do criado. Pruner associa essa passagem a dois episódios específicos da vida política contemporânea à redação de *Jacques le Fataliste*: o caso do parlamento rebelde de Rennes (1767) e o golpe de Maupéou contra os parlamentos franceses (1770–1775)[64].

Encerrada a estadia na Estalagem do Grand-Cerf, Jacques e seu amo retomam seu trajeto na companhia do mesmo Marquês des Arcis que fôra vítima da vingança de Mme de la Pommeraye, assim como de seu secretário, um certo Richard, que, como intuíra Jacques, pertencera a uma ordem religiosa. A história do confronto desse jovem inexperiente com o terrível padre Hudson, tão poderoso no seu maquiavelismo quanto a Marquesa despeitada, é conta-

64. *Op. cit.*, p. 179.

da pelo Marquês ao amo de Jacques, numa parada noturna de sua viagem, enquanto o pobre Jacques, fora de cena por um tempo devido a uma dor de garganta, ceia com o dito Richard. Essa segunda grande história intercalada é narrada, como a anterior, com todo o cuidado realista, tanto na descrição psicológica dos personagens como na do ambiente em que evoluem, com uma precisão que prefigura o romance balzaquiano.

É curioso notar, de passagem, a inversão formal que faz, dos episódios intercalados, uma abertura para a estética romanesca mais moderna, inserida no esquema tradicional da picaresca. Inversão de fato, em relação a esta última que, na criação original de seu esquema itinerante, intercalava, entre as etapas do caminho do pícaro, histórias mouriscas de gosto, já então, bem ultrapassado. Da mesma maneira, posteriormente, o *Gil Blas de Santillana*, com sua invenção inédita de um pícaro burguês, intercalou na sua história episódios protagonizados por autênticos mas já antigos pícaros, à maneira espanhola. A evolução da narrativa picaresca, que vai aos poucos transformando-se em tradição e abrindo para a modernidade literária, se faz sentir assim, formalmente, no deslocamento gradual de sua matéria própria, sem deixar de conservar, nos seus múltiplos avatares, o mesmo tema básico, condicionado pelo esquema do indivíduo itinerante.

## CONCLUSÃO

Uma teoria "energética", que já desempenhava papel fundamental na retórica rousseauniana[65], serve pois, também em Diderot, à elaboração tanto de uma psicologia quanto de uma teoria geral da organização da sociedade, já que ambas dependem, além da fí-

---

65. Como destaca Bento Prado Jr. no texto de apresentação – "A Força da Voz e a Violência das Coisas", de *Ensaio Sobre a Origem das Línguas*, trad. Fúlvia M. L. Moretto, Campinas, Editora da Unicamp, 1998.

sica, de princípios universais que se traduzem pelo equilíbrio, sujeito a revoluções, de forças naturais. Isto é, enquanto para Rousseau esse equilíbrio natural, rompido definitivamente pelo homem, só pode ser restabelecido de maneira utópica numa sociedade restrita e isolada como a de Clarens – por exemplo – através de um tipo muito particular de Contrato Social, acessível a poucos, e, sobretudo, através de uma completa desnaturalização do homem, não sendo possível a solução de compromisso, o mundo de Diderot é mais estóico e menos trágico. Quando a boa ordem é perturbada, as forças tendem a reequilibrar-se, como vimos, no desenlace da história de Mme de la Pommeraye, onde uma moralidade superior se recompõe após a implosão emocional da moral perversa das convenções sociais que sufocam a natureza humana.

Nem sempre, porém, a moralidade se restabelece com facilidade segundo os ditames da boa natureza. Quando a força das instituições perversas se impõe sôbre todas as tentativas de desmascará-las, como no caso exemplificado pela história do padre Hudson, é preciso satisfazer-se temporariamente com a vitória parcial do indivíduo que se liberta de suas ilusões; no caso, Richard, que acaba desviado de sua vocação, na descoberta da hipocrisia da Religião. De fato, o noviço, contrariando o pai dedicado (inversão da situação de Suzanne Simonin), insiste em se fazer premonstratense e acaba incumbido, pelo superior jansenista, da missão de comprometer o inimigo jesuíta – que, impondo a lei de ferro no convento, mantinha sua vida secreta num absoluto desregramento, protegido pela Bula papal[66]. Personagem ímpar, o padre Hudson é descrito com a mesma precisão realista que as figuras extraordinárias da madre superiora de St.-Eutrope e do Sobrinho de Rameau, sem que perca, como ambos tampouco, além da sua individualidade circunscrita, uma função emblemática.

---

66. A Bula *Unigenitus,* que conferia à seita molinista uma autoridade que logo transcendeu o domínio estritamente religioso, apoiada pelas autoridades civis, permitindo a perseguição indiscriminada dos seus inimigos.

A JORNADA E A CLAUSURA

O que distingue o primeiro dos dois outros encontra expressão na linguagem do *Sonho de d'Alembert*: como na mulher melancólica, onde a "origem dos feixes nervosos não domina suas ramificações" – a madre superiora e o Sobrinho de Rameau simbolizam, à sua maneira, o desregramento anárquico da nova ordem burguesa, provisoriamente sem rumo. Já o padre Hudson é a própria figura do despotismo ("a origem dos feixes comanda e o resto obedece"), ou seja, a tirânica face complementar da boa Madre de Moni – que compensava, no êxtase místico e alienação voluntária, sua submissão à Ordem Antiga. O primeiro é o pior que o molinismo pôde produzir; a segunda, o melhor do jansenismo (a atualidade política requer essa distribuição de papéis[67]), mas ambos representam, na metáfora biológica, a mesma relação centralizada de forças.

Ele simboliza, pois, de uma só vez, não apenas a autoridade religiosa, mas a autoridade política cujos meios são idênticos e se resumem em uma única palavra: maquiavelismo. Poder, polícia, religião concorrem igualmente para reduzir os homens à servidão, pois a ordem que eles instauram sacraliza de alguma forma a desigualdade flagrante entre a maioria, que sofre com ela, e a minoria, que se assegura de sua manutenção para melhor livrar-se dela.

Assim sintetiza F. Pruner a figura do padre Hudson, que não apenas escapa da armadilha que pretende desmascará-lo, como consegue virar o jogo contra o pobre Richard e seu companheiro, que acabam na prisão sob falsa acusação.

Mas nada há que mereça ser encarado tragicamente. Richard acaba escapando não só do breve encarceramento, como se livra definitivamente da vocação religiosa que o ameaçava com uma reclusão perpétua. Quanto ao padre Hudson, Richard o encontra um tempo depois, acompanhado de uma bela mulher, visitando amigos em comum. Injustiça fatal do destino que sorri às almas corrompidas? Não, afinal o abade não é de todo antipático, e, determinado, como todos nós, a agir em acordo com causas que o ultrapassam,

67. Ver, no capítulo anterior, nota 28, p. 147.

222

dificilmente podemos deixar de admirá-lo condenando-o ou de condená-lo admirando-o. Estamos, é claro, a léguas do imoralismo sadeano, que desconhece a dimensão estética do "belo crime" e faz de seus personagens figuras sem contrastes. A moral tolerante e humanista de Diderot está disposta a dar uma piscadela malandra ao abade lúbrico e enérgico, mas não a desculpar as instituições que o protegem, mantendo-o acima das leis.

Podemos constatar, na seqüência final dos acontecimentos, que só é possível falar, a propósito de *Jacques, o Fatalista*, em "descontinuidade narrativa", se a considerarmos do ponto de vista da identidade do narrador, que, ao contrário do modelo shandyano, está sempre mudando. Por outro lado, entre um relato e outro, seja do Marquês des Arcis, de Jacques ou do amo, a continuidade temática é mantida, subordinando a expressão subjetiva dos narradores à objetividade ideal da interpretação da natureza. As aventuras de Jacques com as damas Suzon e Marguerite aparecem como sexualidade franca e alternativa aos entraves morais que sufocam ou pervertem a "boa sociedade", representada por La Pommeraye e Hudson, assim como pela personagem da viúva, amante de Desglands, inspirada numa libertina famosa e ilustrada, que é descrita com toda a simpatia. Desglands, que não é de todo mau, é visto, no entanto, como um tolo, submisso aos preconceitos da honra e ao ciúme que acabam matando a boa viúva.

O motivo da determinação genética, já abordado a propósito de Mme de la Pommeraye e do abade Hudson[68], e que deve ser relembrado a propósito da criança que os dois "pilantras", o Cavaleiro de St.-Ouin e a Srta. Agatha, tentam fazer passar por filho do amo, é também evocado na pequena figura tirânica do filho da viúva com Desglands. Mas aqui, ao tema da determinação genética, aquele da educação vem acrescentar a causa que faltava para expli-

---

68. "Leitor, enquanto essa boa gente dorme, eu teria uma questãozinha a vos propor... é sobre como seria a criança nascida do abade Hudson e da dama de La Pommeraye. — Talvez um homem honesto. — Talvez um sublime pilantra" (p. 220).

A JORNADA E A CLAUSURA

car o comportamento da criança, acostumada a que cedam a todos os seus caprichos, lembrando uma passagem do *Emílio* em que Rousseau já alertava contra esse tipo de educação.

A educação e a força do hábito, além da biologia, determinam o caráter de uma pessoa como de um animal, colocados lado a lado na grande "cadeia dos seres". Jacques dá maiores mostras de lucidez no episódio do cavalo do lavrador – que se recusa a trabalhar – do que no episódio, que o impressionara, do cavalo do carrasco, que teimava em levá-lo entre as forcas do patíbulo: reconhece nele um habitante da cidade, "tolo, orgulhoso e preguiçoso", símbolo dele mesmo. De fato, trata-se do próprio cavalo do amo, que serve, assim de passagem, não somente de motivo para louvar a nobreza do trabalho agrícola, como para ilustrar o tema do hábito e da educação – contraforças disponíveis ao projeto reformador do Iluminismo.

Num desenlace brusco, o amo – que, descobrimos afinal, estava indo visitar seu "filho" bastardo – reconhece St.-Ouin e Agathe diante da casa da ama-de-leite. Compreendendo finalmente a extensão do embuste, ele "vinga sua honra" matando o Cavaleiro e fugindo, deixando o pobre Jacques ser preso no seu lugar.

Chegando ao fim das aventuras de Jacques e seu amo, reservamo-nos o direito de discordar levemente da interpretação de Francis Pruner, que tão bem nos serviu, alertando para o aspecto francamente "alegórico" do romance, que apresenta sem ambigüidades uma filosofia materialista, determinista e segura de si. Trata-se da maneira como Pruner aborda o desenlace do romance, dividindo-o em "desenlace real" e "mascarada" do autor: segundo ele, o encarceramento de Jacques vem coroar a seqüência final que remete àquela que abre o livro, simbolizando o fechamento do ciclo e a volta ao estado selvagem da natureza – ao cabo de um processo que completa a perversão definitiva do estado civil. Por outro lado, a peripécia das mais romanescas em que Jacques recupera sua liberdade e tem um final feliz não lhe parece digna de ser "levada a sério", a não ser como um embuste do autor, uma forma de "testar" o leitor. Ou seja, aquele que reconhecesse a falsidade do desenlace teria compreendido de fato a doutrina fatalista do romance, enquanto aquele que se deixasse iludir pelas soluções fáceis do romance tradicional ainda não teria alcançado o estágio da consciência crítica.

Ora, vimos, no capítulo anterior, que de fato Diderot não rejeita a concepção cíclica da história, renovada no Renascimento por escritores como Petrarca ou Pico Della Mirandola, que a conciliavam, promiscuamente e sem maiores pudores, com a visão da História como um trajeto contínuo – visão cristã, que acaba laicizando-se sob forma de crença no Progresso. Entre *A Religiosa* e *Jacques, o Fatalista* – a contrapartida um do outro, segundo o próprio autor – ocorre, no entanto, um deslocamento que acentua o contraste entre a representação do indivíduo sufocado no processo histórico e social inexorável e aquela de um indivíduo que caminha, determinado, é bem verdade, por forças que não domina, mas amparado por uma sabedoria filosófica, que o socorre na aflição.

O final romanesco que Pruner rejeita alia o plágio de Sterne à paródia de Prévost – já que a fuga de Jacques da prisão em companhia dos famosos bandidos, seu reencontro com o amo e com Denise no castelo de Desglands, "fede a *Cleveland* até a náusea". Mas parece coerente com a interpretação do próprio Pruner ver nessa reviravolta final mais uma alegoria, que faz da prisão um símbolo paralelo ao da mordaça imposta ao jovem Jacques por seu avô, e de sua libertação, mais uma liberação de energia contida: os ciclos não se interrompem, e o otimismo que subjaz à idéia do "equilíbrio das forças" deve imprimir sua nota final, sem trair o desenvolvimento anterior da aventura picaresca, reintegrada na nova ordem do Iluminismo.

Por outro lado, vimos como Diderot é capaz de se servir das convenções romanescas, que ele ora rejeita, ora recupera, de acordo com as possibilidades simbólicas que elas podem oferecer-lhe. Assim, o episódio de Jacques sendo derrubado num charco pelo cavalo do carrasco, e a imagem barroca das forcas patibulares vêm mostrar que a pintura da verdade que não seja "fria, comum e chata" não recua pudicamente diante das surpresas que o desenrolar do grande rolo reserva. O ecletismo desse desenlace, capaz de aliar numa mesma narrativa o que há de mais moderno no romance da época, ou seja, o *Tristram Shandy,* com seu antepassado distante das aventuras barrocas, é representativo do que há de verdadeiramente original em Diderot, nesse alvorecer do romance moderno, ou seja, a capacidade de fazer caber uma filosofia das mais arrojadas numa visão de mundo ainda regulada pela idéia de ordem, em que o indivíduo é tanto contido por uma moral que o transcende, quanto aliviado das incertezas da Fortuna – pela certeza do encadeamento seguro das causas e efeitos.

A teoria dos ciclos da história, ilustrada em *A Religiosa* pelas forças que levam da anarquia (forças centrífugas) ao despotismo (forças centrípetas), alternando-se indefinidamente até o fim dos tempos, como destino provável de uma sociedade que perdeu, como mostrou Rousseau, sua inocência original, é contrabalançada pela crença na perfectibilidade do homem ("o homem ainda é um ser que é possível modificar") – numa versão meio utópica do progresso humano que nada tem a ver, como lembra Maria das Graças de Souza, com as transformações posteriores cristalizadas no ideário positivista.

Esse otimismo se revela em *A Religiosa,* às margens do romance, no chamado Prefácio-Anexo, em que uma pequena sociedade de homens de bem propõe um modelo de sociabilidade mais saudável e livre do que aquele que as Memórias da Irmã Suzanne ilustram, ou seja, o da necessidade bruta a serviço das instituições perversas. Em *Jacques, o Fatalista,* o modelo picaresco que, nas suas origens, ilustrara a alienação do indivíduo diante da ordem perdida da Providência divina, serve aqui, para Diderot, para reintegrar o indivíduo, liberto de suas ilusões, na ordem redescoberta da natureza fluida e poderosa, onde o homem sábio é capaz de equilibrar-se num novo sistema moral. É nesse sentido que é possível dizer que, de alguma forma, a idéia de Providência completa seu processo de naturalização, materializando-se entre forças centrípetas e forças centrífugas, que liquidam as discussões ociosas a respeito da utilidade das moscas:

JACQUES: Não me agradam as moscas e os pernilongos. Gostaria que me dissessem para que servem esses bichos incômodos. – AMO: E, porque tu o ignoras, acreditas que não servem para nada? A natureza nada fez de inútil e de supérfluo. – JACQUES: Acredito; se uma coisa existe, é porque é preciso que exista[69].

Na sua sabedoria robusta, Jacques não tenta suprir sua ignorância pela insensatez dos argumentos finalistas, mantendo-se cético diante das explicações do Amo[70], mas se aferra ao seu fatalismo com toda a confiança e reconforto que isso lhe pode trazer.

Se o pícaro original perdia-se entre a Cidade de Deus e a Cidade dos homens, percorrendo um itinerário que revela a crise da alegoria cristã, onde o sentido se esconde ou desaparece, a clareza do trajeto iluminista se revela no diálogo dessa filosofia particular e doméstica[71], representada por Jacques, com a tradição e a autoridade, representada, sem parcialidade, pelo Amo.

Aqui, a Cidade de Deus desce à terra, como mostra Étienne Gilson no capítulo das *Métamorphoses de la Cité de Dieu* dedicado aos filósofos, onde podemos reconhecer, na empresa leibniziana, os motivos que levam Diderot a simpatizar com o velho metafísico:

Consciente, pelo conhecimento intelectual das leis do todo de que faz parte, o filósofo passa da ordem da natureza à ordem social; conhecendo a perfeição do Autor da Natureza, ele abraça suas leis com uma aceitação amorosa que o eleva, da ordem da natureza, à ordem da graça.

69. *Idem*, p. 293.
70. Aparentemente os insetos preocupavam muito os defensores da Providência, que lhes dedicavam capítulos e mais capítulos de seus tratados, justificando-lhes a existência. Cf. J. Ehrard, *op. cit.*, cap. X: "Nature et Providence".
71. Verbete "Ecletismo": "O eclético é um filósofo que, desprezando os preconceitos, a tradição, a antiguidade, o consentimento universal, a autoridade, numa palavra, tudo o que subjuga a multidão dos espíritos, ousa pensar por conta própria, remontar a princípios gerais os mais claros, examiná-los, discuti-los, nada admitir a não ser sob o testemunho de sua experiência & de sua razão; & de todas as filosofias, que ele analisou sem considerações & sem parcialidade, fabricar-se uma particular e doméstica que lhe pertença..."

A JORNADA E A CLAUSURA

Corrigindo aqui e ali o vocabulário, eliminando a referência à Criação e naturalizando a idéia de graça, tal como o faz o próprio Leibniz, segundo Gilson, e reconhecemos mais uma das inspirações, entre Bacon e Spinoza, do ecletismo segundo Diderot.

Tivemos a oportunidade de comparar a boa Madre de Moni ao terrível padre Hudson, que simbolizam as duas faces do Ancien Régime; de um lado, o misticismo exaltado; de outro, despotismo e hipocrisia. Anteriormente, já notamos a semelhança na descrição dos personagens da superiora de St.-Eutrope e do Sobrinho de Rameau. De fato, e por sua vez, ambos representam o desregramento de uma nova moral, que cultiva os vícios privados em benefício dos valores materiais. É curioso notar que, no périplo de Jacques e seu amo, não encontramos, entre tantas figuras mais ou menos amorais, ninguém que se equipare, na sua força simbólica, a esses dois últimos personagens. É como se Diderot quisesse concentrar, em *Jacques, o Fatalista*, todo o otimismo de sua resposta ao pícaro original – o materialismo metafísico afirmando-se vigorosamente como alternativa às crenças medievais, enquanto força capaz de reintegrar o indivíduo desamparado pela Fé. O verdadeiro espírito picaresco, que surge originalmente como sentimento doloroso da alienação, não assombra as estalagens onde repousa a tagarelice de seus heróis, que percorrem, com segurança, os caminhos já traçados da filosofia iluminista. É por isso que Jacques, servidor de muitos amos, contador de muitas histórias, apesar de tantos traços em comum com seus antepassados espanhóis, não pode ser considerado um verdadeiro pícaro: entre *consejos* e *consejas*, nada o dilacera.

O verdadeiro pícaro de Diderot já não vagueia pelas estradas, entre uma cidade e outra, mendigando ou trapaceando às margens da urbanidade: é Rameau, *le fou*, que carrega sua inadequação pelas ruas de Paris, entre um lar e outro de burgueses abastados, irreverente como Rousseau, que também ensina música sem sabê-la, bajulador como Voltaire, que também se excede nos rapapés, mas ignóbil como os inimigos mais vis de todos eles, os Palissot e companhia.

228

À sombra da sociedade ilustrada e brilhante dos filósofos brotam essas figuras inquietantes, como cogumelos venenosos, que desarranjam a superfície tranqüila da nova ordem. Contêm, é verdade, Rameau e seus semelhantes, um pouco da verdade de cada um deles, os bem-sucedidos da cultura enciclopédica. Mas o que o espelho traz à tona, em algas pegajosas, não é a perversão necessária e irreversível da ordem penosamente conquistada, que, mal se instaura, já se questiona. Apenas Rousseau a concebe assim, idealizando nos confins da civilização, em algum vilarejo perdido, no alto das montanhas, a possibilidade única da reconciliação. Diderot, no entanto, em toda a sua lucidez, não perde o otimismo, que tem algo de artigo de Fé, nas forças que se reequilibram, expulsando o pícaro para a sua marginalidade mesquinha.

*Fortuna*

*Imperatrix Mundi*

## DONATIEN-ALPHONSE

Ao longo desse livro, pudemos constatar que, ao contrário do romance inglês da mesma época, o romance francês setecentista precisa mergulhar fundo na tradição do pensamento moral, desde os antigos até as raízes do cristianismo, para afirmar a legitimidade de sua reivindicação. Esse embate entre a força expansiva do individualismo burguês e a tradição e seus valores religiosos e comunitários encontra, nas imagens da clausura utópica e da jornada picaresca, a expressão privilegiada de suas angústias e suas esperanças.

Entre tantos autores que exploraram ao longo do século, de uma maneira ou de outra, os dois modelos renascentistas para, através deles, falar de seu próprio tempo conturbado, escolhemos Rousseau e Diderot, cujos pensamentos filosóficos e gênios literários testaram sucessivamente tanto a fórmula aberta da aventura picaresca quanto o campo fechado da utopia e de seu reverso. A mesma tentativa, efetuada aqui, de compreender a singularidade de cada autor a partir de seu confronto com a tradição que recuperam e transformam, cada um à sua maneira, poderia ser aplicada a vários de seus contemporâneos.

Assim como Rousseau, Diderot e tantos outros, o Marquês de Sade, por exemplo, também explora, na sua obra literária, os gêneros de origem renascentista da utopia e da viagem picaresca. Pode-

# A JORNADA E A CLAUSURA

ríamos lembrar, nessa conclusão, a prosa mais apaixonada e mais apaixonante do padre Prévost, ou o realismo mais sutil de Marivaux, ambos romancistas da maior expressão na história da literatura setecentista. Preferimos, todavia, referir-nos, de passagem, à obra do Marquês, pelo exemplo interessante que ele fornece da completa inversão de valores que, de certa forma, acaba "virando pelo avesso" o gênero que ele subverte. De fato, e seguindo a trilha de Quevedo, autor do *Buscón*, e de Úbeda, autor da *Pícara Justina*, que inverteram o sentido do romance picaresco, tal como foi instituído no *Lazarillo de Tormes* e no *Guzmán de Alfarache*, Sade desmonta o sentido do romance filosófico de maneira a fazê-lo efetuar, nos moldes mesmos da literatura das Luzes, exatamente o caminho contrário dos filósofos iluministas.

Enquanto a picaresca original conseguia aprofundar personagens que pertenciam tradicionalmente ao gênero cômico, conferindo-lhes a dignidade de uma experiência moral – o confronto do indivíduo inocente com uma realidade desumanizante – Quevedo e Úbeda, dirigindo-se a leitores aristocratas, apresentam seus pícaros como vulgares e ridículos, na sua pretensão da ascensão social, ou como hipócritas, na ambição de redenção moral. Talvez não seja mera coincidência a escolha do nome bem tradicional de Justine para um personagem que parece, na sua candura, o oposto da *Justina* de Úbeda – e que Sade certamente devia conhecer da tradução seiscentista das bibliotecas libertinas. As semelhanças entre Justine e Justina se resumem, no entanto, ao cenário picaresco de sua trajetória, assim como a uma intenção polêmica da reação aristocrática. Pois, ao sentimento trágico que se desprende do picaresco original, vimos que a burguesia em ascensão fez suceder o otimismo *parvenu* de Gil Blas – cuja versão filosófica se sustenta na idéia de progresso das Luzes, tal como ilustra a trajetória de *Jacques, o Fatalista*. É contra esse otimismo que Sade restaura o sentido providencial do destino humano – ausente no trajeto do pícaro original, laicizado no romance filosófico – caracterizando-o como maléfico.

Por outro lado, podemos constatar que, desde a abadia rabelaisiana de Thélème até o Castelo de Silling dos *120 Dias de Sodoma*, um longo caminho foi percorrido, nos limites da tradição utópica, passando pelos monastérios de Suzana Simonin. A originalidade do romance de Sade reside na apresentação apologética de um sistema que evidencia a implacável submissão do indivíduo à lógica totalitária da planificação hierarquizada. Aquilo que o pensamento humanista veria como antiutópico por excelência é assumido aqui, orgulhosamente, como a realização máxima do ideal sadeano, sua verdadeira utopia.

A vocação do claustro já se manifesta, na obra do Marquês, desde o trajeto de Justine, que acaba presa no convento de Sainte-Marie des Bois. Mas não é só neste episódio em si que assistimos à assimilação da fórmula picaresca pelo modelo constrangedor da utopia sadeana. Como diz Roland Barthes: "[há] na viagem sadeana uma espécie de desrespeito dirigido à própria vocação do romance"[1]. Se entendermos que a "vocação do romance" está, não necessariamente numa busca de transcendência[2], mas na representação do indivíduo moderno numa *duração*, há de fato, não bem uma "falta de respeito", mas antes uma "retirada", uma espécie de "fuga fantasmática", nesse relato que é pura repetição. A narrativa não progride realmente, tende a paralisar-se nas descrições, e a retórica dos personagens esmaga qualquer relance de subjetividade. Ao invés de invocar "fantasmas", podemos explicar esse recuo na representação do indivíduo pela "persistência de uma velharia literária" na obra de Sade, como diz Jean Fabre, ou seja, sua filiação à tradição barroca e francesa do *roman noir*[3].

A herança sadeana parece florescer nos nossos tempos de *individualismo negativo* – segundo a expressão de R. Castel, que comentaremos em seguida. O sucesso acadêmico que o Marquês divinizado alcançou, graças aos surrealistas e à psicanálise, parece estar decaindo. Mas, na imaginação popular, ele ganha um novo fôlego

---

1. R. Barthes, *Sade Fourier Loyola*, Paris, Seuil, 1971, p. 153. Collection "Tel Quel".
2. É mais ou menos o que sugere, com certo desprezo, Roland Barthes.
3. J. Fabre, "Sade et le roman noir", em *Colloque d'Aix*, Paris, Armand Colin, 1968.

nas mais variadas figuras, desde os criminosos sofisticados que saem impunes, contrariando o "politicamente correto" de Hollywood, até essa fórmula moderna do romance picaresco que é o chamado *road-movie*: após as versões contestatárias da década de sessenta que consagraram o gênero, o indivíduo que pega a estrada, nas últimas décadas, parece, pelo menos no cinema americano, decidido basicamente a matar ou morrer. Mas essa é outra história.

## O INDIVIDUALISMO NEGATIVO

Uma das surpresas que a nossa pesquisa nos reservou foi a descoberta de que a história do individualismo não parece feita de uma progressão ininterrupta em direção à apoteose romântica. Ao contrário, o que pudemos constatar são avanços e recuos na afirmação individualista. Na comparação com o orgulho renascentista de um homem como Petrarca ou, menos distante no tempo, mas ainda distante na ideologia, um personagem como Robinson Crusoe, nossos filósofos, Jean-Jacques e Denis, parecem ter afirmado sua individualidade numa busca por valores comunitários senão religiosos.

Que as categorias da utopia, de um lado, e da marginalidade picaresca, de outro, ainda nos ajudam a pensar o lugar do indivíduo no mundo é o que prova o preciso diagnóstico da questão social na atualidade traçado por Robert Castel, num livro cuja conclusão intitula-se precisamente *O Individualismo Negativo*[4]. Não se trata, segundo ele, após constatar o crescimento maciço dos "inúteis para o mundo", de um "eterno retorno do infortúnio", mas, sim, de uma metamorfose da economia capitalista que é o próprio tema de sua análise. Certamente. Mesmo porque pensar em termos míticos numa roda da fortuna que faz alternar a felicidade e a infelicidade, independentemente da ação do homem, retira-lhe, de um golpe,

---

4. R. Castel, *As Metamorfoses da Questão Social – Uma Crônica do Salário*, Petrópolis, Vozes, 1968. Coleção "Zero à Esquerda".

toda responsabilidade moral e política por seu destino. No entanto, para o homem comum – nem filósofo, nem economista – a idéia da história cíclica, nos tempos sombrios em que vivemos, é mais uma promessa de luz de que uma visão pessimista, como a imaginava Santo Agostinho.

A idéia cristã de uma Providência divina que convive pacificamente com o livre-arbítrio do *homo viator*, assim como a crença numa História cuja lógica contém potencialmente uma promessa de redenção da humanidade, talvez consistam, para o homem de hoje, no recuo estratégico para as antigas crenças, já efetuado por Rousseau em relação ao civismo da Antigüidade, visando reacender a noção enfraquecida de responsabilidade política.

Mas para os filósofos do iluminismo que, apesar de condenarem os abusos das instituições ultrapassadas de sua sociedade, acreditavam estar vivendo um momento de glória da humanidade – o brilho de seus salões e de seu espírito ofuscando o passado medieval – a roda havia de girar, e é por isso que cumpriam sua missão enciclopédica de amealhar todo o conhecimento que os homens, num futuro próximo e bárbaro, haveriam de esquecer. Exageravam um pouco na autocomplacência. Mas isso não quer dizer que não tenhamos alguma coisa a ganhar com os seus esforços.

# Referências Bibliográficas

## I. OBRAS DE DENIS DIDEROT

*Oeuvres*. Vols. II e IX, Paris, Chez J. L. J. Brière, Libraire, 1821.

*Oeuvres Complètes*. Vol. I. Édition Assézat, Paris, Garnier Frères, 1875.

*Oeuvres esthétiques*. Éd. P. Vernière. Paris, Garnier Frères, 1968.

*Oeuvres philosophiques*. Éd. P. Vernière. Paris, Garnier Frères, 1956.

*La Religieuse*. Chronologie et introduction par Roland Desné. Paris, Garnier/Flammarion, 1968.

*Jacques le Fataliste*. Introduction de P. Vernière. Paris, Garnier/Flammarion, 1970.

*Jacques le Fataliste*. Préface et commentaires de Jacques et Anne-Marie Chouillet. Paris, Le Livre de Poche, 1983.

*Correspondance I (1713–1757)*. Édition établie, annotée et préfacée par Georges Roth. Paris, Les Éditions de Minuit, 1955.

## II. OBRAS DE JEAN-JACQUES ROUSSEAU

ROUSSEAU, J.-J. *Oeuvres Complètes*. Paris, Bibliothèque de la Pléiade.

_____. *La Nouvelle Héloïse*. Éd. Mornet. Paris, Hachette, 1925. 4 vols.

_____. *Ensaio sobre a Origem das Línguas*. Trad. Fúlvia M. L. Moretto. Apresentação de Bento Prado Jr. Campinas, Unicamp, 1998.

## III. OUTROS

ABELARDO, P. "Historia Calamitatum Mearum". In: *Correspondência de Abelardo e Heloísa*. Texto apresentado por Paul Zumthor. São Paulo, Martins Fontes, 1998.

AGOSTINHO, *Las Confesiones*. Trad. A. C. Vega, O.S.A. Vol. II de *Obras de San Agustín* (Texto bilingüe). Madrid, Biblioteca de Autores Cristianos, 1974.

_____. *As Confissões*. Trad. J. Oliveira Santos, S. J., e A. Ambrósio de Pina, S. J., abril, 1980, Coleção "Os Pensadores".

_____. *A Cidade de Deus*. Petrópolis, Vozes, 1989.

ALEMÁN, Mateo. *Guzmán de Alfarache*. Introducción de José María Rico. Madrid, Cátedra, 1992.

_____. *Guzman de Alfarache*. Trad. francesa de M. Molho e J.-F. Reille. In: *Romans Picaresques Espagnols* (Pléiade). Paris, Gallimard, 1968.

ARANTES, P. E. *Ressentimento da Dialética*. São Paulo, Paz e Terra, 1997.

ASSOUN, P.-L. "La Querelle de l'Optimisme dans 'Candide' et ses enjeux philosophiques". In: *Analyses et réflexions sur "Candide" de Voltaire*. Paris, Ellipses, 1982.

BACZKO, B. *Utopian Lights: The Evolution of the Idea of Social Progress*. Trad. fr. Judith L. Greemberg. New York, Paragon House, 1989.

_____. *Rousseau, solitude et communauté*. Paris, Mouton, 1974.

BAKHTIN, M. *Questões de Literatura e Estética: A Teoria do Romance*. São Paulo, Hucitec/Unesp, 1988.

_____. *Rabelais and his World*. Trad. H. Iswolsky. The Massachusetts Institute of Technology Press, 1968.

BARTHES, R. *Sade Fourier Loyola*. Paris, Seuil, 1971. Collection "Tel Quel".

BELLENOT, J.-L. "Les formes de l'amour dans La Nouvelle Héloïse, et la signification symbolique des personnages de Julie et St.-Preux". In: *Annales Jean-Jacques Rousseau*, XXXIII, 1953–1955.

BENOT, Y. *Diderot, de l'athéisme à l'anticolonialisme*. Paris, Maspéro, 1970.

BENREKASSA, G. "Le statut du narrateur dans quelques textes dits utopiques", *Revue des Sciences Humaines*, n. 155, Tome XXXIX, 1974.

## REFERÊNCIAS BIBLIOGRÁFICAS

BIGNOTTO, N. "O Círculo e a Linha". *Tempo e História*, Funarte, 1992.

BIOU, J. "Le Rousseauisme, idéologie de substitution". In: *Roman et Lumières au 18e siècle*. Paris, Editions Sociales, 1970, pp. 115–127.

BIRGE VITZ, Evelyn. "Type et individu dans l'autobiographie médiévale", *Poétique*, n. 24, 1975.

BJORNSON, R. *The Picaresque Hero in European Fiction*. The University of Wisconsin Press, 1977.

BOBBIO, N. *Sociedade e Estado na Filosofia Política Moderna*. São Paulo, Brasiliense, 1987.

BURGELIN, P. *La Philosophie de l'existence de J.-J. Rousseau*. Paris, PUF, 1952.

BURTT, E.A. (ed.). *The English Philosophers from Bacon to Mill*. New York, The Modern Library, 1994.

CASSIRER, E. *El Mito del Estado*. Trad. Eduardo Nicol. México, Fondo de Cultura Económica, 1947.

CASTEL, R. *As Metamorfoses da Questão Social – Uma Crônica do Salário*. Petrópolis, Vozes, 1998. Coleção "Zero à Esquerda".

CIORANESCU, A. *L'Avenir du passé – Utopie et littérature*. Paris, Gallimard, 1972.

CHARTIER, P. *Pierre Chartier commente "Candide" de Voltaire*. Paris, Folio/Gallimard, 1994.

CHOUILLET, J. *La Formation des idées esthétiques de Diderot*. Paris, Armand Colin, 1973.

_____. *Diderot, poète de l'énergie*. Paris, PUF, 1984.

COULET, H. *Le Roman jusqu'à la révolution*. Paris, Colin, 1967.

COURCELLE, P. Les Confessions de Saint Augustin dans la tradition littéraire, Paris, Études Augustiniennes, 1963.

CROCKER, L. G. *Rousseau's Social Contract: An Interpretative Essay*. Cleveland, 1968.

_____. *Diderot's Chaotic Order*. Princeton University Press, 1974.

DAVIS, J. C. *Utopia y la Sociedad Ideal: Estudio de la Literatura Utópica Inglesa, 1516–1700*. Trad. J. J. Utrilla. México, Fondo de Cultura Económica, 1958.

DÉMORIS, R. *Le Roman à la première personne – Du classicisme aux lumières*, Paris, Armand Colin, 1975.

DOMENECH, J. *L'Éthique des lumières – Les fondements de la morale dans la philosophie française du XVIIIème siècle*. Paris, Vrin, 1989.

DUCHET, M. "Clarens, 'le lac-d'amour où l'on se noiê'", *Littérature* n. 21, fév. 1976 – *Lieux de l'utopie*.

EHRARD, J. *L'Idée de nature en France dans la première moitié du XVIIIème siècle*. Paris, Albin Michel, 1994.

ESTEVÃO, J. C. *A Ética de Abelardo e o Indivíduo*. Dissertação de mestrado apresentada na Pontifícia Universidade Católica de São Paulo, 1990.

FABRE, J. "Sade et le roman noir". In: *Colloque d'Aix*. Paris, Armand Colin, 1968.

_____. "Réalité et utopie dans la pensée politique de Rousseau". In: *Annales Jean-Jacques Rousseau*, XXXV (1959–1962), pp. 181-216.

FRANKLIN DE MATOS. "As Armadilhas Fatais de Denis Diderot" (especial para *Folha de S. Paulo* – Mais!, 18-VII-93).

_____. *O Filósofo e o Comediante: Ensaios sobre Literatura e Filosofia no Século XVIII*. São Paulo, Discurso Editorial, 2001.

_____. *O Leitor Quixotesco, o Leitor de D. Quixote*. Tese de doutoramento, USP, 1979.

FRECCERO, J. "Autobiography and Narrative". In: *Reconstructing Individualism*. Edited by Heller, Sosna and Wellbery. Stanford University Press, 1986.

FRYE, Northrop. "Varieties of Literary Utopias". In: *Utopias and Utopian Thought*. Edited by Frank E. Manuel. Boston, Cambridge, 1966.

GILSON, E. *Les métamorphoses de la Cité de Dieu*. Louvain/Paris, Publications Universitaires de Louvain/Librairie philosophique J. Vrin, 1952.

_____. *Abélard et Héloïse*. Paris, Vrin, 1948.

_____. *L'Esprit de la philosophie médiévale*. Paris, Vrin, 1944.

GUILLERAGUES, *Lettres Portugaises*. Introduction et notes de F. Deloffre et J. Rougeot. Paris, Garnier Frères, 1962.

GUREVICH, A. *The Origins of European Individualism*. Oxford (UK)/ Cambridge (USA), Blackwell, 1995.

GUSDORF, G. "De l'autobiographie initiatique à l'autobiographie genre littéraire". *Revue d'Histoire Littéraire de la France*. Paris, Colin, n. 6, nov.-déc. 1975.

HARTLE, Ann. *El Sujeto Moderno en las "Confesiones" de Rousseau – Una respuesta a San Agustín*. Trad. Tomás Segovia. México, Fondo de Cultura Económica, 1989.

## REFERÊNCIAS BIBLIOGRÁFICAS

JONES, J. A. "The Duality and Complexity of Guzmán de Alfarache: Some Thoughts on the Structure and Interpretation of Alemán's Novel". In: WHITBOURN, C. J. (org.). *Knaves and Swindlers: Essays on the Picaresque Novel in Europe*. Oxford University Press, 1974.

KIBEDI VARGA, A. "Le roman est un anti-roman", *Littérature*, n. 48, déc. 1982.

LACOUE-LABARTHE, P. *A Imitação dos Modernos – Ensaios Sobre Arte e Filosofia*. V. A. Figueiredo e J. C. Penna (org.). São Paulo, Paz e Terra, 2000.

LADNER, G. B. "Homo Viator: Medieval Ideas on Alienation and Order", *Speculum*, n. 2, vol. XLII, April 1967.

LALANDE, A. *Vocabulaire technique et critique de la philosophie*. 7ème édition. 1956.

LAUNAY, M. *Jean-Jacques Rousseau, écrivain politique, 1712–1762*. Grenoble, ACER, 1971.

*Lazarillo de Tormes* (autor anônimo). Introdução de Victor Garcia de la Concha. Madrid, Espasa Calpe, 1992. Colección Austral.

*La Pícara Justina* (autor presumido; Francisco de Úbeda). Edición preparada por Antonio Rey hazas, Madrid, Editora Nacional, 1977.

LECERCLE, J.-L. *Rousseau et l'art du roman*. Paris, Armand Colin, 1969.

LEJEUNE, P. *L'Autobiographie en France*. Paris, Armand Colin, 1971. Collection U2.

_____. *Le Pacte autobiographique*. Paris, Seuil, 1975.

LESAGE, *Gil Blas de Santillana*. Trad. Bocage. São Paulo, Ensaio, 1990.

LÖWITH, K. *Meaning in History*, University of Chicago Press, 1957.

MANDEVILLE, B. *La Fábula de las abejas – O Los Vicios Privados Hacen la Prosperidad Pública*. Trad. José Ferrater Mora. México, Fondo de Cultura Económica, 1982.

MANENT, P. *História Intelectual do Liberalismo: Dez Lições*. Rio de Janeiro, Imago, 1990.

MANUEL, Frank & MANUEL, Fritzie E. *El Pensamiento Utópico en el Mundo Occidental*. Trad. B. M. Carrillo. Madrid, Taurus Ediciones, 1981, 3 vols.

MAUZI, R. "La Conversion de Julie dans la Nouvelle Héloïse". In: *Annales Jean-Jacques Rousseau*, XXXV, 1959–1962.

MAY, G. *Le Dilemme du roman au XVIIIᵉ siècle*. Connecticut/Paris, Yale University Press/Presses Universitaires de France, 1963.

_____. *Diderot et "La Religieuse"*. Connecticut/Paris,Yale University Press/PUF, 1954.

MONDOLFO, R. *Rousseau y la Conciencia Moderna*. Buenos Aires, Editorial Universitária, 1967.

MONTESQUIEU. *L'Esprit des Lois, Oeuvres*. Paris, Pléiade, Gallimard,

MOREAU, P.-F. *Le Récit utopique – Droit naturel et roman de l'État*. Paris, Presses Universitaires de France, 1982.

MORNET, D. *Le Sentiment de la nature en France, de J.-J. Rousseau à Bernardin de St.-Pierre*, Genève/Paris, Slatkine Reprints, 1980.

NASCIMENTO, M. das Graças de Souza. *Ilustração e História: O Pensamento sobre a História no Iluminismo francês*. Livre-docência USP, 1999.

PROUST, J. *Diderot et l'Encyclopédie*. Paris, A. Colin, 1967.

PRUNER, F. *L'Unité secrète de Jacques le Fataliste*. Paris, Lettres Modernes/Minard, 1970.

QUEVEDO, F. *La vie de l'aventurier Don Pablos de Ségovie, vagabond exemplaire et miroir des filous*. Trad. J.-F. Reille. Pléiade Gallimard, 1968.

QUILLEN, C. E. *Rereading Renaissance, Petrarch, Augustine & the Language of Humanism*. The University of Michigan Press, 1998.

RENAN, E. & NOLHAC, P. *Pétrarque et l'humanisme*. Paris, Leroux, 1907.

ROSALES, L. *Cervantes y la Libertad*. Madrid, Ed. Cultura Hispánica, 1985, 2 vols.

RUYER, R. *L'Utopie et les utopies*. Paris, PUF, 1950.

SERVIER, J. *Histoire de l'utopie*. Paris, Gallimard, 1967.

SHANAHAN, D. *Toward a Genealogy of Individualism*. The University of Massachusetts Press, 1992.

SHKLAR, J. N. "Rousseau's Two Models: Sparta and the Age of Gold", *Political Science Quarterly*, Number 1, vol. LXXXI, March 1966, pp. 25–51.

SOBEJANO, G., *De la Intención y Valor del Guzmán de Alfarache*. RF LXXI (1959).

SGARD, J. *Prévost Romancier*. Paris, Corti, 1968.

SOUILLER, D. *La Novela Picaresca*. México, Fondo de Cultura Económica, 1985.

# REFERÊNCIAS BIBLIOGRÁFICAS

STAROBINSKI, J. *Jean-Jacques Rousseau: La Transparence et l'obstacle.* Paris, Gallimard, 1971.

_____. *L'Oeil vivant II – La Relation critique.* Paris, Gallimard, 1970.

_____. "Candide et la question de l'autorité". In: *Essays in Honour of Ira Wade.* Droz, 1977.

STERNE, L. *A Vida e as Opiniões do Cavalheiro Tristram Shandy.* Trad. José Paulo Paes. Rio de Janeiro, Nova Fronteira, 1984.

TRAUGOTT, J. (ed. by). *Laurence Sterne, a Collection of Critical Essays.* Englewood Cliffs (New Jersey) Prentice-Hall, Inc., 1968.

TROUSSON, R. *Voyages aux pays de Nulle Part.* Éditions de l'Université de Bruxelles, 1979.

VERNIÉRE, Paul. *Spinoza et la pensée française avant la révolution.* Paris, Presses Universitaires de France, 1982.

VERSINI, L. *Le Roman épistolaire.* Paris, PUF, 1979.

VOLTAIRE. *Mélanges.* Paris, Pléiade, Gallimard.

WAGNER, N. "L'Utopie de la Nouvelle Héloïse". In: *Roman et Lumières au XVIII<sup>e</sup> siècle.* Paris, Éditions Sociales, 1970.

WATT, I. *A Ascensão do Romance.* Trad. Hildegard Feist. São Paulo, Companhia das Letras, 1996.

*Mitos do Individualismo Moderno.* Trad. Mário Pontes. Rio de Janeiro, Jorge Zahar Editor,1998.